若くして引退した
銀河帝国元帥は
辺境の星で
オーヴァーロードと暮らしたい
瀬尾つかさ
Illustration
菊池政治

口絵・本文イラスト
菊池政治

装丁
coil

CONTENTS

プロローグ

初めて竜と出会ったのは、このおれ、ゼンジ・ラグナイグナが銀河帝国元帥の座から追放されてから二十日ほど後で、惑星フォーラⅡに降り立って二日目のことだ。

前日が、おれの三十四歳の誕生日だった。義理の妹にしていまや唯一の家族である十五歳の少女メイシェラが、「五年ぶりに兄さんの誕生日を祝えました」と喜んでいた。

五年ぶり、か。

いまやたったひとりとなってしまった家族に、こんなにも寂しい思いをさせてしまった。そのことに、今更ながら気づいてしまう。

帝国軍にいる間はそれだけ忙しかったのだ。おれは、次の誕生日も、次の次の誕生日もメイシェラと共に祝うことを約束した。なにせもう、二度と軍に帰ることはないのだから。

この地で、第二の人生を生きるのだから。

＊　＊　＊

総督府に赴き、お飾りの総督に挨拶《あいさつ》した後、帰宅の途上。

小型艇に同乗していたメイシェラは、総督のそっけない対応にぷんすか怒っていた。

彼女は総督との会見についてきて、総督のおれに対する粗雑な扱いを目の当たりにしたのだ。

その場でキレなかったのは偉い。花丸満点をあげよう。

「兄さんは帝国の元帥なんですよ！　提督なんですよ！」

「元帥だった、な。元提督」

「軍を退役しても、勲章は消えません！　兄さん、もっと勲章をつけていけばよかったのに……」

「あれ重いんだよ。じゃらじゃらしてるし……」

いまのおれは現役時代の軍服を着ているが、胸の勲章は最低限のものだけだ。

引退したとはいえ、帝国において軍服は礼服でもある。

軍では、なんかやたらと勲章を貰《もら》った。陛下のお命を救ったとか、未知の脅威に対処したとか、星をいくつ守ったとか……。

おれは勲章のために仕事をしたわけじゃないし、本当はこの帝国軍の礼服だって、堅苦しくて苦手なのだ。なのに、いつの間にかとんとん拍子に出世してしまって、気づいたら艦を下りて提督府で一番上にまで至っていただけのことである。

「ですが、帝国の歴史でも兄さんほど速く出世した人はいません」

「たまたまだ。運がよかっただけだよ」

「豪運提督、ですからね」

おれのふたつ名だ。

ちなみに、最初に呼んだのは陛下であり、そのままふたつ名、通称として定着してしまった。あの方は、それをげらげら笑っていたものである。悪戯《いたずら》好きな方だった。

「ですが、運だけで七つ大戦の英雄と呼ばれるものですか」

あのときはまわりに優秀な人がいたからで、おれひとりの手柄というわけじゃない。

そんなわけで、時刻は間もなく夕方、この星系の黄色い太陽が西の空に沈みつつあるころ。

自家用の小型艇で丘の上の一軒家に向かって一直線に飛んでいたところ、眼下の森の中にきらりと光るものを発見した。

自動運転を解除して小型艇を近づけてみれば、地面にうずくまる爬虫類《はちゅうるい》のような大型の生き物がいた。その生き物の全身を覆う青銅色の鱗《うろこ》が、光を反射してきらきらと輝いていたのである。

竜。

そのときおれが発見した存在を、ヒトはそう呼ぶ。

前脚、後ろ脚とは別にコウモリのような翼がついていた。発見した個体は全長は五メートルほどもあり、おれが乗る流線形の小型艇よりひとまわり小さいくらい。

おれは小型艇を竜から少し離れた森の空き地に着地させ、キャノピーを開いて操縦席から飛び下り、地面に着地した。草木の萌《も》ゆる濃厚な臭いが鼻を突く。

「危険です、兄さん」

メイシェラが助手席から身を乗り出して、叫ぶ。おれは彼女を振り仰ぎ、「大丈夫だ」と笑ってみせた。

「竜は賢い。こちらに害がないと示せば、噛《か》みつかれることはないよ」

「あの口の大きさなら、噛みつかなくても、兄さんなんて丸呑《まるの》みでしょう」

義妹《いもうと》は警戒した様子で反論する。心配してくれるのは嬉《うれ》しいが、兄をもう少し信じて欲しい。

「そもそも、竜は帝国法が認めた高次元知性体《オーヴァーロード》です。こちらからの接触には許可が必要です」

「そこは問題ない。あそこにいる竜は、子どもだよ。大人の竜は全長が二十メートル以上になるという。帝国法が高次元知性体《オーヴァーロード》と認定したのは、成体の竜だけだ」

この惑星フォーラⅡに原住する生命体である竜は、成長するにつれ知性が向上し、ある一定の閾《しきい》値《ち》を超えたところで生命の位階が変化する。

存在そのものが高次元にまたがる知性体、高次元知性体《オーヴァーロード》に。

それが、成竜だ。既知宇宙全体を見渡してもたったの二十七種しか存在しない、高次元知性体《オーヴァーロード》。

そのうちの一種が、この惑星フォーラⅡにのみ住む竜の成体という存在であった。

竜の成体が暴れた記録は、帝国軍のアーカイブに三件、残っている。

おれはそのうちの一件を思い出す。

燃えるような紅色に輝く鱗に覆われた、全長三十メートルほどの爬虫類に似た巨大な存在。流線形のボディを持つ、華奢《きやしや》ながら美しいその生命体が、漆黒の宇宙空間で自ら輝きながら、全長一千メートルはある戦艦に突撃していく。

戦艦から無数のビームとミサイルが放たれるも、竜は全身に展開した力場のようなものでそれらの攻撃をすべてカットして無傷であった。

慣性を無視した稲妻のような動きでみるみる距離を詰め、そのまま戦艦に衝突する。

竜の身体は、戦艦の重装甲を紙のように貫通した。

艦の中央にあった動力炉を破壊し反対側から飛び出す。戦艦は内部から誘爆を起こし、やがて爆沈。銀に輝く竜は、無傷のまま優雅に宇宙空間を舞い、惑星フォーラⅡに戻っていった。

帝国とこの星が接触した際の出来事であるらしい。

この星に赴任する武官には必ず見せられる映像とのことである。

以前目を通した資料によれば、幼竜には、そこまでの知性も武力もない。

それでも犬や猫などとは比較にならないほど高い知性を持っているし、成長段階によっては会話すら可能であるという。

おれは両手を持ち上げて、何も持っていない無害なヒトであると示しながら、ゆっくりと青銅色の鱗の竜に近づいていく。

距離を詰めるにつれ、相手の状態がわかってきた。竜の翼が、折りたたまれず、不自然に曲がっている。翼が折れて、飛べなくなって、不時着したのだと理解した。

よくよく見れば、竜の鱗には弾痕《だんこん》がついている。ひどく痛々しい姿だった。

「もしかして、銃で撃たれたのか？」

声をかけてみれば、幼竜はおれの方に鎌首をもたげ、縦に割れたルビーの双眸《そうぼう》で睨《にら》んでくる。おれのことを、銃弾を撃ち込んだ者の仲間だと思っているのかもしれない。

「おーい、メイシェラ！　治療キットだ！　操縦席の足もとにある白い箱！」

「これですね、兄さん」

メイシェラは両手で抱えるほどの大きさの箱を持ち上げ、操縦席から飛び降りてきた。

おれは彼女から治療キットを受け取り、竜に近づこうとするが……竜は口を開いて赤い舌を出し、こちらを威嚇してくる。

仕方がない。陛下から教わった、竜を慰撫《いぶ》する仕草を披露した。

腰を落とし、両腕を左右に広げて、その腕を上に。ぱん、と叩《たた》く。すると竜は、驚いた様子で動きを止めた。

その双眸が、戸惑うように動く。おれは何度か、その仕草を繰り返した。竜は首をゆっくりと地面に下ろす。

「落ち着け、落ち着け――そうだ、こっちに敵意はない。お願いだから、傷を見せてくれないか」

「兄さん、何をしているんですか！」

「この星に来る前、昔の入植者が書いた本を読んだんだが……」

おれは本の内容を思い出しながら、一歩ずつ近づいていく。竜は、地面に頭をくっつけたまま、その場を動かない。

竜の側面にまわり、傷ついた翼の前に立った。治療キットの中から細胞活性化ジェルのスプレーを取り出し、傷ついた翼にスプレーを吹きつける。

白い泡が翼を覆い、もこもこと泡が蠢《うごめ》いた。

竜は痛みに目を閉じ、か細い声で鳴く。

「少し痛いかもしれないが、我慢してくれ。万能細胞は、この星の生き物が相手でも効果を発揮するはずなんだ」

竜はうずくまったまま、視線だけをこちらに向けた。よく考えたら、おれの言葉は通じているのだろうか、と疑念を抱く。

いちおう、この地の言葉は催眠学習してきたし、上手く使えていると思うのだが……いや待て、この言葉はあくまでヒトの間で通じるもので、竜はまた別の言語を？

しまったな、と首の後ろを掻《か》く。

が、はたして竜は、ゆっくりと、ぎこちなく、口を開いた。

「あり、がと、お」

「喋《しゃべ》れるのか」

「すこ、し」

竜の幼体でも、ある程度おおきくならないとヒトとの会話は難しいという。

そもそも、ヒトの言葉を覚えている個体もあまり多くないと資料にあった気がする。

「この泡はきみの傷を治療するものだ。無理にこそぎ取ろうとはせず、身を任せてくれ。泡は役割を終えたら勝手に消える。そうなったら、もう飛び立てるようになっているはずだが……無理はしないでくれよ」

と――ぶうん、という唸《うな》るような音を耳にして、夕焼けに染まる空を見上げた。

全長一メートルほどの円盤型の物体が、樹上を飛んでいた。

「密猟者のドローンか」

おれは腰の銃を素早く抜いて、ドローンめがけ引き金を引く。銃弾はドローンの中央を見事に射貫き、ドローンは煙をあげながら樹木と樹木の間に落下していった。

「見つかったかもしれん。動けるか」

「へいき」

「そうか」

「かん、しゃ」

竜は前脚の爪で、剥《は》がれた己の青銅色の鱗を器用につかみ取り、それをおれに差し出した。

「あげ、る」

「きみたちにとっては、親愛の印だったな。ありがとう、受け取るよ」

幼竜は数度、羽ばたくと、ちから強く地面を蹴《け》って空に舞い上がった。おれとメイシェラは上空の幼竜に何度も手を振った。

第一話　元提督と赤いドレスの竜

幼竜と別れてから一時間ほどで、昨日から我が家となった、丘の上の一軒家に戻った。

陛下から下賜された土地と建物だ。丘とその周囲、屋敷を中心とした半径十キロメートルが、いまはおれの土地であるという。

おれを軍から追放した摂政も、陛下の最後の命令であるこの土地だけは奪えなかった。あの方は、はたしてどこまで遠くを見通していたのだろうか。

まだ年若い皇太子が、皇帝に即位するに際して腰巾着《こしぎんちゃく》を摂政にすること。その摂政がおれを目の敵にしていた人物で、おれを政治的に追い落とすことに血道を注ぐであろうこと。陛下のお気に入りだったおれは、陛下という後ろ盾を失えば、それに対してなすすべもなかったということ。

おそらく、すべて理解されていたのだろう。

もとよりこのおれに、これ以上の野心などなかった。

陛下にお仕えできるからこそ、若くして元帥の地位も受け入れたし、がむしゃらに働くこともできたのだ。

陛下がお隠れになった後、多くの者たちがおれのもとから去っていったが、それも別に構わなかった。最初から、陛下亡き後の軍に留まるつもりなどなかった。

本当は、ひとりでこの地に赴くつもりだった。

しかし妹のメイシェラだけは、自分もついていくと言い張った。

「もう軍の栄養ＡＩのアドバイスは受けられないのですよ。わたしが兄さんの健康を管理しないで、誰がするというのですか」

そう言って胸を張る彼女だが、その本心は、おれをひとりにしておくと自暴自棄にならないか、不安といったところなのだろうと思う。実際のところ、いまのおれには身を投げる気力すらないのだけれど。

「それに、兄さん。わたしのプリンは大好きでしょう？」

「ああ、そうだな。プリンが食べたい」

「そうでしょうとも。後でつくっておきます。明日《あした》にはできていますからね」

今日はふたりで首都まで出てしまったから、お菓子をつくる時間がなかったのだ。今度は、明日のプリンに期待するとしよう。

おれは、ハンカチに収めていた青銅色の鱗を取り出す。夕方、竜の子から貰《もら》ったものだ。

「それ、どうするんですか」

「売れれば、ひと財産を築けるんだが……」

戸惑う義妹《いもうと》に、市場価値を教えてやる。メイシェラは目を丸くして驚いていた。

「帝都で豪邸が買えますよ！」

「豪邸、欲しいか？」

少女は首を横に振った。

「この家がありますから。それに、あの子はきっと、兄さんに持っていて欲しいと思います」

「そうだな。これはあの子からの大切な贈り物だ。穴を開けて、アクセサリにするのもいいかもしれないな」

鱗《うろこ》を贈った竜は、己の贈り物を装飾品とされることを喜ぶ、とどこかで見た気がする。後でもう一度、文献を当たってみよう。

翌日の朝。おれのプリンは、無残にも失われていた。

プリンが保管されていた冷蔵庫のそばでプリンをむさぼる、十七、八歳に見える少女の姿がある。秋の稲穂のような金色の髪を足下まで伸ばし、澄んだルビーの瞳《ひとみ》を持ち、豪奢《ごうしゃ》な赤いドレスに身を包んだ少女だ。ドレスの胸もとが、豊満に膨らんでいる。

現地の民だろうか、と一瞬だけ思った。

現地の民がこの家のセキュリティを抜けて侵入することなどできるはずがない、と思い直す。

彼女は、起き抜けのおれとメイシェラが警戒する中、無造作にこちらを見て、にかっと笑ってみせた。

「たいそう美味であった！　これは何という食い物だ？」

「プリンです。兄さんに食べて貰うはずでした」

冷たい声でメイシェラが告げる。だがそれを受けた少女は、慌てて立ち上がると、「そうか。その者のものであったか。とんだ失礼した！」と深く頭を下げた。

金色の髪が左右に流れ、床に川となる。少女は、そのまま顔だけを持ち上げて、こちらを見た。

「てっきり、われへの貢ぎ物かと思ってな」

「そんなわけがあるかっ！　だいたい、どうやってここに入ってきた」

今度は、少女はきょとんとして首を横に傾ける。意味がわからない、といった様子だ。

「くさびがあったかの？」

「いったいどういう……いや、待て。きみは誰だ。ヒトじゃないな？」

おれの直感が、告げていた。この感覚には覚えがある。

五感を超えた何かが叫んでいる。全身に震えが走った。

「おぬしら、星の外から来た者か？」

「きみは……もしかして、竜か」

「うむ。ホルンと名乗っておる」

少女は、えへんと胸を張った。豊満な双丘がおおきく揺れる。

いっけん可愛らしいその姿は、しかしいまのおれには、化け物か何かのようにしか見えなかった。

こんなナリだが、あの幼体とは何もかもが違う。

知性も。そして、存在感も。真の高次元知性体《オーヴァーロード》。ヒトのそれをはるかに超えた、高次元の生命。

竜だ。昨日出会った幼竜ではなく、大人の竜。成竜。

胸の奥から湧き上がる喜びがあった。いつか会いたいとは願っていたが、まさかこんなに早く、竜に会えるなんて。

同時に、恐怖もあった。おそらく彼女がその気になれば、自分とメイシェラはたやすく殺される。

それも胴と首が離れるとか肉塊になるとかいうレベルではなく、肉体そのものが塵《ちり》となるくらいに。そのような存在が、直感でわかるほどに高次の存在であることを隠しもせず、自然体で、目の

前に立っている。

おれはとっさに、メイシェラをかばって前に出た。

「え、ええと、兄さん？　この方が、どうかしたんですか」

「見た目に騙《だま》されるな、メイシェラ。竜だ。こいつは、成竜だ」

「竜……こんなに、綺麗《きれい》な子なのに」

高次元知性体《オーヴァーロード》には、見た目など何の関係もない。三次元に出力された肉体など、その巨大なありようのごく一部にすぎないのだから。

警戒するおれを見て、少女のような外見をした存在は、ふむ、とおおきく息を吐く。

「勘違いさせてしまったようだ。われはただ、昨日、そなたらに助けて貰った子の礼に来ただけよ」

「子ども……礼……？」

「覚えておろう。そなたらの魔法ならぬ魔法で、翼を癒やした竜の子のことを」

「あ、ああ。そうか、あの子は無事だったか」

ほっと安堵《あんど》の息を吐く。胸ポケットからハンカチに包んだ鱗を取り出した。

とりあえずお守りのかわりに、ということで、昨日からずっと、入れてあったのだ。青銅色の鱗を見て、目の前の少女が目を細めた。

「そなたはずいぶんと好かれたな。我らの子に好かれるヒトは、近年珍しい」

「おかげさまで、な。報告、ありがとう。懸念がひとつ消えた」

「うむ。我らの集まりで、そのことが話題になった。代表して、われが挨拶《あいさつ》に来た。星の外から来たヒトよ、此度の汝《なんじ》らの手当て、まことに感謝する。おかげで我が地の民はいまいちど、空へ舞う自由を得ることができた」

赤いドレスの少女が頭を下げた。その自然な所作は、なぜかとても美しくて、涙が出そうになった。

「礼を受け取ろう」

「うむ。改めて、名乗ろう。我が名はホルン。空をたゆたう紅蓮《ぐれん》の導き、星の守り手、繭の中ほどの紡ぎ、もっとも輝かしき光の焔《ほのお》」

「ゼンジ・ラグナイグナだ。帝国軍を辞めて、この地に来た。これからよろしく頼む。……きみは、竜の王……主？　元締め？　そんな感じなのか？」

竜については、その数も組織も、何もかもが未だによくわかっていない。

これまで帝国は、強大すぎるちからを持った彼らの機嫌を損なうことをよしとせず、ヒトと竜の接触を極力避けてきた。

「そのようなものだ。竜の総意として、これをおぬしに授ける」

ホルンはどこからともなく握りこぶし大の真珠のような宝石を取り出し、おれに手渡してきた。

ほんのりと温かく、虹色《にじいろ》に淡く輝く、不思議な宝石だ。

「これは……まさか、竜玉か」

「うむ。おぬしらはいま、このときより、すべての竜の友となった！」

メイシェラが脇から覗《のぞ》き込んできた。つんつんと竜玉をつっつく。

「へえ、綺麗な宝石ですねー」

「竜玉。高エネルギーを生み出す動力炉みたいなもので、過去に二個だけ帝国に贈られた事例がある。これが三個目だ」

「待ってください、兄さん。それってものすごい貴重なものなんじゃ」

「絶対に売らないが、もし売ったら星がいくつも買えるだろうな」

メイシェラは、喉《のど》の奥で押し殺したような呻《うめ》き声をあげた。

というか、迂闊《うかつ》に存在を広めたらヤバいやつだ。

何せ竜玉の一個は皇室の宝物庫に最上級の秘宝として安置され、もう一個は帝国軍旗艦の動力炉になっているようなシロモノなのである。

「それと、このプリンというもの、実に美味。われはまた食べたい」

おれは、ちらりと、顔を赤くしたり青くしたり忙しそうなメイシェラを見た。我が妹は、困惑した様子で、「ええと、兄さんがいいなら」とうなずいてみせる。

「でも、今日はもう駄目です。明日、また来てください」

「よかろう！　では、また明日だ！」

そう言うや否や、少女は軽く右手を振る。その姿が、ぱっとかき消えた。

「空間跳躍……何の装置も使わずに、ただ己の身ひとつで？」

メイシェラが目を丸くする。帝国は、ジャンプドライブを始めとした複数の空間跳躍技術を保有しているが、個人レベルでそれが可能なものは未だひとつも存在しない。

「まさか、この家に侵入したのも？」

だろうなあ。実際のところ、これも高次元知性体《オーヴァーロード》にとっては造作もないことなのだろうけれど。

「先が思いやられるな」

おれはため息をつく。朝から、疲れた。まずはこの竜玉をどこかに隠さないといけないのだけれど……その前に甘い物が食べたい。

「ところで、メイシェラ。本当に、今日のプリンは？」

「なくなりました」

生きる希望が失われた。おれはもう駄目だ。

＊　＊　＊

メイシェラは義理の妹だ。おれが二十歳のとき、軍学校を卒業して一時帰省したら、父が赤ん坊を抱いていた。

そのときすでに母は亡くなっていたから、おれは父に「再婚するのか」と訊《たず》ねた。

父とて貴族の端くれで、親戚《しんせき》からいろいろな話があったことは知っていた。

「おれ、いきなり駆逐艦の艦長だってさ。この先、いつ死ぬかわからない。跡継ぎは、もうひとりふたりいた方がいい」

軍人なりに気を遣ったつもりでそう言ったら、父は悲しそうな顔で「死ぬなんて言うな。軍人の使命は生きて陛下のお役に立つことだろう」とおれを叱った。

この会話から半年後、本当に陛下の命をお救いし、陛下を肩にかついで砲火の中走って逃げることになる。そのときはもちろん、半年後の修羅場なんて知らないわけで……父は赤ん坊の寝顔を眺めて目を細める。

「軍人時代の友人の子だ。引き取ることにした。それ以上のことは聞くな」

「事情があって、おれには言えないってこと？」

「ああ、いまは駄目だ」

「わかった、聞かない」

それから数日、軍の基地に戻るまで、おれは父と共にベビーシッターに勤しんだ。

それが、メイシェラとの初めての思い出である。

次に彼女に会ったのは、その五年後だ。激務と親愛なる陛下の無茶ぶりで五年間、まったく家に帰れなかった間に、あのときの赤子はおおきく成長していた。

「兄さん、初めまして」

と礼儀正しく挨拶された。まあ彼女にとっては初めて会うも同然だろう、と笑ったところ、大変に恐縮されてしまった。

「おれたちは家族なんだ、そんなことで謝らないでくれ」

「ですが……」

「敬語もやめてくれ。ここでは、おれはただの父の息子で、きみの兄だ」

次に会うときはメイシェラが顔を覚えているうちに、と強く誓った。

ちなみにこのときのことを陛下に語ったところ、「朕も数年ぶりに会った我が子に怯《おび》えられたとき、とても悲しかった」とおっしゃられた。

以後、軍では二年に一度の長期休暇が義務づけられた。もっともそれは、部署によっては必ずしも守られるものではなかったが……将官ほど守るように、上が守らぬルールをどうして下が守ろうか、と再度陛下からの通達が出た。軍全体が少しだけホワイト化した。

五年前、父が、亡くなった。

事故だった、とされている。実際にどうだったかはわからない。

メイシェラは十歳になっていた。おれは最初、彼女を帝都の幼年学校に入れるつもりだったが、彼女はおれと共に暮らすことを選んだ。

「父から聞いています。兄さんはプリンが好きだと。わたし、プリンづくりには自信があるんですよ」

「兄の胃袋をつかんでどうするつもりなんだ」

「兄さんに捨てられずに済みます」

「何があってもきみを捨てるつもりなんてないから、安心して欲しい」

「なら、一緒に暮らしましょう」

軍での老齢の元帥たちを相手に丁々発止のやりとりに慣れたつもりだったが、義理の妹にはあっさりと言いくるめられていた。圧倒的な敗北感を覚えた。

陛下にその話をしたところ、腹を抱えて大笑いし、笑いすぎて主治医が飛んで来て、何故か主治医におれが叱られた。

それから一年ばかり、おれは地上勤務をさせられ、しかも定時に帰ることが義務づけられた。陛下からの命令であったという。

同僚たちが、何故か少し優しい目で「家族は大切にしろ」と忠告してきた。

まあその後、いろいろあっておれは元帥号を賜り、提督府に押し込められて、激務でほとんど帰宅できなくなったのであるが……。

惑星フォーラⅡの片田舎、丘の上の一軒家に引っ越してきてから四日目。

妹のメイシェラは朝から上機嫌で、朝食の後にプリンをふたつも出してくれた。

「嬉《うれ》しいんです。ずっと兄さんが家にいてくれます。兄さんがずっと地上勤務だった五年前を思い出しますね」

「すまなかった」

「いいんです。兄さんは国のために、陛下のために頑張っていたんですから。でもこれからは、もう少しわたしのことも見てください」

「ふむ、つがいの機嫌を取るのは大切なことだ。よく励め」

そんな兄妹《きょうだい》水入らずの空気に水を差したのは、いつの間にか食卓の椅子に座っていた、燃えるように赤いドレスをまとう少女だった。

竜のホルンである。おれたちが彼女の方を見ると、ホルンはなぜか、えっへんとばかりに胸を張った。豊満な双丘がおおきく揺れる。

「それと、このプリンをいただこう」

「おれとメイシェラはつがいじゃなくて兄妹だし、唐突に現れるなと言っただろう。あとこのプリンはおれのだ」

「大丈夫ですよ、ホルンさん。冷蔵庫にホルンさんのプリンも用意してありますから」

メイシェラは突然のホルンの登場にも動じた様子を見せず、笑顔でプリンを取りにいった。ホルンは上機嫌で、差し出されたプリンのカップを手にする。

もう片方のその手には、持参したとおぼしき木製のスプーンがいつの間にか握られていた。

「ひょっとして、毎日来るつもりか」

「迷惑か？」

「おれは嬉しいぞ」

「ふむ、われに好意を持つか」

「友好的な高次元知性体《オーヴァーロード》。ヒトに似たその姿がどれほどヒトを模倣しているのか。どうやってその姿で空間跳躍しているのか。実に興味深い。そもそもきみたちの〝繭〟は……」

ずい、と顔を近づけると、ホルンは身をのけぞらせた。

「なんじゃ、おぬし、早口になりおって。少し気持ち悪いぞ」

「おっと、すまん。なるべく我慢していたんだが、つい漏れた」

ホルンが、メイシェラの方を向く。

「こやつ、変わっておるな？」

「兄さん、高次元知性体《オーヴァーロード》オタクというか……ちょっとそっちに詳しいんですよ」

「ふむ……まあ、よい」

「あとホルンさん、家の中にいきなり現れるのはやめましょう。心臓に悪いですよ」

「よかろう。後で庭にくさびを打つ」

くさび、とは転移のための目印であるらしい。

竜は空間を三次元ではなくもっと高い次元で捉《とら》えることが可能で、しかしその場合、彼らがくさびと呼ぶものがなければ転移の際、ピンポイントで現れることができないのであると。

「なるほど、宇宙船のジャンプアンカーのようなものか。重力の歪《ゆが》みを感知している？　そうか、重力波は高次元で伝わるから……」

おれがひとりで納得しているうちに、ホルンはメイシェラの手からプリンを受け取り、上機嫌で上部のカラメルを少しだけスプーンで掬《すく》って口に運ぶ。

「うむ、よい。このほんの少し苦い部分が、実によい。下の黄色い部分との比率で味が変化する。なんと奥の深い菓子か」

こいつ、プリンの秘奥に気づくとは。なかなかやるな？

「多めにつくったので、今日はホルンさんも、もうひとつ食べてもいいですよ」

「なんと」

「おれの分は食べるなよ？」

ホルンは上機嫌でプリンを二個とも食べ終えると、さて、とおれに向き直った。

「もしかして、プリンを食べに来ただけじゃないのか」

「おぬし、われをなんと心得る」

「プリンが好きな高次元知性体《オーヴァーロード》」

「間違ってはおらぬが、実はわれ、竜の中では少々偉いのだぞ？」

「それは、昨日の時点でだいたいわかってる。きみが戦艦と戦ったときの映像も見たことがある」

「うむ、あの映像な。きちんと撮影するよう命じた上で、戯れてやったのだ」

妙にいいアングルで撮れた映像だと思ったけれど、やっぱり仕込みだったか。

いやまあ仕込みだったとしても、戦艦のバリアと装甲を一撃で貫通している光景を見るだけで、軍関係者を恐れおののかせるには充分である。

「あのとき、相互不可侵と、われらとおぬしらの関係が定められた。故にわれらはおぬしらがこの星を管理することについて、口も牙《きば》も出さぬ。同時に、おぬしらもわれらに口も牙も出さぬ。そういう取り決めよ」

うん、そんな感じだ。高次元知性体《オーヴァーロード》に対してできる、帝国の最大限の誠意である。

武力で高次元知性体《オーヴァーロード》を抑えることは、まあできなくはないだろうが、その益は少ない。

それよりは相互不可侵として、帝国は領土という実益を得る方がいい。

一方、高次元知性体《オーヴァーロード》は、星がなくても生きていける。もっとも、竜たちはこの星に愛着がある様子で、これまでただの一度も星系の外に出たことはないとのことであるが……。

まあそれはそれとして、くだんの映像の通り竜は真空中でも平気で行動できるし、帝国の技術の粋を集めた戦艦が相手でも勝利する。

それくらいできなくては高次元知性体《オーヴァーロード》と認定されることもない、という話ではある。

故の、相互不可侵。幸いなことに、成体となった竜は、ほとんど他人のこと、他の生命体のことにあまり興味を持たないのだという。

だから、目の前の少女にしか見えないもののれっきとした成竜が、目をきらきらと輝かせてプリンを食べたり、メイシェラのことを目で追ったりしていることが、おれにはどうにも不思議なのである。報告書にあった竜の話とは、だいぶ違う。

「われは竜の中でも少し変わり者、と言われておるよ」

そんなおれの疑問は、ホルンの言葉で解消されることとなった。

「他の竜は、幼体のことすら気にかけぬからな」

「幼体が傷ついていても、か」

「故に、狩猟者が現れる。その無関心につけ入って来るのだ」

その目が、すっと細められた。おれの背筋に冷たいものが走る。幸いにも、メイシェラは洗い物のため台所に行ったところだった。

「帝国は竜の幼体の狩猟を認めていない。密猟者だ」

「で、あろうな。こちらの警戒を上手くくぐり抜けておる。おぬしたち、大半の帝国人がこの星を丁寧に扱っていることはよく理解しておるのだ。しかし、そうでない不埒者《ふらち》が、まれにやってくる。以前は百二十年ほど前であった。空の上まで追いかけて船を粉々に砕いてやったのだ。それに懲りて、もう来ないと思ったのだがな……」

そりゃまあ、百二十年も経てば、当時の密猟者なんて誰ひとり生きてはいないだろう。

帝国の人々はそれなりの医療にかかっていれば二百年くらい生きられるが、アウトローの身でそんな待遇は望むべくもない。

そもそもあいつらすぐ死ぬから、世代交代が早いし。つまり、貴重な教訓は失われている可能性が高い、ということだ。

故に新しい密猟者がこの宙域に入り込んできた、というあたりだろうか。

「近年だと、一昨日《おととい》の被害が初めてか？」

「以前から行方不明の幼体がかなりいるとわかった。あれから幼体の数を数えてな。それまでは、おかしいとも思っておらなんだ。先も言ったように、たいていの竜は幼体にすら興味を持たない。ヒトの中には、竜は生物として進化の袋小路にいる、と語る者もいる」

たしかに、聞く限り竜のありかたは、通常の生き物のそれとはだいぶ違う。

昨日、ざっと読んだ報告書によれば、ここ数万年は男女のつがいになる者も減少の一途を辿《たど》り、幼体の数もますます少なくなっているのだとか。

そんな幼体がいなくなっても、何年も気づかない。

ヒトの感覚では、ちょっと考えられないことである。そのあたり、数万年、場合によっては数百万年、あるいはそれ以上生きた個体すら現存しているという長命の種であるということも一因ではあるのだろうが……。

ちなみにこの星の一年は、銀河標準時の一年とだいたい同じである。

「この星を管理する者……総督といったか？　その者のところにも行った。だがヤツは、相互不可侵故に手を出せぬ、とぬかしおってな」

一昨日、挨拶《あいさつ》した総督の顔を思い出す。まるまると太った、臆病《おくびょう》な様子の中年男であった。

ことなかれ主義の官僚、その典型のような相手であったように思う。うん、ああいうタイプは本来の庇護《ひご》下にあるはずの現地民にすら、そういうことを言うのだよなあ。

で、現地民の不満が溜《た》まりに溜まって、爆発すると真っ先に責任転嫁して逃げるんだ。

知ってる知ってる、そういう輩の尻拭《しりぬぐ》いで、何度、緊急出撃させられたか……うっ、頭が。

「兄さんも、よく海賊を狩ってましたよね」

紅茶を淹れて食卓に戻ってきたメイシェラが言う。どうにかって言われてもなあ……。

「おぬし、害獣退治の専門家であったか？」

「害獣って……いや、間違ってはいないか」

いくら退治してもポコポコと湧いてくる点は同じである。

「簡単に言えば、おれは船の船長だったことがあるし、その船を束ねていたこともある。もちろん星の海に乗り出す船だ。でも、いまはそうじゃない。それに密猟者は、辺境のステーションや輸送船を襲う海賊とはだいぶ違うよ」

「うむ、奴らは星の船に乗って来るのだ。われが破壊したこともあるが、きりがない」

普通、生き物は宇宙船を破壊するなんてできないんですけどね。

改めて、目の前で紅茶を飲んでいる少女が規格外の化け物だと認識させられる。

ところが、その化け物のような少女は、腕組みしたまま、むむむ、と天井を睨《にら》みつけていた。

何か迷いがあるのか。口に出したいが、出せないことがあるのか。

いや、わかっている。先に話題が出た通りなのだ。総督の言葉通りなのだ。

この地が帝国領でありながら竜たちが自由に暮らせるのは、帝国と竜が不可侵条約を結んでいるからである。この星において、竜は帝国の意向を気にすることなく、好きに生きることができる。

同時に、竜は帝国の民に積極的な干渉をしてはならない。

ホルンがおれに直接手助けを求めるのは、この積極的な干渉にあたる可能性があった。

「少し考えさせてくれないか」

「む？　……ふむ、気を遣わせてしまったか」

「きみの悩みはわかっている。だけど、いまのおれには部下もいないんだ」

その日は、それで終わった。

＊＊＊

『高次元知性体《オーヴァーロード》の特殊物性と生態に関する丙種特記事項の補追』

軍にいたころ、おれが書いた報文である。

正確には、帝都大学のとある教授に気に入られ、口説かれ、なかば強引に書かされたものなのだが……いつかきちんとした論文にしたいという気持ちは、ずっと抱えていた。

子どものころ、銀河ネットのホロで見たヒトを超える生命のかたち。それは幼き日のおれの心に焼きついた、強い憧《あこが》れ。

幼年学校に通っていたころのおれは、学者になりたかった。背伸びをして超物性体生物学の教科書を読み、ネット上に専門家の講演があると、必ず視聴した。

長じるにつれ、己の立場というものがわかってきた。軍人の家系で裕福というわけでもない我が家では、軍学校に行く以外の選択が難しいことも理解した。

幸いにして、軍人の才能はあったようだ。軍学校を出てから驚異的な速度で出世して、最年少での提督府入りを果たした。その過程で、なぜか高次元知性体《オーヴァーロード》とも関わることとなる。

そう、おれが高次元知性体《オーヴァーロード》を友としたのは、ホルンが初めてではない。

あの方から命じられた仕事で銀河のあちこちを飛びまわり……その中で数度、高次元知性体《オーヴァーロード》に邂《かい》逅《こう》しているのだ。

とある一個体とは、個人的な友誼《ゆうぎ》を結んだ。帝国の公式な記録からは削除された出来事だ。

その個体は、とある惑星全体を覆う粘性の流動体で、端的に言ってしまえば、惑星ひとつを覆うスライム状生命体だった。とても頭がよくて、とてつもないちからを持つスライムである。

いろいろな事情があって、おれはそのスライムと一対一で対話することになり、結果としてこのスライムにえらく気に入られてしまったのである。

彼とも彼女ともつかぬその存在は、別れ際、おれに贈り物を渡した。

「贈り物……卵のように見えるが」

「卵だよ。きみにわかりやすいように、概念化したものだ」

「きみの子どもか？」

「広義で言えば、そのようなものだ。いつの日か、きみがひとつの場所に落ち着いたら。そのときはこれを孵《かえ》すといい。必ずや、きみの助けになってくれるだろう」

ただし、とスライムは卵を孵すために必要なものについて、つけ加えた。それは容易には手に入らないもので、だからおれは卵を特別な容器にしまい込んだまま、ずっと忘れていた。

孵卵《ふらん》器に入った卵を、ホルンが興味深そうに眺めている。引っ越し後の荷物整理をしていたメイシェラが、箱の奥に詰まっていたこれを発見し、応接室に持ってきたのだ。

ああ、これ……おれもすっかり、その存在を忘れていた。まったくもって薄情な話だ。

「たいしたものであるな。われでは、これの中が見えぬ」

「それって、すごいことなんですか？　ただの大きな卵に見えますけど」

「少なくとも、われが認識できる範囲を超えたモノであるな。ゼンジよ、おぬし、これをどこで手に入れた」

「知り合いに貰《もら》ったんだ。自分のかわりに、これを育ててくれって」

ホルンは、ほほう、と口の端をつり上げた。

「おぬしのつがいか」

「兄さん⁉」

「なぜメイシェラが驚くんだ」

「だって、兄さんそんなことひとことも……っ」

「仮に結婚した相手がいたとして、卵が生まれるものか。落ち着け、からかわれているんだ」

メイシェラとホルンは、一斉に「えっ」とこちらを向く。

「おいこら」

「からかってはおらぬが。ほんのわずかだが、この卵からはおぬしの因子の気配があるぞ」

「待て、それは初耳だ」

「よほど好かれておったのだなあ」

ホルンは腕組みして、うんうん、としきりにうなずいている。

メイシェラが冷たい目でおれを睨んでくる。

「兄さん、その人は？」

「えーと、まあ、いまでもあの星にいるんじゃないですかね」

「捨てた、ってことですか？　行きずりの関係ですか？　宇宙の男は港ごとに女を持つんですか？」

「おまえは何を言ってるんだ」

あの存在とのコンタクトは、いちおう帝国軍の機密なんだよ。

どこまで話していいんだっけ？　いやそもそも、あれっていつまで秘密にするんだっけか……。

「ちょっと待ってくれよな。ええと、あれが高次元知性体《オーヴァーロード》ってことは話しても、まあ大丈夫か」

ホルンが「ほう」と楽しそうな声をあげる。

「まあ、そうであろうな。少なくとも、われと同等の存在でなければ、このようなものは組み上げられぬであろう」

「高次元知性体《オーヴァーロード》……ホルンさんみたいな？」

「すまんが、どういう姿形をしているかは帝国軍の機密にあたる。場所も説明できん。本来なら、この卵も帝国軍に預けるべきものなんだろうが……陛下のお許しでな」

「あ、えっと、本当にすごいもの、なんですね」

陛下、という言葉を聞いて、メイシェラは居住まいを正す。

帝国市民なら、普通はそうなるものである。一方、帝国の権威にはまるで興味がないホルンは、メイシェラの態度の変化を見ても、きょとんとした顔であった。

こいつに陛下の偉大さについて語っても仕方がないので、まあそれは置いておくことにする。

「でも兄さんはこれ、箱の奥にしまい込んで忘れていたんですよね」

「言い訳すると、これを貰ってからいろいろ忙しかったから……あと、どうせよほどのことがなければこの卵は孵らない、って言われてたし」

「よほどのこと、ですか」

「うん、あー、まあ……」

おれは、腕組みして楽しそうにしているホルンの顔を見た。

ホルンは、何が嬉《うれ》しいのか、にやりと笑ってみせた。

「申してみよ」

「もしかして、想像がついてるのか？　まあ、いい。これを孵すためには、特殊な〝場《フィールド》〟が必要なんだ」

「〝場《フィールド》〟……具体的には？」

「超次元の糸胞、とあいつは語っていたな。特殊なエネルギーに包まれることで初めて孵化《ふか》するらしい。その結果、何が生まれるか、よく知らないんだが……」

「もしかして、兄さん、星を破壊する化け物が生まれるとかじゃ……。駄目です、そんなことしたら、せっかくのわたしたちの新しい家が！」

「あいつは、言っていたよ。卵から孵ったものが、必ずやおれの役に立つ、って」

「役に立つ、ですか」

「これも具体的なことは言えないんだが、あいつが断言した言葉は、相応の説得力を持つ。帝国軍はそう分析していた、とだけは」

「未来視、ってことですよねソレ……」

はっはっは、義妹《いもうと》よ、それは銀河ネットの見すぎだ。

たしかに一部の高次元知性体《オーヴァーロード》は未来を見たとしか思えないことを語ることがあるが、それは絶対の未来を見たわけではなくて、ただ可能性の一部を覗《のぞ》いたにすぎない。そもそも現在帝国の科学者が認識している時間というのは……いや、この話はやめておこう、長くなる。

「もしかして、兄さんが研究者を志しているのって……」

「それも少しはある」

本当に、うん。おれもこの地に隠居して、別に遊びほうけようと思っていたわけではない。

「ちなみに我が愛しの義妹《いもうと》よ、高次元知性体《オーヴァーロード》について、きみはどこまで理解しているのかね」

「すごく強いことしかわかりません、兄さん！」

「元気があってよろしい。百億点満点！」

わーい、と両腕をあげて喜ぶメイシェラ。呆《あき》れた様子で小芝居を見るホルン。

「それで？　われに頼みがあるのではないか？」

「頼み、ですか？　兄さんが、ホルンさんに？」

「ああ、その通りだ」

おれはちらりと、孵卵器を見た。中の卵が、どこか嬉しそうにしているような気がした。

「きみたち竜の許可が欲しい。この土地で、卵を孵す許可を」

「よかろう」

「必要なら何でも……って、あ、いいの？」

「別に許可などいらぬ。我ら竜は、善き隣人を退けるほど狭量ではない。加えて、おぬしはわれの友だ。故に、何の問題もない」

「わかっていると思うが、この卵を孵すことができる場所には条件があって……」

「〝繭〟であろう？」

「ああ、そうだ」

「それも含めて、構わぬ、と言っておる。後ほど〝繭〟の影響を受けやすい土地に案内しよう」

〝繭〟。竜がこの星全体に織り込んだ超次元の糸の集積体を、帝国はそう呼んでいる。

ホルンがぱっと消えたりどこからともなく現れたりするのも、この星中に張り巡らされた糸を辿《たど》って移動しているからである。

超次元の特殊な場、超弦流子胞。すなわち、〝繭〟。これこそが、あの卵を孵すために必要なものであると、かつてかの者はそう言ったのだった。

本来は、あまりにも困難な条件であった。それはつまり、他の高次元知性体《オーヴァーロード》の領域に赴き、その高次元知性体《オーヴァーロード》の許可を得て、高次元知性体《オーヴァーロード》のお膝元《ひざもと》で他の高次元知性体《オーヴァーロード》の卵を孵すのだから。

それが、この地ではいとも簡単に認められた。

すべてはおれがホルンという高次元知性体《オーヴァーロード》と個人的な友誼を結んだが故に。

奇妙なことだ、と思うが……かつてのかの者は、ここまで予期してあの卵をおれに託したのかもしれない。

「ありがとう、ホルン」

「うむ、感謝の意は受け取ろう。おぬしたちが喜ぶ様は、われにとっても喜ばしい」

満面の笑みを浮かべるホルン。

彼女の言葉に裏表はない。竜は高次元知性体《オーヴァーロード》であり、高次元知性体《オーヴァーロード》とはそういうものだ。彼女はまったくの善意で許可を出してくれた。

だからといって、このまま無償で竜の善意だけを受け取るのも、ヒトとしてなあ。

だったら、おれだって少しはこの竜のために働くべきではないか。

いまのおれにできることといえば、保留していたあれしかない、か。

どこまでできるかわからない。場合によってはメイシェラに迷惑がかかるような事態になるかもしれない。ちらりと、メイシェラの方を見た。

少女は、「兄さんのやりたいようにやってください」と微笑む。

よし、と腹をくくった。

「ホルン、ちょっといいか」

「うむ？」

「行方不明になった幼竜のデータとか、どのあたりで消えたのかとかの記録があるかな」

「先日の話か？　別に今回の件、恩義と感じる必要はないぞ」

「そうはいかない。それで、データはあるか？」

「調べてこよう。手間をかけるな」

「いいさ。おれは竜の友、なんだろう？」

ホルンは笑って、「また明日《あした》！」と手を振り、その場からかき消えた。

だから玄関を使えよ、玄関を。

＊　＊　＊

この惑星フォーラⅡには、七つの大陸がある。おれが陛下から下賜された丘は、その中で最大の面積を誇る南西大陸の北方に存在した。

丘ひとつと、その上に建てられた二階建ての屋敷、そして丘から半径十キロメートルの敷地。

この一帯だけは、特種帝国法により、この星の総督の権限すら及ばない、おれだけの領地であるのだという。

この屋敷自体、陛下が幼きころ、この星に一時滞在していた時代に暮らしていた場所である。

屋敷の地下には高性能の通信設備が存在し、それを起動させた結果、衛星軌道上の軍用サーバーに直接繋《つな》ぐことができた。

「こんなにあっさり、軍のサーバーに繋がっちゃうんですね……」

いつもの応接室の机上ホロに情報を映し出し、皆でそれを眺める。明らかに個人で見てはいけないような、この星の統治に関する詳細な三次元データがそこにあった。

「名義が陛下の代理人権限のままなんだな。まあ、いいか」

たぶんこれも、陛下の御心の内なのだろう。

で、そうして手に入れたこの星の詳細な地図に幼竜が行方不明になった場所、及び幼竜が密猟者とおぼしき者たちに襲われた場所を、日時と共にプロットする。

すべてがホルンからの情報である。当然ながら竜はGPSなど持たないため、精度はそこそこだ。

それでも、漠然と、ある範囲で密猟者が活動していると判断できる図が完成した。

具体的には、南西大陸の中央付近、ある一点。そこを中心として襲撃の範囲が同心円状に広がり、しかもそれは日時の経過と共に拡大しているという図であった。

「こんなに露骨に拠点の場所を示していること、あるか？　いや、このサーバー情報を引き出せる立場に鼻薬を嗅《か》がせていたのか？」

　ダメ元でやってみたその結果に、おれは呆れた声を出してしまう。一方のホルンはといえば、腕組みして「むむむ」と唸《うな》っていた。

「まさか、この星がこのような姿だったとはな」

「ホルンさんって地図とか見たことない系の女子だったんですか」

「このようなものがなくとも、行き先を迷うことなどない。宇宙に出たとき、じっくり観察すればよかったのかもしれぬ」

　体内に天然のＧＰＳでもついているのかね。

　鳥や魚や星鮫《ほしざめ》にもついているし、竜がそれくらい持っていても全然おかしくはないのだけれど。

　高次元を自在に認識し、三次元に囚われず移動できるとしても、何らかの指針、目印は必要だと思うのだよな。実際にこいつは、昨日も一昨日《おととい》も、くさびがどうとか言っていたし。

「そういえば、今日は玄関からやってきたってことは、くさびとやらは打ち込んだのか？」

「うむ、庭に置いておいたぞ」

　窓からこの屋敷の内庭を眺めてみれば……うん？　特に変化はない気がする。

「ほれ、そこの隅だ」

「あー、そういえばあの一抱えありそうな黒い丸石、昨日まではなかった気がする」

「あれが、われのくさびだ。あのポイントに降りるから、動かすでないぞ」

「了解、後で掃除ドローンに登録しておくわ」

　何十年もの間、陛下が訪れぬままこの屋敷が放置されていても綺麗《きれい》な状態を保っていたのは、普段は屋敷の地下倉庫で眠っているドローンたちが頑張ってくれていたからである。

メイシェラが、これまでドローンがやってくれていた屋敷の清掃の一部を自分がやりたいと言い出したため、おれは先日、一日かけてマニュアル片手に苦労して掃除ドローンの設定をいじった。

旧式かつスタンドアロンのため、最新の状態にアップデートされた管理ＡＩによる一括管理ができなかったのである。

これまではどうしていたのかと思いきや、どうも定期的に陛下の部下が屋敷に降り立ち、細かい調整をほどこしていた形跡が見受けられた。

そこまでして、守り続けていた屋敷なのだ、ひょっとしたら、まだ何か秘密でもあるのかもしれないが……うーん、別にそういう秘密、発見されなくていいなあ。

それよりも、本腰を入れて研究活動に入りたい。

まあ、なぜかいま、竜に協力して密猟者を発見する、なんてことをしているわけだが……。

「この円の中央に何がある？　拡大してくれ」

衛星軌道上の惑星管理センターにアクセスし、一帯のさらに詳細な地図をダウンロード、卓上ホロに展開する。一見、ただの鬱蒼《うっそう》と茂った森にしか見えないのだが……。

上空からの映像を見たホルンが、低い唸り声をあげた。

「泥呪樹海《でいじゅじゅかい》であるな。こうして映像で見るぶんには何でもない森だが、この上を飛ぶ竜は、古きイアシュの呪いを受け、ひどい頭痛を覚える。場合によっては墜落するということで、竜の間でも忌み嫌われている場所だ」

「ホルン、きみでもか」

「われでも、である。もう二千年以上、ここには近づいておらぬ。このような場所に潜むとは……なかなか、考えたものだ」

泥呪樹海、か。竜が嫌がるような場所、ねえ。

「古きイアシュの呪いって？」

「数千万年前、竜の禁忌を破ったイアシュは同族によって殺され、その肉体はこの地に封印された。しかしイアシュは死なず、心だけとなってこの地に残り、竜の子孫を呪い続けているという。うう、おそろしい話じゃ……」

ホルンは震え上がっていた。普段の余裕が、見る影もない。

「呪い……」

「兄さん、そのようなものがあるのですか」

「この星のエルフは魔法を使うという。別に竜が呪いを使っても不思議じゃない」

「はあ」

我が妹はピンときていないようだが、ヒトは己の生まれ育った星を離れ、宇宙のさまざまな場所に赴くにつれ、己の常識がいかに狭いものか悟った。

時空を超越する高次元知性体《オーヴァーロード》にまつわる土地ならば、何が起きても不思議ではない。

いや、でも、待てよ……？　ふと思い立って、今度は惑星管理センターから地磁気のデータを呼び出し、地図に重ねた。

はたして、泥呪樹海の周辺では、強い地磁気の異常を訴えている。

「これは、何じゃ？」

「磁気異常だ。地下にでかい金属鉱でもあるのかもしれないし、空間の歪《ゆが》みが周辺の磁気に影響を与えているのかもしれない。それに竜の鋭敏な感覚が干渉を受けて、結果、頭痛を覚える……ということか？」

「ふうむ、わからん。とにかく、呪いではない、と」

そんな非科学的な、とは断言できないのが難しいところである。

が、そこはあえて笑い飛ばしておく。

「もし本当に呪いがあるなら、密猟者が平気でいられるはずがないさ」

「むう。それも、そうか」

「問題は、何でこんな場所がいままでずっと放置されていたか、なんだが……。いや、でも輸送船の航行ルートからは外れているし、周囲にヒトも住んでいない。でも竜の縄張りの中にある。放置しても問題なかった場所なのか？」

「それは、そうであるな。おぬしらは沿岸部以外に興味がない様子であるからして。このような場所に住む者は珍しい」

この丘の周囲は何百キロも深い森に覆われている。いちおう、エルフと呼ばれる環境適応人類が森の中に暮らしているらしいが、彼らは細々とした原始的な生活を維持しているらしい。

「とにかく、この場所をもう少し詳しく調べてみよう」

その日の午後、おれとホルンは小型艇に乗り、泥呪樹海に赴いていた。

小型艇を草むらに着地させ、軽く偽装をほどこす。

ホルンは少し頭が痛むようで、しきりに首を振っていた。

「大丈夫か」

「この姿であれば、動くのに支障はない。もとの姿に戻ればどうなるかはわからんがな……」

「なんなら、操縦席で座っていてくれてもいいんだぞ」

「そうもいくまい。これは本来、竜が解決すべき問題だ。おぬしひとりにすべてを任せるわけにはいかぬのだ。心配せずとも、われは竜、自分の身は自分で守れる」

見た目は子どもなので不安になってしまうが、まあ大丈夫だと言うなら大丈夫なのだろう。

おれは持参した黒いトランクを開き、中の蜂型ドローン二千体を解き放つ。

働き蜂そっくりのドローンの群れは、たちまちのうちに森の四方に消えていった。

トランクに残ったのは、女王蜂の形をした制御端末だけだ。

「小型端末か。あらかじめ聞いてはいたが、便利なシロモノであるな。しかし、地磁気、とやらが狂っているこの場所で通用するものなのか？」

「軍用の高性能のやつだから、ＧＰＳを使わずに、光通信と超空間通信の併用で互いの距離を測りながら探索を進めることができる。そのぶん捜索できる範囲が狭くなるが、地磁気に異常が起きている地帯はそう広くない。少し手間はかかるが、問題のない範囲だ」

「うむ、わからんが、すごいものなのはよくわかった。よくもまあ、おぬしのような若造が手に入れたものだ。星の彼方《かなた》では、このようなものが一般的なのか？」

「まさか。これは屋敷の地下にあったものだ。おそらくは、前の持ち主が非常時のために用意していたものだよ」

前の持ち主、とはつまり、屋敷の地下の端末と同様、陛下である。

このドローン・システムもおれのために用意してくれていた。何故なのかと言われれば、それはわからないのだが、せっかくだからと活用させて貰うことにしたのである。

「子機が撮影したデータを地図上にプロットし、重要度に従って区分けしてくれ」

女王蜂に指示を下す。女王蜂の複眼が白く輝き、そばの下草をプロジェクターとして泥呪樹海の地図が映し出された。

「おお、地面が地図になった。地形置換の魔法か？」

「ただの幻だと思ってくれ。この地のエルフは本当に魔法を使うのか？」

「うむ。外の者は驚くが、この星に住む民にとっては当たり前のことよ」

報告書を読んだいまでも半信半疑なんだよな。まあ、いまはそのあたりはどうでもいい。

地図上が、みるみる青と赤に色分けされていく。青は惑星外文明の痕跡《こんせき》なし、赤は痕跡あり、だ。

「まあこの区分けだと、密猟者がこの星の技術だけを使っていたら見逃すことになるが……」

「そのような輩にやられる幼竜ではない」

「だよな。第一、おれが手当てした個体は銃に撃たれていたわけだし」

情報がゼロでは捜索のリソースが足りない。だから範囲を絞り、条件を限定してドローンを放つ。

このあたりの匙《さじ》加減は実戦で何度も経験しないと難しいものだ。なんでおれ、将校だったのにこんな経験ばかりしていたんだろうな……。

「むっ、この光っている点は何だ？」

「ポイントアルファの映像を再生」

おれが命令を出すと、地図に重なって、新しい光点でドローンが撮影した映像が展開される。太い樹に銃弾がめり込み、そのそばに熊のような獣の死骸《しがい》があった。

銃弾のサンプルが別の働き蜂によって回収され、解析される。

「用語の意味がわからぬ。これは、どう解釈をすればよいのだ？」

「先日の幼竜の傷口からきみが回収した銃弾と、同じ銃口から発射されたものだってさ」

「同じ種類の銃、ではないのだな」

「ああ、線条痕《こん》から同定できたみたいだ。古いタイプの銃を使っていたみたいだな」

レールガンなどの場合、こうはいかない。密猟者は技術的、資金的な問題でレガシーな技術を使うことが多い。

「さて、じゃあこのあたりを密猟者の生活圏と仮定して、重点的に調べて貰《もら》おうか」

「いよいよ大捕物であるな！」

「そんな台詞《せりふ》、どこで覚えた」

「以前、おぬしたちの概念を知るために銀河ネットを参照させて貰ったのだが？」

この竜、本当に、珍しいタイプの高次元知性体《オーヴァーロード》だよなあ。実に興味深いが、いまは高次元知性体《オーヴァーロード》の研究より優先するべきことがある。

これまでに密猟者たちが使っていた兵器の痕跡は、いずれも最新型からはほど遠いものばかりだ。派手に資金が投入されるような部隊が投入されているとは、とうてい思えなかった。

案の定、隠れ家とおぼしき洞窟《どうくつ》が発見され、その入り口を見張っているとおぼしきカメラに働き蜂がとりつく。ハッキングが開始されてから数秒で、回線を通じて洞窟内部の状況が解析できた。

「なんじゃ、この魚のような輩は」

「双海人《そうかいじん》だな。……困った」

「なんじゃ」

「奥に、生きて囚われている幼竜の反応がある。とりあえず全部まとめて吹っ飛ばして、生き残りを捕まえて尋問するつもりだったんだが……」

「ならば、われが行って子らを救おう」

やる気まんまんで飛び出そうとしたホルンの腕を慌ててつかむ。そのまま引っ張られ、地面に倒されて、「待て、待て、待て」と懸命に制止した。

「だいたい、頭が痛いんじゃないのか」

「我慢する。子らのためである」

「じゃあ、その幼竜たちを盾にされたら、どうするつもりだ」

「むう……っ」

ホルンは腕組みして天を仰いだ。そんな悪辣《あくらつ》なこと、思いもしなかったというところだろう。

「しかし、ではどうすればよい」

「おれに考えがある」

ぱっと思いついた作戦案を説明する。ホルンは、疑わしげな様子でおれを睨《にら》んできた。

「おぬし……われを謀《たばか》っておるのか？」

「まさか。おれはいつだって本気だよ。プリンに誓おう」

「むむむ……。まあ、よかろう。おぬしの妹も『兄さんはちょっとヘンなことも言いますけど、たいていは正解なんです』と言っていたからのう」

かくして、おれたちは行動を開始する。

＊　＊　＊

我々、双海人は、半魚人のような見た目の環境適応人類である。えら呼吸と肺呼吸を状況に応じて使い分けることができ、海でも陸でも生きられる上級人類だ。

陸上での環境が過酷な惑星でも生活できる。ただし陸上では全身からぬめる粘液が分泌され、それが都市に生活する下級人類から、いささかの不興を買うこともある。

故に我々の多くは下級な他の種族に交じって暮らすことをあまり好まず、同族で固まって稼業を行う。そういった稼業は、下級人類の法の外での活動となることが多い。

狩猟もそのひとつだ。仲間うちでの信頼だけを頼みとする我らにとって、典型的な稼業のひとつを、下級人類たちは密漁などと呼んでいるが、そんなものは知ったことではない。

帝国などという傲慢不遜《ごうまんふそん》な成り上がりどもが定めた法など、上級人類たる我らが守る必要などないのは自明である。そんな我々は、いま——。

「竜だ！　森の上空に成竜が！」

「迎撃だ、戦闘艇を出せ！」

「馬鹿、竜に敵うわけがないだろう！　いっそ、このまま隠れてやり過ごせば……」

「いや待て、止まった！」

「何をするつもりだ……」

突如としてアジトのある森の上空に現れた、紅蓮《ぐれん》の鱗《うろこ》を持つ全長三十メートルの竜。それが、空中で翼も動かさずぴたりと静止する。

皆が固唾《かたず》を呑《の》む中、短い手足を器用に交互に動かしはじめた。

同胞たちが、互いに顔を見合わせる。あの竜は何をしているのか、ひょっとしてこの地の磁気の乱れで頭がおかしくなってしまったのだろうか。

「踊っている？」

誰かが、言った。周囲がざわつく。まさか、と別の誰かが呟《つぶや》いた。いやしかし、とまた別の誰かが首を横に振った。しかし画面の中で、誇り高き高次元知性体《オーヴァーロード》は、尻尾《しっぽ》をぷりぷり振りながら、踊っているようにしか見えなかった。誰の目にも明らかに、それは……。

「白鳥の湖？」

銀河ネットで得た知識から、あの個体が人類の太古の芸術について承知していてもおかしくはない。しかし、それをわざわざこの地で、上空で披露する意味がない。

もしやこのアジトに幼竜が拘束されていることを知っていて、しかもその場所がバレたのだとしても……この上空で白鳥の湖を踊る理由などまったく思いつかない。

と――踊りのテンポが変わった。今度は何だ？　何だか、頭の中に太鼓の音が鳴り響くような気がしてならないが……。

「ソーラン節……」

誰かが、呆然《ぼうぜん》と呟く。画面の中で、赤竜はひたすら踊り続ける。

それをスクリーンで見る者たちの脳内では、祭太鼓がリズミカルに鳴っていた。

＊　＊　＊

やれやれ、と……おれは軍の特殊戦闘服に装備された透明化装置《ディフレクター》を作動させ、足音を殺しながら彼らのそばを通り過ぎていく。

透明化装置《ディフレクター》は光を屈折させ、まるで透明になったかのように身を隠す装置だ。

もっともその性能はさして高くなく、影は消せないし明るい場所ではひどく違和感のある、まるでそこだけ空気が歪《ゆが》んでいるように見えてしまう。

故に、巨大な赤竜の姿となったホルンが陽動してくれたわけである。

そう、森の上空で踊っている赤竜は、ホルンの本来の姿であった。

先日、ホルンと共に銀河ネットの配信番組を見ていた。そこでは人類が古から受け継いださまざまな舞踏が紹介されていたのである。

それが白鳥の湖であり、ソーラン節であった。

竜がこのアジトを襲えば、幼竜たちに危険が及ぶかもしれない。しかしおれが侵入するためには、相手を一時的に混乱させる必要がある。故の、舞踏である。

一度見ただけなのにああして見事に踊ってみせるのは、やっぱり竜の持つ適応能力の高さが故なんだろうか。何であんな巨体で、しかも蜥蜴《とかげ》のような身体で、翼まで使って空中でくるくるまわってみせることができるのか、それはよくわからない。

いやでも、ここまで上手くいくとは思わなかった。混乱する洞窟の中、おれは右往左往する密猟者たちに見つからないよう慎重に移動し……。

ついに、竜たちが閉じ込められている空洞までたどり着いた。

身の丈五メートル前後の色とりどりの幼竜たちが、金属の拘束具で身体を拘束された状態で転がっていた。全部で、五体。

幸いにして、周囲に密猟者たちの姿はない。おれは幼竜の一体に近づき、ホルンから教えられた言葉を耳もとで囁《ささや》いた。ぐったりした様子の幼竜が慌てた様子で顔をあげる。

「しっ、静かに。これからきみたちを助ける」

「あり、がと」

「いま外で暴れている竜がわかるか。ホルンだ。必ずここの全員を助けるから、待っていろ」

拘束具の鍵《かぎ》は電子錠だった。正直、物理的な鍵だったらマズかったが、電子錠なら簡単だ。

働き蜂を通して、ロックを解除する。かちっとかん高い音がして、幼竜の全身をからめ捕っていた拘束具がばらばらにほどけた。

「おい、きさま、そこで何をしている！」

二体ほどそうして自由にしたところで、密猟者に見つかった。双海人が三人、慌てた様子で迫ってくるも――。

「おまえら、きらいっ！」

おれが何かする前に、自由になった幼竜たちが前に出る。突っ込んできた双海人たちが、幼竜の巨体に吹き飛ばされ、洞窟の壁面に激しく衝突した。

双海人たちは、そのままぐったりと倒れ伏す。幼竜たちが、きゃっきゃと喜んで跳ねまわった。いくら幼体が弱いといっても、それはあくまで成体と比較した場合だ。幼体ですら近隣の生き物たちの頂点に君臨しているからこそ、親たちは幼体の生育に無関心でいられるのだろう。

「落ち着け、静かに！　ああもう、興奮してやがる！」

仕方がない。おれは急いで残りの三体の幼竜を解放した。その間にも、外からの攻撃で洞窟は激しく揺れている。

「脱出するぞ。あっちの方から――」

そのとき、ひときわ激しい揺れが起こった。立っていられなくて、おれは尻餅《しりもち》をつく。

壁面が激しい音を立てて崩れ、外の陽光が差し込む。

幼竜の一体が壁面に突進し、洞窟の壁を破壊したのだ。

「よし、そこから飛び出せ」

「おーっ！」

幼竜たちが次々と舞い、外に飛び出していく。それを見送るおれの方に、ようやく侵入者に気づいた密猟者たちが怒濤《どとう》のごとく迫ってきた。

透明化装置《ディフレクター》はとっくに切れていた。もう逃げ隠れすることはできない。

「殺せ、そいつを殺せ！」

「生かして返すな！」

おれは彼らの方に向き直る。腰からひと振りの細長い棒を抜いた。軽く手を振ると、棒が長く伸張し、実体剣となる。おれが以前から愛用している、おれだけの武器だ。

何せこの剣、銀河でたったの一本しかない、高次元知性体《オーヴァーロード》の角の骨を削ったもので……。

いや、そんなことは今、どうでもいい。

幼竜たちを解放した以上、もう逃げ隠れする必要はないのだ。

「ちょうどいい。暴れ足りなかったんだ」

おれはにやりとして、彼らに向かって駆け出した。襲ってくる敵の数は、およそ三十人。

「よくも我らの商品を逃がしてくれたな！」

「よくもまあ、どの口でそんなことを……。おまえらは誰ひとり殺してやらん。生きて罪を償え」

最初に襲ってきた双海人は手に電磁警棒を握っていた。振りかぶった一撃を軽く身をひねってかわし、剣の腹で胴体をなぎ払う。

双海人の身体が後ろに吹き飛び、いましもおれめがけて銃を放とうとしていたふたりが巻き込まれて倒れ伏す。

おれは素早く距離を詰めて、洞窟《どうくつ》の地面に倒れてもなお銃を握る者たちの腕だけを斬り飛ばした。

「腕がっ！　おれの腕があっ！」

「綺麗《きれい》に斬ってやったから、後ですぐくっつく。おとなしくしていろ」

続いて、今度は三人まとめて、電磁警棒を握った者たちが襲いかかってきた。地面を蹴《け》って、前のめりに加速する。

一瞬で距離を詰めた。彼らの目では、おれの姿が消えたかのような錯覚を覚えただろう。

おれを見失った次の瞬間には、こちらはもう相手の懐にいる。

剣を使うまでもない。ヒトとしての弱点は環境適応人類でもおおむね同じだ。拳《こぶし》を握り、その顎《あご》に向けて鋭く振り抜く。脳を激しく揺らして、三人は次々と意識を失い倒れ伏す。

「なんだ、あいつは！」

「帝国軍の古式正式剣技《エンシエントアーツ》だ、まさか十剣聖⁉」

「馬鹿な、ありえん！　そんな者が、何故ここに⁉」

「十剣聖《あいつら》だけがこの剣の使い手じゃないんだよ。まあ、薫陶は受けているんだが」

あっという間に六人が倒れた。

残された者たちは慌てた様子で物陰に隠れて銃を構えるが、もう遅い。

おれは遮蔽《しやへい》から遮蔽に飛び移りながら距離を詰め、抵抗する密猟者たちを片っ端から始末していく。全員を戦闘不能にするまで、五分ほどかかった。


後始末の話になる。

密猟者たちを全員、叩《たた》きのめした後、おれは知り合いの帝国保護官に直接連絡を取り、高速巡洋艦でやってきた彼らに拘束した密猟者たちを引き渡した。

保護官は、すでに出荷された竜についても密売ルートを調査し、早急に確保、返還すると請け合ってくれた。ヒトの身体に戻ったホルンは多くを語らず、密猟者たちの処分についても帝国に一任してくれた。

「おぬしには、とても世話になった。感謝する、竜の友よ」

「いいさ。おれはもう帝国の軍人じゃないし、どちらかというと追放された身の上だ。プリンを愛する同志の手助けができてよかった」

「うむ、プリンはすばらしいな。今日はメイシェラに三個ねだってみよう」

おれとホルンの側についいては、これで解決である。

しかし保護官としてはそれだけで終わらせるわけにもいかなかった様子だ。

「幼竜は、一度、地下市場に出てしまいました。たいそうな値がついたと聞きます。次こそ一攫千金《いっかくせんきん》、と狙う不埒《ふらち》者がまた出てくるかもしれません」

「いざとなれば、われが暴れてみせよう」

「高次元知性体《オーヴァーロード》にそこまでご迷惑をおかけするわけには参りません」

保護官は、緊張した面持ちでホルンに敬礼した。

こいつが本気で大暴れしたら、その星がひどいことになるだろうしなあ。

「もう一点。今回の密猟者たちを尋問していて判明したのですが、この星の総督が彼らに便宜を図っていた疑いがあります」

おれは先日、総督に挨拶《あいさつ》したときの、事なかれ主義者なぼんやりとした顔を思い出す。

あれでも相応に賄賂《わいろ》を受け取り、陛下の屋敷があったこの星で悪事に手を染めていた、一丁前の悪党であったということか。

「この件については帝都に連絡済みですので、早急に総督の首がすげ替わることとなるでしょう」

「それは物理的に？」

保護官は笑った。

「陛下の信頼を裏切り、高次元知性体《オーヴァーロード》の幼体に手を出す手伝いをしたのです。安易に首を刎《は》ねるよりも、より効果的な見せしめとなっていただきます」

笑顔が、怖い。おれとホルンは揃《そろ》って震え上がった。

「それと、これは親戚《しんせき》からの伝言なのですが……。『そのうち会いに行くから、おとなしく待っているように』と」

「待って。あなたの親戚って誰⁉」

「申し遅れましたが、わたしの家名はイスヴィル。親は伯爵家で、陛下より銀河東方の地を預かっております」

「イスヴィル伯爵家……ってことはイスヴィル少佐か」

「現在は中佐です、閣下。『自分を置いてさっさと引退したこと、許してはいない』と」

「いまは閣下じゃない。せっかく提督府のブラック労働から解放されたんだ、好きに生きればいいものを」

「忠義に厚い部下を持てて、羨《うらや》ましいことです」

しれっとのたまう保護官に、おれはおおきなため息をついた。ホルンが興味深そうに、おれの顔を下から覗《のぞ》き込んでくる。

「なんじゃ、おぬしのつがいか」

「違う。以前の部下だ」

ホルンは保護官に意味深な視線を向ける。保護官は、今度はごまかすように笑った。

「では、わたしはこれで。本星に閣下の無事を報告いたします」

「だからもう閣下じゃないって。まあ、来るなら摂政の弱みのひとつ、ふたつでも握ってきてくれ」

「それはまた、難題ですな。さぞ張り切ることでしょう」

「あ、そこは無理って言わないんだ……」

引っ捕らえた双海人たちを高速巡洋艦に乗せて、保護官は星の海へ帰っていった。

ホルンによれば、助け出した幼竜たちはたいした怪我もなく、いまは元気に大陸中を飛びまわっているという。幼竜の親世代も、さすがに今回の出来事には多少なりとも危機感を抱いたようで、幼竜たちのことをたまには気にかけるようにするらしい。

それでも、たまになのかぁと、ヒトの感覚では思わなくもないが……まあ、竜がそれほどに他者への関心が薄いからこそ、高次元知性体《オーヴァーロード》でありながらこの星の大半をヒトに明け渡して平気な顔ができるのだろう。

「われは例外じゃからな」

そのあたりの話をするたびに、ホルンはそう言ってのける。たいていは、口の端にプリンのカラメルをつけながら。

「まあ、しかし。他の竜もこのプリンを食べれば、少しは考えが変わるかもしれん」

「食べさせてみるか？」

「駄目じゃ。われの取り分が減る」

少し慌てた様子のホルン。

相変わらず、気が抜けるヤツだ。

第二話　元提督と白い髪のエルフ

帝国元帥の座を辞して、これから先の人生が白紙となったばかりのころである。

提督時代もなにかとお世話になっていた帝都大学の教授が、当時の我が家に訪ねてきた。

高次元知性体《オーヴァーロード》生態物性学の第一人者で、以前、おれが書いた報文の共同執筆者でもある人物だ。

「ゼンジ、きみ、うちの大学に来ないかね。以前の報文をもとに博士論文を書こうじゃないか！　さあ我らには輝かしい未来が待っている！」

ちなみに帝都大学の理系の博士課程を卒業すれば、貴族に準じる資格を得られる。

それくらいの狭き門ということである。

うちの家はもともと下級貴族なんだけどね。結局、その誘いは断らざるを得なかった。

下手に帝都に残っていると、おれの存在そのものが政争の種になりかねなかったのである。

故に、陛下から賜った惑星フォーラⅡの土地に引っ越すことになった。

で、帝都のライブラリを軽く検索した限りでは、惑星フォーラⅡに関する文献は少なく、またこの星以外で形成された超弦流子胞、すなわち〝藺〟についての研究もあまり進んでいない。

理由は単純で、帝国市民が勝手に高次元知性体《オーヴァーロード》と接触することは、厳しく制限されているからだ。

惑星フォーラⅡは例外のひとつなのだが、成体の竜との接触は、やはり基本的に禁じられている。

おれのように、向こうから接触してきた場合は別なのだが……迂闊《うかつ》な接触によって竜の不興を買うのは誰にとっても望ましくない事態であるからして、これは当然の措置であった。

おれだって、自分が警備担当者だったら止める。全力で学者と竜のコンタクトを制限する。

だから、密猟者たちがやったことは、本当に「これヤバい、マジでヤバい」案件なのだ。

話を戻す。おれの第二の人生について、だ。

帝都大学にいなくても、論文は書ける。

ことに、惑星フォーラⅡにはヒトに友好的な高次元知性体《オーヴァーロード》が存在する。幸いにして、ホルンという考えられる限り最高の相手と友誼《ゆうぎ》を結べた。

恩師が知ったら失神するほど喜ぶだろう。しばらく静かに暮らしたいから、まだ伝えないけど。

どうせ、時間はこれから山ほどあるのだから……。

それはそれとして、高次元知性体《オーヴァーロード》とそれがつくる〝繭〟の論文の準備はしておきたいところだ。

＊＊＊

一連の事件が終わった後の、とある日の昼間、屋敷の応接室にて、おれはそんなことを、つらつらとホルンに語った。

「なるほどのう。研究、か。われらと、われらのつくった〝繭〟を研究したい、と」

「〝繭〟はきみたちからすれば何でもないものかもしれないけど、おれたちヒトからすれば、とんでもなく興味深い代物なんだよ」

「以前も、〝繭〟に興味を抱いた者たちがいた。彼らを通じて、われらはヒトというものを知った」

「エルフをつくった過去の開拓者だな」

「うむ」

エルフというのは、この星固有の環境適応人類だ。

帝国がこの地を領土とするずっと以前に惑星フォーラⅡにたどり着き、〝繭〟にアクセスする方法を身につけた者たちである。彼らとも接触したいところなんだが、そのあたりはおいおい、だ。

「そもそも、おれは子どものころ、研究者を目指していたんだ。ただ、うちは貴族だが、軍人の家系でね。家を継ぐ、という意味では軍人になる他なかった」

「ふむ」

「幸いにして、軍は勉強が好きな奴に手厚い手当を用意していた。階級が上がるたびに行われる研修、そのついでに大学の単位を取ることができた。そこで知り合った教授と高次元知性体《オーヴァーロード》に関する共同研究をすることになって、それからまあいろいろあった」

「よくわからぬが、おぬしが尋常ではない道を辿《たど》って地位を得たことは理解した」

「ホルンさんは賢いですね。わたしは未だに、兄さんがあと一歩で博士号を取れるのがどうしてなのか、わかってませんよ」

メイシェラは苦笑いしている。まあ無理もないよ、おれもよくわかっていないから。

知り合いの教授が帝都大学のルールを最大限に悪用したことだけはわかっているけど。

その人物によれば、「きみほど頻繁に、運よく高次元知性体《オーヴァーロード》の懐に入る者は見たことがない。これぞ、高次元知性体《オーヴァーロード》研究者としていちばんの才能ではないか」とのことである。

何を褒められているんだか、本当にわからない。

「ま、よかろう。われにできることなら何でも協力しようではないか」

「助かるよ。そのうち、お願いすることがあると思う」

どこから手をつけるかなあ。


別の日、おれは屋敷の応接間、テーブルの上に立体スクリーンを広げていた。

中央から七日遅れで更新される銀河ネット上のニュースをざっと眺めているのだ。相変わらず、帝国は各地で紛争の種を抱え、辺境では他国とのつばぜり合いを繰り広げている。

おれがまだ提督府に残っていれば、多忙を極めていたことだろう。

つくづく、追い出されてよかった……などと考えていたところ、今日もメイド服を着たメイシェラが、浮かない表情でやってきた。

「兄さん、来客の予定がありましたか?」

「ホルンは、今日は来ないと言っていたから……他に心当たりはないな。どうした」

「屋敷の外で、こちらを窺《うかが》っている方が」

近隣の住民だろうか、とまず考え、このあたりは周辺何十キロも無人であることを思い出す。

こんな僻地《へきち》にわざわざ訪ねてくる奴には、間違いなく何か理由があるに違いない。

「様子を見てこよう。メイシェラはここで待っていてくれ」

「わたしも行きます」

「自重してくれ。相手が害意を持っていないとは限らない」

そう言うと、不承不承、納得してくれた。

おれが自分で自分の身を守れることは彼女もよく承知しているし、その際、身体強化のひとつもしていない彼女では足手まといになりかねないとも理解しているのだ。

くだんの人物は、監視カメラで確認できない程度には離れたところにいるとのことである。

おれは外に出た。今日は雲ひとつない快晴で、太陽の光はまぶしいくらいだ。

人影を捜して、丘の下からぼうっとした様子でこちらを見上げている人物を発見した。

十四か十五か、それくらいの年頃の少女に見える。

透き通るような白い髪に緑の眼を持った、可愛らしい人物だ。

腰まである長い髪が束ねられぬまま風に流されている。自然繊維で手編みされたものとおぼしき白い服をまとい、己の背丈より長い杖《つえ》を手にしていた。

そして、なにより特徴的なことに——その耳が長く鋭く尖《とが》っていた。

エルフだ。この星でのみ発達した魔法という特殊な技術、それを扱うことに特化した環境適応人類である。そのついでに、かなり長命に調整されているらしい。

普通の個体でも二千年以上、長い個体では三千年を生きるとか。ちなみにノーマルな人類の場合、抗老化措置に金をかけても三百年かそこらが限界である。

その十倍近い寿命とは、たいしたものだ。そこまで生きたいかどうかは、また別の話だが。

かつて、あの方はおっしゃっていた。

「何故、皇族が抗老化措置を行ってはならないと法で定められているか。時代の移り変わりに従って上の者が変化していかなくては、帝国の根はたちまち腐ってしまう。過去の皇帝は、そう考えた」

その法に従い、あの方はノーマルのまま八十年間帝国を統治し、寿命を迎えた。

跡を継いだのは、唯一あの方の血を繋《つな》ぐ、まだ幼い孫で……故に摂政の専横を許してしまった。

「あの……つかぬことをお聞きしますが、現在のこの家の主はあなたでございますか」

と、考え事をしていたからだろうか。

いつの間にか、小柄なエルフはこちらとの距離を詰めていた。

二十歩ほどの距離で、小首をかしげて話しかけて、こちらを見上げてくる。おれは一瞬、彼女の言葉の意味がわからず、目をぱちくりさせて――少し考えて、納得する。

「はい。ゼンジ・ラグナイグナと申します。陛下から屋敷と丘一帯を下賜され、この地に移住いたしました」

「やはり！」

女は、ぱっと明るい顔になった。ぽんと手を叩《たた》く。

「イリヤのお手紙にあった、ゼンジ提督ですね」

「元提督、です。あの、陛下の手紙、ですか」

女帝イリヤ。陛下のことを名前で呼ぶ者は、おれの知る限り王配のあの方くらいであったが……。

陛下はかつて、もう何十年も会っていない友人がいる、とおっしゃっていた。

その友人とは、古式な紙の手紙を使ってやりとりしているのだと。

「イリヤとは時折、お手紙を交換しております。ここ最近はよくあなたのお名前が出てきておりまして、いったいどのようなお方なのでしょうと、お会いできる日を楽しみにしておりました」

エルフは、おれのことを舐《な》めるように眺めまわした後、またにぱっと笑顔をつくり、頭を深々と下げてくる。

「よろしくお願い申し上げます。わたくしは、リターニア。親しみを込めて、リタと呼んでくださいませ。あのひとも、わたくしをそう呼んでおりました」

「よろしく、リタ。おれも、陛下からお聞きしたことがあります。幼き日に遊んだ、友人の話を」

「イリヤの葬儀にもお招きいただいておりましたが、わたくしにはこの星を出る勇気がございませんでした。たいへんな不義理をいたしました」

「あの方は、そんなこと気にしませんよ。どうかお入りください」

ありし日の陛下がエルフの少女と出会い、共に青春の日々を過ごしたという話を思い出したのだ。そのときに、くだんの者から竜の話や魔法の話を聞いた、と楽しそうに語っていた。

はたして、屋敷の応接室に案内されたエルフは、懐かしそうに、年季の入った家具調度を眺める。

「あのころのままです。イリヤはここに帰ってきたいと手紙に書いておりました。ですが、ご子息が亡くなって、退位の目処が立たなくなったと……」

「あれは不幸な事故でした」

ちなみに前女帝の王配は存命だが、政治的には無力化され、実質的な幽閉状態だ。あの方の気まぐれに翻弄《ほんろう》された彼とは、よく酒を酌み交わした仲である。

「結局、帝国はお孫さんがお継ぎになったとお聞きしました。いま、おいくつでございましょうか」

「九つです」

「まだハイハイしているようなお年ですね……」

「エルフはそうかもしれませんが、ノーマルの市民ならひとりで学校に通っていますよ」

「それでも、帝国を継ぐには少々早すぎるのではございませんか」

それは、そうだ。ましてや女帝イリヤは偉大な指導者だったのだから、その後を継ぐというのは大変な重圧であろう。

だから摂政という役目が必要だった。

それがよりによってあいつだったのが、すべての不幸なのである。

メイシェラの淹れてくれた紅茶を飲みながら、おれとリターニアは応接室のソファに腰を下ろして会話する。エルフの女は、慣れた様子で棚からブランデーの瓶を取り出すと、少しだけ紅茶に垂らした後、「あっ」と声をあげた。

「申し訳ございません、この家のものは、もうあなた方のものです。それがついつい、昔と同じつもりで……」

「構いませんよ。おれは、あまり酒は呑《の》まない方です。そこのメイシェラはまだ未成年ですしっていうか、メイシェラより若い姿なのに平然とお酒を入れるんだな……まあ、一部の環境適応人類はアルコールなんて簡単に分解すると聞くが。

この屋敷に入ってからの手慣れた彼女の様子に、ああ本当にこの人物はあの方と親しかったのだな、と納得する。

胸が熱くなる。あの方を想って、ずっと待っていてくれた者がいた。

あの方を帝国の指導者ではなく、ひとりのヒトとして理解してくれていた者がいた。

リターニアは、ならば遠慮なく、と改めて紅茶の香りを楽しんだ後、中の液体を少し口に含んだ。

「たいへん、おいしゅうございます。妹君は、紅茶を淹れるのがお上手なのですね」

「ありがとうございます、リターニアさん」

「わたくしのことは、リタで構いません」

「わかりました、リタさん。是非、また来てくださいね。今度は他のお菓子もつくっておきますから」

「まあ、楽しみです」

勝手に再訪の約束まで交わしている。いや、いいけどね別に。

「ところで、リタはこの近くにお住まいで？」

「二百キロほど離れた森の中に、わたくしたちの町があるのです。飛んでくれば、それほど時間はかかりません」

小型艇でも持っているのだろうか。

「ええと、ご自分の足で？」

「空を飛びます。一時間くらいでしょうか」

エルフたちは魔法で飛ぶ。時速二百キロということである。一部の鳥はそれくらいの速度を出すと聞くが、ヒトが生身で出せる数字ではない。

無論、軍には極限まで肉体改造手術をほどこした兵士もいたし、そういった者たちならばやってやれないこともないだろうが、陛下の言葉が正しければ、彼女たちエルフはそれを何の肉体改造も受けず、生身でやってのけるのだ。

「魔法、ですか」

「興味がございますか」

「資料では見ました。ですが、この目で見てみたいとも思います」

「紅茶のお礼に、少し実演させていただきましょう」

メイシェラも含めた三人で、外に出た。

時刻は午後三時ごろ、雲ひとつない青空のもと、屋敷から少し離れた、なだらかな斜面の草原。

リターニアが手にした杖を軽く振ると、彼女の身体がふわりと浮き上がる。

まるで、木の葉が風に揺れて舞い上がったかのようだった。

おれの隣で眺めていたメイシェラが、わあ、と声をあげる。

「リタさん、慣性制御ユニット、本当に使っていないんですか」

「はい、これが魔法です。便利なのですよ」

リターニアが、もう一度、今度はメイシェラに杖の先を向けて軽く振る。

するとおれの隣で風が吹き、メイシェラの姿がふわりと浮き上がった。

メイシェラはメイド服のスカートを押さえて「わあっ、わあっ」と悲鳴をあげた。

「どうでしょうか？　魔法、ちょっとしたものでしょう？」

リターニアはえっへんと胸を張る。長い耳が、ぴくぴくとおおきく上下していた。

「こ、これ、どうなっているんですかぁ。魔法ってなんなんですか？」

「〝繭〟だ」

「〝繭〟？」

「超弦流子胞。この星を包む、高次元の見えない繭。高次元知性体《オーヴァーロード》は呼吸するように物理法則を書き換える。その特殊な物性については、帝都大学でもまだ研究が進んでいない」

「それって、兄さんの研究の……」

「エルフは、そこからちからを引き出しているんだ。実に興味深いよ」

おれは帝都のライブラリで知った、この星の歴史を思い出す。ざっと読んだだけだが、それはヒトが竜の遺産を好き勝手にいじった結果の、少し奇妙な顛末《てんまつ》である。

ずっとずっと昔、まだ帝国すら生まれる前のこと。

ヒトの一団がこの星を見つけて、竜という高次元知性体《オーヴァーロード》と出会った。

あまりにも理解不能な現象の数々と、当時は意思の疎通も困難だった竜。その一団は、相手を理解するためには自分たちの方が相手に歩み寄るべきだ、と考えた。

結果、ヒトとしてのありようを変革した、まったく新しいタイプの環境適応人類が生まれた。

エルフである。

エルフは竜がこの星中に張り巡らせた超弦流子胞、すなわち超次元の〝繭〟を認識し、この〝繭〟からちからを引き出すことに成功した。

これが、現在この星で魔法と呼ばれているものである。

〝繭〟を用いた竜との相互干渉により、竜もまた少しずつヒトを学び、長い試行錯誤の末、竜の一体が、ヒトのかたちを取ってエルフの前に現れることとなる。

いまのホルンのような姿だな。

それから先、更にいくつもの試行を経た末に、エルフと竜は対話に至った。

魔法というのは竜を理解するための副産物であったのだ。

もっとも、エルフたちは代を重ねるに連れ研究者としての特性が失われていき、現地に土着した。

現在では、ただ魔法が使えるだけの長命の環境適応人類にすぎない。

そして、魔法に依存したエルフの文明は、〝繭〟が存在するこの惑星フォーラⅡの内部でしか成立しない。

故にエルフたちは、この星を出ることがない。リターニアが若き日の陛下と出会い、しかし陛下が星の外に戻る際、ついていかなかった理由はよくわかる。

女帝の葬儀のためであっても星の外に出なかった理由も。

ちなみに竜はこの〝繭〟を自在につくり出すことができるから、別に惑星の外でも生存可能であるという。己自身で生存環境の構築するくらいできなくては、高次元知性体《オーヴァーロード》とは認定されない。

「ゼンジさまも飛んでみますか？」

「いや、また後日で頼む。それより、他にもどんな魔法が使えるのか、教えてくれないか」

「もちろんです」

リターニアは地面に降り立つ。その横に、メイシェラがすとんと落ちた。

メイシェラは腰が抜けたように地面に座り込み、おおきく息を吐く。

顔を真っ赤にして、おれを見上げた。

「あっ、兄さん、わたしの、その……下着、見ました？」

「見えなかったし、そもそもおれは、おまえのおしめを取り替えたこともあるんだが……」

「いまのわたしは十五歳、もう立派に大人のレディですよ？　わかってます、兄さん？」

十五歳は大人じゃないんだよなあ。これを言うと激怒するから、もちろん口には出さないけど。

リターニアがくすくす笑う。

「十五歳は、わたくしたちの基準では赤ちゃんです」

「長命種の方はそうでしょうねえ！」

怒って立ち上がるメイシェラに、エルフの少女はどこからともなく取り出した木のコップを渡す。

きょとんとしているメイシェラに笑いかけると、コップに向かって軽く手を振ってみせた。

暖かい風が吹いた気がした。

こぽり、と音がして、コップの中、七分目あたりまでが水で満たされる。

メイシェラは、目を丸くしてコップを凝視した。

「これって……コップの方に仕掛けがあるわけじゃ、ないんですよね」

「わたくしが普段使っている、ただのコップです。大気中の水分を集めました。はい、どうぞ」

メイシェラはコップを受け取って、えいやっと中身を一息に飲み干した。

「ただの水です……」

「ええ、水ですから」

「失礼ですが、これって機械でもできることな気がします」

「はい。ですから魔法なんて、そうたいした物ではないのです」

エルフの少女は、皮肉げに口の端をつり上げる。

「ですが、この地に暮らすわたくしたちにとって、魔法はなくてはならないちからなのです。故に、わたくしはかつて、星の海に帰る友を見送ることしかできませんでした」

「リタ……」

「少しだけ、期待していたのです。この屋敷にふたたび灯が灯ったと聞いて、飛んできました。あのひとが戻ってきたのではないか、と。彼女の訃報《ふほう》はわたくしのもとにも届いていたのですが」

「ごめんなさい、わたしたちは……」

「嬉《うれ》しい、です。イリヤはきちんと生きて、きちんとその魂は空に還りました。あなた方が、それを教えてくれました」

リターニアは空を見上げた。雲ひとつない、その空の向こうに目を細める。

エルフは魔法によって己の五体を強化することができるという。

彼女の魔法は、空のその先まで見通せるのだろうか。


リターニアと共に、もう一度屋敷に戻った。

応接室には先客がいた。ソファの上にあぐらをかき、ご機嫌で鼻歌を歌う、暴食を司るプリン盗み食い赤竜である。

あのメロディは、最近うちの銀河ネットで見ていたドラマの主題歌だな。

エルフの少女は、顔を真っ赤にして、身体を硬直させている。一方のホルンは、平然とした態度でスプーンを持ち上げ、おれに挨拶《あいさつ》してくる。

「失礼しておる」

「本当に失礼だな、おまえは。せめて、メイシェラにひとこと断ってから冷蔵庫を開けろ」

「何やら忙しそうだったのでな」

リターニアがぷるぷる震えている。いやあ、耳まで真っ赤だなあ。

「あ、あ、あの、ゼンジさま。もしかして、こちらの方は……」

「紹介しよう。勝手にあがり込んでプリンを食べているこの失礼な奴は、ホルンという名の駄竜だ」

「駄竜とはなんじゃ、駄竜とは。せっかく用事が早めに片づいたから、こうして顔を出してやったというのに」

「プリンを食べたかっただけだろう」

「うむ！　一日二個までと言われておるからな！　毎日食べねば損である！」

とてもにこやかな笑顔である。元気があるのは、たいへんよろしい。

呑気《のんき》にそんなことを考えていたら、真っ赤になったリターニアに手を引っ張られ、廊下に連行された。

「竜を相手に、なんという口を利いているのですか！　命が惜しくないのですか、ゼンジさまは！」

「ああ、そういえばエルフにとって、竜は神さまみたいな存在なんだっけ」

「みたい、ではありません。わたくしどもが崇め奉る存在です！」

うん、それな。なんかホルンによると、「そういう堅苦しいのは苦手」なんだそうだけども。

「向こうは何も気にしてないぞ」

「あの女性の姿は仮のものです。あの方が一息吹けば、この屋敷ごと吹き飛びます」

「それは知ってる。赤竜の姿のあいつと共闘したことがあるからな」

数日前の大捕物の話をしてやったところ、リターニアの顔が、今度は真っ青になった。

赤くなったり青くなったり、忙しいやつだ。

「わたくしどものすぐ近くでそのようなことがあったとは……。何も知らず、竜の子らが攫《さら》われていたとは、まことに不覚です」

「竜も少しは子どもたちを気にするって話だから、これからは大丈夫じゃないか」

「ゼンジさまのご尽力に、我が国の一同を代表して深い感謝を。ですが、密猟者に気づかなかったのは痛恨です。ああ、改めて竜のみなさんに謝罪しなくては……」

そういうところだぞ。エルフの堅苦しいところが苦手って言われるの、いまならよくわかる。

「ふむ、おぬしは少々、難しく考えすぎであるな」

ふと横を見れば、ホルンがいつの間にかおれとリターニアのそばにいた。

リターニアが、ひああっ、と気の抜けるような悲鳴をあげてのけぞる。

「よい、かしこまるな。怯《おび》えるな。われは、なにもせぬ」

「は、はい……」

「われのことなど、そこらの赤子と同じでよいのだ」

それはそれで、どうなんだ。そんな乳のでかい赤子がいてたまるか。

「ヒトの前に姿を現すときは、この姿の方がなにかと都合がいいのだ。なにかと侮ってくれるし、鼻の下を伸ばした者がおごってくれたりもする」

「現金なヤツだなあ。少しでも心得があれば、おまえの佇まいを警戒すると思うが」

「それができぬような輩だから、竜を侮るのであろうな。まあ、最近は宇宙港の近くには姿を現さぬようにしておるが」

そりゃあな。この星の奴らは当然のように理解しているだろうが、宇宙から来た一見さんには、竜の本質について理解していない輩もいるだろう。

更迭された総督も、さぞ胃が痛かっただろう。

それが何で、密猟者と手を組むなんて方向に走ったのかはよくわからないが……。

「まあ、でもそうか。エルフの魔法の基盤は竜が張り巡らせた〝繭〟だから、そりゃ神と言ってもいい存在か……」

「われらにとっては、通常のちからの行使の範囲。移動のついでにできただけの副産物。言い方は悪いが、糞《フン》のようなものなのじゃが」

「本当に言い方が悪いぞ。あと食事中にシモの話題はマナー違反だからな」

「むう、すまぬ。謝罪しよう」

おれに対して、ぺこりと頭を下げるホルン。それを見て、また目を丸くするリターニア。

「おお、なんと、恐れ多い……」

「まあ、少なくともこの家の中ではこれが普通だ。慣れてくれ」

「む、むむむ、難しいですね……」

エルフは耳をぺたんと横にして、しきりに首をひねっている。

これまでの彼女の中の常識が、がらがらと音を立てて崩れ去っているのだろう。

その常識、さっさと全部壊した方がいいと思うんだけどな。

おれがこれまで会った高次元知性体《オーヴァーロード》の中では、ダントツでつき合いやすいヤツだぞ、竜って。

「そもそも、ゼンジよ。おぬしはだいぶこう、不遜《ふそん》というか、物怖じしない輩であるな」

「陛下の命令であっちこっちに行かされて、いろいろな目に遭ったんだよ」

「例の卵もそうだが、われらのような存在とも交渉したのか」

「だいたいの場合、交渉したのはおれじゃないよ、それ専門の奴らがいた。たまに、直接やらされる羽目になったりもしたけど」

理不尽が現実にかたちを得たような存在が、高次元知性体《オーヴァーロード》である。命からがら逃げ帰ったようなことも、一度や二度ではない。

「ホルンはいいやつだよ、ほんと」

「で、あろう。われは褒められると嬉しいぞ。もっと褒めるがよい」

けらけら笑うホルン。それを見て、百面相をしているリターニア。

今日も我が家は平和である。

＊＊＊

リターニアは、我が家を頻繁に訪れるようになった。

何をしているかといえば、応接室に設置してある壁掛けの巨大モニターで、銀河ネットのドラマを熱心に見ているのだ。

「わたくしの国には、あまりこういうものがありません。とても新鮮です」

「エルフについて調べたけど、機械を厭《いと》う文明ってわけでもなかったような気がするんだが……」

「そもそも、普人に興味のない方が多いのです」

「普人?」

「あっ、失礼いたしました。我々エルフから見た、原型《アーキタイプ》の方々のことです」

「環境適応人類ではない者たち、という解釈でいいのか」

「はい。もっとも、現在では、我々エルフ以外の人類、という意味で使われることもございます」

別におれもリターニアも、まったく遺伝子改造されていないわけじゃないんだけどな。

いまの時代、多少ながらも病気や怪我に強くなる程度の遺伝子改造は常識の範疇《はんちゅう》だ。

その上で、おれは軍に入る際に肉体強化措置を受けている。

これも希望して金を積めば軍人じゃなくても受けられる程度の、常識的なもののひとつだ。

「きみは違うのか、リターニア」

「わたくしは幼いころ、少し理由があって普人の町におりました」

エルフたちが普人に対して興味を抱かないというわけではない。

ただ彼らの多くが己の国に引きこもっているが故、外部のことを知らないだけなのだ。

そして目の前の、いっけん子どものように見える人物は、そういった刷り込みが為されていないが故に、普人にも相応の興味を持っている、と。

だからこそ、幼き日、陛下の友であり得たのだろうか。

「この屋敷でしばらく暮らしていた、ということもあります」

「うん？　暮らしていた？」

ちょっと待て、雲行きが変わってきたぞ。陛下は当時でも皇位継承順位がかなり高い方だったはず。そんな人物の屋敷で暮らしていた？

おれは目の前の、きょとんとしている人物をじっと見つめた。

「ど、どうかされましたか」

「リタ、ひょっとして、きみの国ではけっこう重要な地位についていたりするのか」

「申し忘れておりましたか。これはたいへんな失礼をいたしました。わたくしの父はテリンの王をしております」

ほへえ、とばかりに首をかしげるリターニア。うん、初耳だからな。

「テリン？」

「北方の森にある、わたくしの国です」

「その王が、きみの父上？　つまり、エルフの国の王女さま？」

「あくまでも、この大陸のエルフたちが住む国、でございますが」

彼女が語るには、他の大陸にも別のエルフの国があるそうだが、特に険悪だとか戦争をしているとかではなく、単純に疎遠であるらしい。

もっとも現在では、エルフの各国で共同会議を開き、その結果を総督のもとに上奏することで、この惑星を間接的に統治している。

総督がお飾り、というのはこのあたりにある。いちおうは陛下の代理人だから、非常時にはいろいろ権限がつくんだけど、そのあたりは、いまはいい。

おれはリターニアに頭を下げた。

「姫さま、これまでの失礼をお許しください」

「おやめください、ゼンジさま。いままで通り、楽な言葉遣いで結構でございます」

「じゃあ、そうさせてもらう。いいのか、毎日、ここでサボっていて」

「サボっているわけではございません。恐れ多くも竜を見守らせていただくという重責を担っております」

リターニアは、えっへんと胸を張る。

それにしても、竜を見守る、ねえ。

いやまあ、この屋敷に毎日ホルンが訪れているのは、その通りだが。

プリンを食べてメイシェラと雑談するために、だけどな……。

で、目の前の王女は、毎日ドラマを見るためにやってくるという。

ちなみに彼女が銀河ネットのドラマにハマったきっかけは、前女帝陛下を描いたドラマだ。

「脚色されまくっているからすべてを信じたりするなよ」

と前置きした上で見せたところ、めちゃくちゃ集中してホロに見入ってしまい、一話一時間の全二十四話を二日で見終わってしまった。

ちなみに、ドラマにはおれがモデルのキャラも出てくるのだが……。

「ゼンジさま、この提督さん、少々格好が良すぎではございませんか」

「だから言っただろ、脚色されまくってるって」

「超巨大タコ形戦艦との手に汗握る艦隊戦も、でしょうか？」

「それは……実際にあった出来事です……」

みたいな会話をしながらの視聴で、おれの心にはたいそうのダメージが入ったものである。

で、それ以来、彼女はすっかり銀河ネットの各種ドラマシリーズにハマってしまったのであった。

いま見ていたのは、何かよく知らない高次元知性体《オーヴァーロード》とヒトの女性とのメロドラマである。

ちょうど全八話の一シーズンが終わったところであった。

「このドラマ、続きはないのでございましょうか」

「知らん。おーい、メイシェラーっ」

今日も庭のくさび石から出てきたホルンは、応接室のソファに座るおれを、なぜか後ろからぎゅっと抱きしめている。こっちは端末で帝都のニュースを確認するのに忙しかったんだが……。

「おれなんかに抱きついて楽しいか？」

と訊ねてみたのだが、「何故だか安心するのだ」という返事がきたので放っておくことにした。おとなしく、背中で押しつぶされる胸の感触を楽しむことにする。

ちなみに最近は、プリンを昼食の後と夕食の後に食べるのが彼女の習慣だ。

もちろん昼も夜もこの屋敷で食べるというのが前提になっているのである。

竜は別に、数年単位で食事を摂らなくても問題ないはずなんだけどね。それはそれとして、ホルンというこの個体は食事が好きで、メイシェラの料理は彼女の口に合うのだそうだ。

メイシェラの方も、「みんなでご飯を食べた方が楽しいですからね」といっこうに気にした様子がない。義妹《いもうと》には長いこと寂しい思いをさせてしまったからな……。

ここに来てから、ホルンにリターニアに、友達が増えてなによりである。

「あのエルフも、遠慮せずにわれのくさびを使ってもよいのだが……」

「あれって、きみ以外……というか竜以外も使えるのか？」

「〝繭〟に接続できるのであれば、くさびの使い方も知っていよう。いや、エルフの間で伝承されておらぬ可能性はあるか」

「伝承、ってことは昔は使えたのか？」

「以前……そう、何千年か前、われが当時のエルフの長に教えた」

「エルフの感覚でも数世代は前か……。というか帝国と接触する以前だな」

「後ほど聞いてみるかのう」

というわけで、風呂から出てきて石鹸《せっけん》の匂いがするリターニアに、くさびを使った移動について訊ねてみた。

「わたくしたちエルフも、あれを使用できるのですか？　初耳でございます」

どうやら本当に失伝していたらしい。

「ですが、これは……恐れ多いことです」

「われはいっこうに気にしておらぬ。おぬしが雨に打たれて体調を崩す方が心配だ」

「もったいないお言葉です」

土下座しそうな勢いで、リターニアは恐縮していた。これだけうちに通っているんだから、そろそろ慣れた方がいいと思う。

「その〝繭〟を利用した移動方法、詳しく知りたいな。おれとかも使えるのか？」

「もとより〝繭〟に繋《つな》がった者以外は、難しい。自我を失ってもよいなら、同行させてみてもいいが……」

「謹んで遠慮しておこう」

〝繭〟には、研究対象として非常に興味は持っている。しかしわざわざ自我を失いたいわけではない。超空間の利用に関する噂は、さまざまに存在する。

帝国で一般的に用いられる超空間航行は、長い長い歳月の果てに安全さを追求したもので、そこに至るまでには数多《あまた》の努力と犠牲があったらしい。

超空間には死者の霊がいる、などというナンセンスな話すら、まことしやかに流れているのだ。

実際のところ、防護措置がきちんと為されていない方法で超空間に侵入し、結果、意識が本来は存在しないものを認識してしまった、という話であるのだろう。

ヒトは、それ専用に調律された環境適応人類でなければ、超空間では生きられない。

エルフは、その類い稀《まれ》な一種であり、おれやメイシェラはそうではない。

「残念ですね。わたしも、星の反対側にぴょーんって飛んでみたかったです」

おれのそんな説明を聞いて、紅茶を淹れてきたメイシェラが呑気《のんき》に残念がる。

メイシェラの淹れた紅茶を風呂上《ふろあ》がりに飲んだリターニアが、「みなさま方でしたら、普通に空飛ぶ船を使えばよろしいのでは？」とマジレスしてきた。

「そうじゃないんです、リタ！　わたしだって生身でワープしてみたいんですよ！　ぴょんぴょん、って！」

「星の海を駆ける船に自由に乗れるのに、たかだか星の反対側まで行くことに憧《あこが》れる。おぬしらは面白いのう」

「たしかに船に乗っていると何光年も一瞬ですけど、それって移動したって気にならないんですよね……」

メイシェラの素直な感想は、おれにも少しは理解できる。

戦艦の艦橋で何十光年と飛んでも、何というか、数字が動いた、という程度なんだけど、小型艇で空を飛んでいると移動したって気分になるものなのだ。

ちなみにうちの小型艇は、せいぜいが大気圏の外まで往復できる程度の機能しかない。

当面は星の外に出る気なんてないから、それで充分だ。

「ともあれ、リタよ。おぬしがよいなら、くさびの使い方は後ほど教えてやろう」

「お願い申し上げます、ホルンさま。ところで、くさびについての知識は、国の方々にも……」

「おぬしの口からエルフたちに教えてもよい。ただ、くさびの種類によっては、竜にしか使えぬものもあってな……」

何やら、ホルンの細かい説明が始まってしまった。

おれはメイシェラに「一緒に昼食をつくるか」と声をかけ、台所へ避難する。

「兄さん、何が食べたいですか」

「温かいものがいいんじゃないかな。たしか、じゃがいもがまだあったよな。肉じゃがが食べたくなってきた」

「いいですね。この星のじゃがいも、栄養がいいのか、とってもほくほくしてますよね」

雨は、今日一日、ずっと降り続くようだった。まあ、たまにはこういう日もいいだろう。

＊＊＊

惑星フォーラⅡの総督が更迭され、新しい総督がやってきた。

おれは知らせを受けて、挨拶のため総督府に出向いた。

何故って、新しい総督が顔見知りだったからだ。

最初は向こうがおれの屋敷を訪れると言い出したのだが、現在無位無官であるおれを相手にそれはさすがにマズかろう、ということで、おれの方から総督府を訪れることになったのである。

総督府は、この星で唯一の宇宙港がある、中央大陸の南端に存在する。

我が家の小型艇で飛ばせば、海を渡って二時間ほどの距離である。

総督府のすぐ近くには惑星最大の都市、首都が存在し、その人口はおよそ二十万人。

ちなみにリターニアによると、惑星中に散らばるエルフの総人口が十万人ほどで、そのうちの二割、二万人がこの都市に在住しているという。

そんなにぎやかな都市を見下ろすようにして、全長五百メートル、この星でも随一のビルが建っている。百五十階建てのその建物が、この星の総督府だ。

夜は窓から漏れる光がきらきら輝き、都市のホテルから見る光景はたいそう綺麗だという話だ。

いや、それ単に職員が残業しているだけでは……？　休憩室に寝袋があったりしませんか？　合法栄養剤の瓶があっちこっちに転がっていたりしませんか？

なお新総督の執務室は百階に設置されており、そこまではエレベーターで三十秒ほどだった。

セキュリティが顔パスなのは、前総督に挨拶した際にいろいろ登録されていたからだろう。

今日はなんか受付の周辺が人の山になっていて、いろいろやかましかったけれど……そっちの方で時間を取られなくて、本当によかった。

で、無機質なオフィスでおれを出迎えた新総督こと高価なスーツを着こなしたイケてる口髭《くちひげ》の中年男性は、死んだ魚のような目をしていた。

「やあ、閣下。よく来てくれた」

「おれはもう一般人ですよ、総督閣下」

「はっはっは、きみがそう思っていても、まわりがどう感じるかは別問題でね」

笑顔で握手を交わし、肩を叩《たた》き合う。

新総督は秘書たちを下がらせ、部屋の中はおれと彼のふたりだけになった。

「ずいぶんとお疲れのようですね」

「うん、まあ、そうだね……。前総督の置き土産が、いろいろとね……。いや本当、彼はどうしてあそこまで無責任に振る舞えたんだろうか」

「そんなに？」

お飾りの総督といっても、この首都で振るえる権限はいろいろある。多少なりとも私腹を肥やすのは、どこの植民星でも行われていることだ。

とはいえそれには限度というものがあって、この惑星フォーラⅡにおいてはその限度が著しく低い。はず、なのだが……。

「いくらか手駒を連れてきたから、彼らにいろいろと漁って貰《もら》っているんだが……いやあ、出るわ出るわ、側近から一般職員まで、次から次へと不正の証拠がわんさかとね」

「ついこの間までは陛下の別荘があったような星でしょう？」

その別荘がおれに下賜されたわけだが。ちなみにこの星自体は、いちおう帝国の直轄地である。どこかの貴族が下手なこと考えて高次元知性体《オーヴァーロード》とモメたら大変だからね。直轄地ということにして、きっちり管理されているはずなのだ。

それなのに、前総督は竜の子どもを攫《さら》うような奴らと手を組んだの？

「別荘と言っても、在位中に一度も訪れなかった星だろう？　次第に緊張が緩み、引き継ぎの際にもタガが外れていって、界隈《かいわい》での持ちまわりの利権になっていったらしい」

「まさか、あいつが絡んでたりするんじゃないでしょうね」

「はっはっは」

おいこら、笑って答えないってことは、そういうことなのか？　摂政が裏で関わっていたのかよ！

「で、ぶっちゃけた話を聞きたいんですが。総督の立場は、どちら側なんです？」

「わたしは帝国貴族の一員として、公明正大を旨としているよ」

「どっちつかず、ということですか」

この場合の「どちら側」とは、摂政側か、それとも反摂政側か、ということである。

おれは反摂政側勢力の急先鋒《きゅうせんぽう》であったからして、客観的に見て放逐されたのもむべなるかな、といったところであった。

「で、いまそのあたりの洗い出しをしていてね」

「ひょっとして、受付のあたりが混雑していたのって」

「あそこが一番、付け届けが効くポジションだったようだね。配置転換でわたしの直属の部下に変えたとたんに、このありさまだよ」

そっかぁ、きちんと受付で繋いで貰うために、付け届けがいる感じだったかあ。

「とにもかくにも、この星はいろいろと特殊な立ち位置だ。一刻も早く、正常な流れに戻さなくてはならない。この件に関しては陛下もご承知だよ」

「それって、あいつが迂闊《うかつ》に口出しできないようにした、と？」

「陛下の腹心にも、それぞれの思惑があるということだ」

なるほど、摂政は思ったより帝都を掌握できていない、ということか。

いまさら、あそこの権力闘争に関わるつもりなんてないけどね。

「その一環として、きみにも協力を求めたいんだが……」

「あ、おれはもう引退しているんで」

「きみ、わたしより二十も年が下だろう」

「一生分の労働はしたつもりですよ」

帝都の喧騒《けんそう》は嫌いではない。だが、あそこにはびこる諸々については、正直……。

「ふむ……」

難しい顔をする新総督。うーん、おれを引き入れるの、やめてくれないかなあ。

おれが少しでも手を貸せば、それは反摂政側のポイントになり、ひいては摂政側勢力を刺激してしまうんだが……。

さてどう説得したものか、と考えていると、赤い糸のようなものが、視界の隅でひらりと舞う。

まばたきひとつの間に、おれのそばで、鮮やかな赤いドレスが揺れていた。

そこに、ひとりの女が出現していたのである。濡《ぬ》れた真紅の双眸《そうぼう》がおれを射すくめる。ホルンだ。

突然、この場に出現した竜は、おれに飛びついてきた。

ぎゅっと抱きしめられる。総督の目が点になっていた。

「ゼンジよ、銀河ネットの有料チャンネルに課金したいのだが、いいだろうか」

「お、おう、いま見ての通り、会談中なんだが……。まあ、いいよ」

「感謝する。あとメイシェラが、晩飯までに帰ってくるかどうか聞いて欲しいとのことだ」

メイシェラ、おまえさあ……。

「これから帰るつもりだったんだが……」

ちらりと、新総督の方を見る。

彼女がどのような存在か察したのだろう、顔を真っ青にして、ぷるぷる震えていた。

腰の銃を抜かなかったのは偉い。まあ、銃なんかじゃこいつには傷ひとつ、つけられないが……。

「旧友と親交を深めてから帰ることにするよ。晩飯はいらない。場合によってはこっちに泊まるかもしれない、と伝えてくれ」

「うむ、承った。晩飯までに帰らぬ場合、おぬしのプリンはないものと思え」

「ああ、わかったわかった。じゃあな」

少女の外見をした存在は、邪険にされても一向に介せず、おれから身を離すと「ではな」と手を振り——また、まばたきひとつの間にかき消えた。

部屋に沈黙が立ちこめる。

「い、いまのは⁉」

三つおおきく数えるほどの間があって、新総督が、おそるおそる、という様子で訊《たず》ねてくる。

「総督殿、高次元知性体《オーヴァーロード》を生で見たのは初めてか？」

「普通のヒトは生涯高次元知性体《オーヴァーロード》と関わったりしないんだよ！」

「まあ、あれが竜だ」

「ずいぶん、きみと親しいようだが……」

「おれのことを、竜の友、と呼んでいたからたぶん親しい仲なんだろうな。気配でわかったと思うが、一皮剥《ひとかわむ》けば資料通りの存在だぞ」

「む、むう……ぽんぽん痛くなってきた」

「公務はここまでにして、飲み屋に繰り出すか」

「うむ……」

かくしておれたちは、すべてを放り出し、退庁した。

いろいろなものを見なかったことにして、酒に溺《おぼ》れる。

＊　＊　＊

この星に来てから、およそひと月が過ぎたころ。

かねて注文していた機材一式が届いたので、さっそく液体プラスティック樹脂製の包装を解いていたところ、ホルンが横から興味深そうに覗《のぞ》き込んできた。

「その、ネバネバのものはなんじゃ」

「ネバネバに見えるけど、手にはくっつかないよ、ほら。一般には液体プラスティック樹脂といわれている、放射線や衝撃を吸収する包装だ。輸送船の貨物庫で多少乱暴に扱っても大丈夫だから、重宝されている。有機性物質でできているから、庭に捨てれば、勝手に分解されて土の栄養になる」

「そこまで大事に包んでいるものだ、さぞ美味いものなのだろうな？」

「食べ物じゃないよ！」

え？　とばかりに驚くホルン。こいつ、この屋敷を、黙っていても食事ができる便利な店くらいにしか思ってないな？

「丙種短波を三次元空間に圧縮投影する機材だ。簡単に言うと、きみたちの〝繭〟をおれでも知覚できるようになる機器だな」

「おぬしは〝繭〟を見ることができないのであったな。さぞ不自由であろうに」

「もともと目が存在しない深海の生き物は、視覚がないことで不自由なんて感じないものだよ」

おれの言葉に、しばし腕組みして首をひねるホルン。

その紅蓮《ぐれん》の髪が、まるで尻尾《しっぽ》のように、ゆらゆらと左右に揺れる。

そういえば、彼女のこの姿も、擬態みたいなものなんだよな。

竜がヒトと対話するに際して、ヒトに似た姿になり、それをいまも続けているだけであるという。

それを言ったら、そもそも竜の蜥蜴《とかげ》のようなあの姿もまた擬態のひとつなのかもしれない。

竜の本質は高次元に存在し、その姿をヒトはけっして視認できない、という話もある。

もっとも、そもそも論として、確たる姿を持つ高次元知性体《オーヴァーロード》というものが少ないのだが。一定のかたちが存在する、ということ自体、文字通り、次元が低い話であるらしい。

どうしても、考えてしまう。いまこうしているホルンという親しみやすい人物は、はたしてどこまでが、本来の竜がエミュレートする、疑似的な存在なのだろうかと。

おれやメイシェラが彼女に感じているような親しみは、どれだけ彼女に届いているのか、と。

同時に彼女が自分たちに見せている親しみは、どれだけヒト本来の親しみの感情と同一であるのか、と。

本来的に、ヒトと高次元知性体《オーヴァーロード》とは相容れないのではないか。

そう思う自分がいて、同時に、いまたしかに高次元知性体《オーヴァーロード》と心を交わしていると信じる自分がいる。

かつて、子どものころに感じた、この常軌を逸してヒトの水準を外れた存在。星々を巡って出会い、たしかに友となったはずの、あの懐かしい存在。

そして、目の前で首をひねっている、少女の姿をした奇妙な存在。

高次元知性体《オーヴァーロード》という言葉でひとくくりにしているけれど、それはどれもまったく別のものたちで、本来はひとつの言葉で表していいものではないのだということを今更ながらに痛感させられる。

同時に、強い魅力を感じる。自分はいま、憧《あこが》れの存在を前にしていると、改めて実感してしまう。

「ふむ。おぬし、なにをそんなに、われをじろじろ見ている？」

「あー、すまん、不快だったか」

「可愛い少女を眺めたくなるのはおぬしたちの本能であり、故にわれはこの姿をしているのだ」

「そのあたりをもう少し聞きたい。きみはヒトに好かれることを、好ましく思うのか」

「無論である」

ホルンは、えっへんと胸を張った。

「われは、ちやほやされるのが大好きである！」

「なんて潔い奴なんだ。ヒトであれば少しはオブラートに包むことを、堂々と言ってのけるとは」

「なかでも、われが好いた者からちやほやされるのがよろしい。故におぬしは、特にわれをちやほやせよ」

「あー、おれはその程度には好かれている、と」

「むっ、おぬし、われの好意を疑っておったのか？」

「プリンとおれと、どっちが大事だ」

　ホルンは、その言葉に呵々《かか》大笑してみせた。

「おぬしは好ましい者であり、プリンは好ましい食だ。比較するようなものではない」

「あっ、めちゃくちゃマトモな答えが来た」

　ふうむ、とホルンは何やら思案しながら、おれに顔を近づける。

「おぬしのわれに対する興味の持ち方、極めて独特であるな、とな」

「独特……そうかな」

「エルフのような例外を除けば、これまでにわれが見たヒトは、ふたつのパターンのどちらかであった。少女の姿だけを見て軽んじるか、竜であることを知って恐れるか、だ」

「あー、まあ、普通はそうだろうな。普通の帝国人は高次元知性体《オーヴァーロード》と会ったことなんてないし、この星に来る者たちだって、竜と出会うなんて考えてもいないだろう。そもそも自主的な接触が禁止されているし」

「だがおぬしは、違った。初めてわれと会ったとき、おぬしはたしかに、われに怯《おび》えてみせた。われのことを正確に理解していた。にもかかわらず、こうしてわれが日常的に姿を見せてもいっこうに気にせぬ」

「おれだけじゃないだろう。メイシェラも、きみのことをよく食べる居候くらいには思っているさ」

「あやつがわれに親しみを覚えているのは、適度な無知と、おぬしがわれに対して警戒を解いたからである。それくらい、わかっておろうに」

兄の判断を信用してくれたということだ。まったく、よくできた義妹《いもうと》である。

「あの者は、おぬしを全面的に信頼している。それだけの繫《つな》がりが、おぬしたちの間にはあるのだろう」

「まあ、そうかな。あまり会えなかった時期も長かったけど」

「距離の問題ではあるまい。お互いの頭の中でどれだけ気持ちが繫がっていたか、そのことが重要なのだ。われでも、それくらいにはヒトを理解しているつもりだ」

そうかな？　そうかもしれない。

ホルンはおれの背にまわり、首に手をまわしてきた。ぎゅっと抱きしめられる。

最近わかってきたんだが、これ、おれの心が少し不安定になっていたりするとき、それを慰めてくれているつもりっぽいんだよな……。

「だから、まあ。おぬしがわれに信を置いてくれたこと、とても嬉《うれ》しく思っておるよ。改めて、それは伝えておきたかった」

「あー、うん、それは……うん、ありがとう。きみも、おれのことをそこまで話せる相手だと信頼しているってことでいいかな」

「無論である。——で、話は戻るのだが。これは、具体的にどう使うのだ？」

包装を解いた後に残ったのは、黒光りする、一辺が一メートルほどもある黒い箱のようなものであった。それと、付属のタブレットがひとつ。

おれはタブレットを手にして電源を入れた。初期設定の画面が出てくる。

「まあ、それじゃ、やりながら説明しようか」

おれたち普通のヒトが見ている三次元空間は、時空のごく一部を切り取ったものにすぎない。ヒトが知覚できない次元を超次元と呼び、この超次元に展開した物体の性質について理解する学問を超次元物性学という。

『高次元知性体《オーヴァーロード》の特殊物性と生態に関する丙種特記事項の補追』、というおれが以前に書いた報文は、つまり特定の状況、高次元知性体《オーヴァーロード》が存在する環境下において発生する時空の超立体構造と、その構造を利用して生きる超次元知性体との相関の一部について簡単に記述したものなのだ。

以前、メイシェラにそう説明したところ、「兄さんの説明はまったく頭に入ってきませんね」と笑顔で言われた。

ちょっとショックだったので、以後、彼女と研究についての具体的な話はしていない。

いや別に専門分野を理解して欲しい、とかじゃないんだけどさ……。

そんなわけで、家に届いた黒い箱を起動する際、ホルンが興味を示してきたものの、まあすぐ飽きるだろうと思っていたのだが……。

「ふむ、これは面白い。われらの〝繭〟を、この姿のわれが視認できるようになるとは」

黒い箱の上に投影された立体映像に、ホルンはしきりに感心していた。

そこに浮かび上がっているのは、三次元に圧縮された〝繭〟の映像である。

ぱっと見てのそれは、まるで壺《つぼ》のようだった。口が上下に開き、そこからくびれを通って中央がふくらんでいるところからそう感じるのだろう。

壺の上の口から超次元のエネルギーが流れ出し、それがドーナツ状の水流のようにぐるりとまわって下の口へ吸い込まれている。

そういった絶えず動く図式が、立体映像となっているのだ。

「竜の姿で認識できるかたちを低次元に落として、この目で確認できるとは、実に興味深い」

「その姿では、〝繭〟を認識できないのか？」

「われのこの姿は、ヒトを忠実に模したものだ。機能もヒトとさして変わらぬよ」

ああ、そうなんだ。変わらない、という割に〝繭〟を利用した移動とかは普通にしてるよね？

「ああ、いや、そうか。きみにとって、エルフたちの魔法も、ヒトが普通に使えるモノの範疇《はんちゅう》か」

「実際に使えておるのだろう？」

「エルフは環境適応人類で、魔法を使うための特別な器官があるんだよ。知ってると思うが……」

「いや、よくは知らぬ。ちょっと前にこの星に来た者たちが己の身体をいじっていたことは承知しておるが、具体的なところまではさっぱりである」

こいつにとっては、何千年という歳月も、ちょっと前なのね。そもそも、ヒトが自分たちの身体をいじるのって、けっこうたいへんってこともあまり理解していない感じか。

ホルンはこうして、気軽に本来の姿の圧倒的ダウングレード版ともいうべきヒトの身体になってしまう。ちょっと身体をいじるなんて、何の問題にもならない、すぐもとの姿に戻れるのだから。

種としての格が違いすぎる。わかっていたことではあるけれど。

そこがいいんだよなあ。と、しきりに立体映像に感心するホルンの姿を眺めていたら、「うん、なんじゃ」とこちらを振り返ってくる。

「われに見とれたか」

「まあ、そんな感じだ」

「素直であるな。よろしい、もっと眺めるがいい」

「そうしたいんだが、とりあえずいまはこっちだ」

おれはタブレットを操作して、宙に浮かぶ壺状のモノを回転させる。

「この黒い箱は、どうやってわれらの〝繭〟をこうも精密に描いてみせた」

「データは、ずっとこの星の各地で記録されていたんだ。先日、首都に行ったときに回収してきた。ただ、それを計算できる頭脳がなかった」

「AIというやつか。おぬしら、妙にこの星での利用を制限している様子だが」

「高次元知性体《オーヴァーロード》とAIが仲良くなった結果、いろいろあった一件がねえ」

「実に興味深い話だ」

「そこに興味を持たないでくれると嬉しい」

ホルンは、はて、と首をひねった後、ぽんと手を叩《たた》く。

「何となく理解した。おぬしら、アレを見てびびったのじゃな」

「アレってなんだよ、アレって。……いや、言わなくていい。だいたいわかった気がする」

意外なところから、駄目な情報が出てきた。あーこれどうすっかなー、とおれは首をひねる。

ホルンが言っているアレというのは、おそらく時空の彼方《かなた》から覗《のぞ》くもの、帝国の一部で語られる禁忌の伝説、虚無の女王、と呼ばれるものだ。

三百年ほど前、とある高次元知性体《オーヴァーロード》とAIが融合して宇宙に穴を開けた結果、その穴の向こう側から侵攻してきた、とびきりの化け物である。

このへんのいろいろがあって、現在、帝国ではAIの取り扱いについていろいろな制限がかかっている。で、虚無の女王の情報そのものは一般に対して秘匿されているから、それをこいつが知っている、というのは、おれが軍人のままだったら陛下に報告する義務があるんだが……。うん、おれもう軍人ではないし、黙っていればいいか。

「その話、メイシェラには内緒な」

「了解した」

その後、三次元に圧縮された〝繭〟の模型にいくつかピンを打ち、データが不足している部分についてホルンの竜としての感覚からアドバイスを受けるうちに、夕方になった。

何事もなかったかのように、ホルンは帰っていく。

ちなみにリターニアは、メイシェラと一緒の部屋で銀河ネットの番組を見ていたらしい。

あいつ、もう完全にホルンの監視とか関係なく、うちに居座ってるな……。

別にいいけどね。メイシェラに友達ができるのは、おれも嬉しいのだ。


リターニアに何度か魔法を使って貰い、エルフが魔法を行使する際、どういう経路で〝繭〟からエネルギーを引き出しているのか調査してみた。

飛行や物体操作、大気中の水を抽出したり物体の温度操作をしたりの他、バリアやエネルギー弾といった戦闘目的に開発された魔法についてもひととおり見せてもらう。

結果、エルフたちは、思った以上に繊細なことをしていることが判明した。

「エルフ自身が丙種短波を発信しているのかと思っていたんだが……。これ、〝繭〟から出ている丙種短波をつかまえて、最小限のちからで自身と〝繭〟の間に経路を構築しているんだな。演算の大半は〝繭〟でまかなっている。エネルギーを発生させる場合、その大半は〝繭〟が生んだものを引っ張ってきていることになる。この方法なら使用者本人にはたいした負荷がかからない」

「なるほど……わたくしにはよくわかりません。わたくしたちにとって、魔法は自然に扱えるものなのです」

「きみたちは、無意識のうちにとても高度なことをしているということだ。きみたちを設計した当時の人々は、とても優秀だった。現在では失伝した遺伝子工学の技術が使われている、とは聞いていたけど……」

「そうなのですか？」

「この星に関する記録は読み漁ったからね。車輪の再発明をする気はないよ」

一部の記録は帝都の大学にオフラインで保管されていた。

教授に無理を言って、コピーを送って貰ったものまで存在する。

エルフには現在ではＡＩ関係における禁止技術とかも投入されていた様子で、本当に唯一無二な遺伝子操作人類なのだ。そもそもエルフの祖先だった人類は、帝国の中心になった人類とはずっと昔に袂《たもと》を分かっている、ということもわかっている。

竜の存在さえなければ、当時の帝国がこの星と接触した際、強制的にエルフを隷属させ、研究対象としていたに違いない。あのころは帝国も拡大志向で、わりと容赦のない統治政策が実行されていたと歴史書にはあるのだから。

だが、この星には竜がいた。

高次元知性体《オーヴァーロード》の機嫌を損なう可能性があることは避けろ、という命令が帝国艦隊に下っていた。

故にエルフは独立した国を維持したまま、帝国の中で自治を許され、今日に至っている。

帝国法で、エルフは竜の眷属《けんぞく》、竜の庇護《ひご》下にある特殊な人類、という扱いとなっていた。

そのせいか、現在に至るまで、エルフに関する研究もほとんど進んでいなかったりするのだ。

特にここ数代の皇室は、高次元知性体《オーヴァーロード》との関係に重きを置いていたらしい。

わざわざこの星に陛下が幼きころ過ごした屋敷が存在したのも、リターニアと幼き陛下の友情も、そういった路線の延長線上にあったものなのだろう。

で、陛下はおれに、この屋敷を下賜したというわけで……そのあたりからも、陛下が望まれていたことはわかろうというものだ。

なにせ当時から、おれはやたらと高次元知性体《オーヴァーロード》関係の任務に携わっていた。

おれの興味が高次元知性体《オーヴァーロード》とその技術にあることも、陛下はよくご存じだった。

帝都の大学の教授と手を組んで、おれに論文を書かせようとしていたことも承知している。

結局、陛下が存命中は、そんな暇なんてなかったわけだが……。

「リタ、いろいろ手伝って貰《もら》ってすまないな」

「とんでもございません。あなたさまのお役に立てること、とても嬉《うれ》しく思います。わたくしにできることであれば、なんでもお申し付けくださいませ」

「女の子が、なんでも、とか言うものじゃないぞ」

リターニアは不思議そうな表情で小首をかしげた。

「ですが、ゼンジさまは信頼できるお方ですから」

「その信頼は嬉しいが……いやまあ、わかってるならいいんだ」

外見は若い少女にしか見えないけれど、彼女だって陛下以上の歳月を生きている。エルフの基準でみればまだまだかもしれないが、普人にとっては立派な大人だ。

「もちろんですとも。わたくしも、きちんと教育を受けておりますゆえ」

はたして、リターニアはえっへんと胸を張る。自信満々である。

「ゼンジさまが、いつわたくしとの婚姻を望んでも問題ありませんとも」

「待って。どうしてそういう話になる」

エルフの少女は、きょとんとした表情になる。

「イリヤから、お話が行っておりませんでしたか？」

「初耳だよ！」

待って、陛下が？　ちょっとさすがにこれは、慌てざるを得ない。

えーと、たしか陛下は幼馴染《おさななじ》みのことを何といっていたか……ああ、そうだ、たしか。

「気立てのいい子で、きっとあなたも気に入ると思うわ」

「でしたら、仲良くしたいものですね」

「ふふ、でしたらその旨、伝えておくわね」

そう、王宮でこんな会話をしたのだ。たしか五年くらい前、陛下に「あなた、結婚を考えている相手はいるのかしら」と訊《たず》ねられたときの会話である。

いやこれ、おれは何も悪くない気がするんだけど？

「兄さん……縁談を断り続けていると思ったら……そういうことだったんですね」

応接室の前を通りすがった義妹《いもうと》に訊ねたところ、ジト目で睨《にら》まれた。

「縁談を断っていたのは、高度な政治がらみだ。いわれのない非難はやめて貰おうか」

「でも、リタがわたしのお姉さんになるんですね。素敵だと思います！　わたし応援しますから！」

「メイ、ありがとうございます。わたくし、とても嬉しく思います」

「ふたりとも、おれをからかって楽しんでない？」

リターニアは、またきょとんとして小首をかしげる。

「ゼンジさまは、お嫌でしたでしょうか」

「そもそもおれは、まだ結婚なんて考えたこともないよ。それにきみは環境適応人類だ」

「遺伝子については問題ありません。過去に普人と結ばれた方もございます。母方の遺伝子が強く残り、普人の父親とエルフの母親であれば、エルフの子が生まれます」

そりゃ、そのあたりはとっくに結果が出ているか。この地が帝国の支配下に置かれてから、だいぶ長い月日が経過している。

原則として星の外から来た者がエルフの国に立ち入ることは禁じられているとはいえ、エルフの一部は国を出て、首都で働いている者もいるという。

「とにかく、考えさせてくれ」

＊＊＊

唐突な婚約の話についてはいったん保留として、ホルンとリターニアの丙種短波に関するデータを採集、帝都の大学に送った。

この星は銀河ネットでも中央から一週間くらい遅れる僻地《へきち》なのだが、その割にはものすごい勢いで返信がきた。

「もはや我慢がならん。いまから行く」

恩師から来たのは、そんな、ひどく短いメッセージだった。


メッセージが届いた、その翌日の午前中、恩師が我が家にやってきた。

「たのもーっ！　ゼンジーっ、いるかーっ！」

と玄関先で叫ぶ白衣の女は、一見、二十歳かそこらに見えた。とはいえ帝国では、一定の年齢以降の女性がアンチエイジングで外見を整えていることなど珍しくない。

鮮やかな紫色の髪で、銀縁の眼鏡をかけた奥からは黒い双眸《そうぼう》がきらきらと輝いている。

監視カメラの映像から、それが誰か確認したおれは、自分で彼女を迎えに行こうと応接室のソファから腰を浮かしたところで……。

カメラの映像に、白髪の小柄な少女の影が映る。

ちょうど、我が家を訪ねてくるリターニアとタイミングが重なってしまったようだ。

空から舞い降りたリターニアが、見知らぬ女性を見て戸惑った様子で「どなたですか」と訊ねる。

エルフの少女は、晴れた日はだいたい、転移をせずに空を飛んでくるのだ。

帰りはだいたい、〝繭〟を使うんだけどね。空を飛ぶのも気持ちがいいし、鍛錬になるのだとか、何とか。

日々の運動不足に嘆くのは軍艦に乗っているとよくあることであるし、軍にいる間はそのへん定期的な鍛錬が推奨されていた。

「ふむ、お嬢さん、きみはこの屋敷の関係者かね？　……いや待ちたまえ、きみ、エルフだな⁉」

「あ、はい。あの……？　きゃあっ」

「ふむ、実に興味深い！　吾輩《わがはい》大感激！」

紫髪の女性は、リターニアの長く伸びた耳を遠慮なくつかむと、むにむにいじりはじめた。

リターニアの方は、抵抗すればいいのに、顔を真っ赤にして慌てているだけだ。

「なるほど、その耳の奥に、丙種短波の受信に使っている回路があるね」

「わっ、わわっ、わわわっ、おやめください！　にゃあっ」

「うん？　三半規管……いや、蝸牛《かぎゅう》の拡張か。論文にはなかったぞ、どういうことだ！」

「どうもこうも、離れてください」

慌てて玄関に出たおれは、紫髪の女性からリターニアを引き剥《は》がした。

女性が、「何をする」とおれを睨む。

「学問の探求を邪魔するとは、貴様さては朝敵だな？」

「久しぶりに会った可愛い弟子に対する言葉がそれですか、ジミコ教授」

そう、この人物こそ、帝都大学の教授にして、我が恩師。

高位の帝国貴族でありながら、その身分を投げ捨てて、高次元知性体《オーヴァーロード》とそれが起こす事象についての研究に命を捧《ささ》げる高潔なる人物である。

ものは言いようだ。研究のためなら己の身を犠牲にすることも厭《いと》わないが、同時にまわりを犠牲にすることも厭わない危険人物である。

先代陛下とも昵懇《じっこん》の仲で、その繋《つな》がりもあっておれがどれほど苦労したか……そんな彼女も、いまや後ろ盾を失ってやりたい放題できなくなり、帝都の大学でおとなしく資料の整理に勤しんでいるはず、だった、のだが。

「教授のメッセージが届いたの、昨日なんですけど。どうしてここにいるんです」

「うむ、吾輩本当は連絡と同時に到着する予定だったんだがね。検疫で手こずった。まったく、あの無能な入国管理官どもめ……っ」

「職務に忠実な帝国臣民に対する罵倒《ばとう》はやめましょうって」

「吾輩の行く手を遮るもの、これすべて朝敵である！」

んなわけあるか、アホ。という言葉をぐっとこらえる。

なにせこのひと、いまの言葉を陛下の前で言い放ったからなあ。陛下はけらけら笑って、「面白い人ね。でも朕の部下をあまり困らせないでね」と言ったものである。

というかこれ、タイミング的におれが連絡した直後に出発したってことだよな……？　よくそんな船を取れたなあ。

「もとより、ゼンジ。おまえから連絡があればすぐ駆けつけるつもりで準備していたのだ！　吾輩のあらん限りのコネを動員して！　あいにくと滞在期間はあまり取れなかったが……なに、いざとなればこの森だ、潜伏してしまえば……」

「不法滞在、駄目、絶対。総督に連絡しますね」

端末を手にして本気度を見せると、ジミコ教授は慌てた様子で「待ちたまえ！」と叫ぶ。

「愛弟子よ。ここはひとつ冷静に話し合おうじゃないか」

「ええ、冷静な話し合いは大歓迎です。ですから、うちのリタに色目を使うのはやめてください」

リターニアはおれの後ろに隠れて、教授をきしゃーっ、と威嚇していた。

おとなしい彼女にしては珍しいというか、よくもまあここまで初対面の相手を怯《おび》えさせたな。

教授自身に悪気は一ミリもないのだ。だからこそ悪い、という話ではあるが……。

「だいたい、きさまがあんなメールを送ってくるのが悪い！　我慢できるはずがなかろう！」

「だと思ったから、こっちが落ち着くまで送らなかったんですけどね」

「こちらは一日千秋の思いで待っていたのだぞ！」

そういうところだぞ。本当に、これで帝国の民とはトラブルを起こしても高次元知性体《オーヴァーロード》とは一度もトラブルを起こしていないのが奇跡のようである。

つーか、この人とホルンを会わせたくないなあ。

せめて、事前にホルンに言い含めておきたいなあ。

と思ったら、見慣れた赤いドレスが、庭の方で揺れた。

「何じゃ、おぬしら。面白いことをしておるな」

ホルンが顔を出した。

おれたちの屋敷の玄関前にて、紫髪の女性と赤いドレスの少女が見つめ合う。

おれのそばのリターニアが、あたふたしている。どうやらおれと同じく、このふたりを会わせてはいけないと感じていた様子だ。

はたして、ふたりはしばし見つめ合った後……。

「やあ、初めまして。吾輩のことはジミコと呼んでくれたまえ。帝都の大学で教授をしている。そこのゼンジの師をやらせて貰っている」

「おお、ゼンジの師匠か。われはホルン、竜だ。ゼンジには世話になっている！」

ふたりは極めて良識的な挨拶《あいさつ》をすると、互いに手を伸ばし、がしっと握手を交わした。どちらも、にやりとしている。

「ふむ、おぬし、われに興味がある様子だな」

「もちろん、竜に興味を持たない高次元物理学者がいるはずもない。でもね、高次元知性体《オーヴァーロード》とのつき合い方を心得ていない学者は、遠からず消えるんだ。なぜだかわかるかい？」

「消される、というオチであるか？」

「正解だ。非友好的な高次元知性体《オーヴァーロード》の機嫌を損ねて消し飛ばされることもあれば、帝国のしかるべき部署が動いて、ということもある。いずれにしても長生きできない。ところで吾輩は、こう見えて百年以上、いまの地位にいるのだ」

そうなんだよなあ。この教授、学会に百年以上君臨しているんだよなあ。

その理由が、いま本人の口から明かされたわけだが。そうかー物理的に消えるのか。うちの学会、こわいなあ。

「そこの男を吾輩が高く買っている理由のひとつが、消えないことなんだよ」

「消えぬのか？」

「消えないいんだよねえ。任務であちこちの高次元知性体《オーヴァーロード》との交渉に立ち会っているはずなんだけど、毎回、彼は元気に帰ってくる。交渉担当者はたまに消える」

「消えるのか」

「うん、わかってない奴は消える。まあ、そういうものさ」

好き勝手言ってくれているが、交渉担当者が底抜けの馬鹿だったり、交渉担当者の上とそのもうひとつ上が別々の指示を送ってきていたことが判明したりで、おれが止めようとしてもどうしようもなかったケースばかりだぞ。

おれは一応、担当者を守ろうと頑張ったんだよ。

頑張っても、どうしようもないことが世の中にはいろいろあるのだ。特に軍の仕事では。

そして、高次元知性体《オーヴァーロード》という、とびきりに規格外の相手がいる仕事では。そのあたりの距離感みたいなものを適切に保てないヤツが消える、というのは本当にその通りなのである。

途中から陛下がおれに全権を委任したのは、そういう理由からだ。

たちの悪いやらかしひとつで星が数個消えたりするから、仕方がない。

いや、星が数個ならまだマシで、銀河の一角が消滅したりしてもおかしくないのだから。

本当にさあ……そういう存在を相手にしている、ってちゃんと認識した上で交渉に来て欲しいんだよなあ……。

「こやつといると心地よいのは、そういうことか」

「ああ、やっぱり。そうなんだよね、他の高次元知性体《オーヴァーロード》も、似たようなことを言ってたよ」

「距離感、というのか。その感覚、いまのわれなら理解できる」

ところで、おれの前でおれの論評するの、やめて貰えますかね。なんかこう、いたたまれないというか……。

「兄さん、いい加減、みんなに入って貰ってください」

と、玄関前でずっと立ち話をしていたら、いつものメイド服を着た妹が中から顔を出した。

「やあ、妹ちゃん。元気なようで、何よりだ」

「あれ、ジミコ教授？　お越しになったんですか？」

「うん。あ、小型艇は外に置いてあるんだけど、いいかな」

「リモートで動かせますか？　格納庫がありますので位置データを送りますから教授の端末を……」

「助かるね。はい、これ吾輩の端末だ」

「わあっ、端末ごと放り投げないでください！　どうして、命と同じくらい大事なものを投げるんですか！」

個人情報の塊である携帯端末は、女性でも手で握りやすいサイズの複合プラスチック製の黒い板である。旅行先でこれをなくすと自己の証明すらできないという、帝国臣民にとって、まさに命綱に等しいものだ。

それを、いまこの教授は、ぽーんとメイシェラに投げ渡したのである。

そりゃあ、温厚な彼女でも怒るよ……。

この教授が、この手のことに頓着《とんちゃく》しないのはいつものことなんだけど。

時々、自分の命にすら頓着していないのではないか、とすら思うのだけれど。

ああもう、本当に変わってないなあ。

メイシェラが教授の端末を操作して、小型艇を格納庫に向かわせている。

その間に、勝手知ったるなんとやら、とばかりにホルンが教授を屋敷の中に案内していた。

「不思議な方ですね」

教授の背中を見ながら、リターニアが呟《つぶや》く。

「きみはもっと怒っていいからな」

「怒る……先ほどジミコさまに耳を触られたこと、ですか？　あの……ゼンジさまも、わたくしの耳、触りたいですか？」

「触りたいけど、女性が嫌がることはしないよ」

「い、嫌ではないのですが……その、少し、恥ずかしいです」

赤くなってうつむくリターニアに、メイシェラが気づいた。

「ちょっと、兄さん、セクハラですか⁉」

「違う、違うから」

「その……ゼンジさまなら……」

「きみも余計なこと言わなくていいから！」


しばしの後、ジミコ教授は、応接室のソファにだらしなく寝そべり、おれが渡したデータの入ったタブレットをご機嫌な様子で眺めていた。

その間におれは、ホルンとリターニアに、ジミコ教授との大学でのエピソードを語る。

とはいっても、おれが大学に通っていたことはない。軍学校から直接、軍に入っているからね。

帝都の政治的な情勢が落ち着いていれば、除隊後に大学に入り直すというルートもあったんだけど……おれが帝都に残っているのは政治的によろしくない、と各方面から助言という名の圧力があったのである。

実際、よく知らんところからよく知らん勧誘とかも来ていた。

おれを旗印にして政治団体を立ち上げる、とか、宗教団体を立ち上げる、とかそういうやつだ。

勘弁して欲しい。おれは政治にも宗教にも、これっぽっちも興味がないのだ。そう返したところ、「政治や宗教に興味がない方がよろしい」という返事が来て呆《あき》れ返《かえ》った。

担ぐ神輿《みこし》は軽い方がいい、という古の言葉を思い出す。

そんなわけで、おれは魔窟《まくつ》である帝都から逃げ出し、義妹《いもうと》のメイシェラとふたりでこの辺境の星に隠居したわけである。

「高次元知性体《オーヴァーロード》と接触する必要がある任務を受けた際、その道の専門家の意見を聞きたくて教授のもとを訊《たず》ねた。それが始まりなんだ」

「なるほど、専門家の意見を聞くのは重要です。銀河ネットのドキュメントでも、頻繁に専門家のインタビューが挟まります」

リターニアが真面目な顔で相槌《あいづち》を打つ。

「ああいうのって、やらせが多いんだけどな」

「なんと」

「いまは、それはいい。おれの場合、知識のひとつが生死に関わるようなことだった。真剣に意見を求めたんだ」

「それで、どうなったのだ？」

「本人ノリノリで、『吾輩《わがはい》ついていく！　軍の金で研究するもん！』と駄々をこねた」

ホルンとリターニアが、対面のソファをひとりで占拠している女性を無言で見た。昔からの傍若無人っぷりに呆れているのだろう。

ちなみに現在、テーブルを挟んで教授の対面におれたち三人で座っている。おれを挟んでホルンとリターニアが左右に腰を下ろしているのだが、なんでこの配置なんだろうな？

「軍とは、それを許すほどゆるい組織なのであろうか？」

「いい質問だ、ホルン。ここで教授のコネが利いてくる。具体的には、このひと陛下に直接お願いしやがったんだ」

「この方もイリヤのお知り合いでいらしたのですね」

そういえば、おれの横にいる少女も陛下の幼馴染《おさななじ》みだった。まあ、そのあたりの話をいますると、ジミコ教授がまたうるさくなりそうだから黙っておこう。

データひとつで、ここまでおとなしくなるのだ。

是非とも、あと数時間はデータの読み込みを頑張って欲しい。

いや、このひとが嫌いなわけじゃないんだよ。好奇心を満たすモードに入ったとき、それがこっちに向くとひたすらにうざったいというだけである。

「そういうわけで、おれは陛下からの拒否できない命令でこのひとと共に任務に赴き、内容は機密なので言えないんだが、いろいろ死ぬような目に遭った。具体的には腕が二回取れたくらいの目に遭った」

リターニアがおれの腕を持ち上げ、じっと見つめる。

「治療の魔法を使ってもよろしいでしょうか」

「そんな魔法もあるの？　いや、当然だけど、ちゃんと元通りだよ。帝国の再生治療技術は、頭部さえ残っていれば完全な身体に戻れる程度には発展している。軍の任務だからタダだっただけで、民間人がやろうとしたらとんでもない治療費がかかるけどな」

「なるほど、おぬしたちは〝繭〟からちからを引き出さなくとも、それと同じようなことを科学技術の発展でまかなってしまうのだなあ」

ホルンがしきりに感心しているが、こちらとしては、この星に重なって存在するという〝繭〟と名づけられた超エネルギーの集合体を易々と利用する彼女たちの方が驚異である。

お互いに、まったく別の系統樹として進化した存在同士で、それ自体はどちらかに優劣があるというわけではない。

ただ、高次元知性体《オーヴァーロード》である竜にとっては、〝繭〟すらも彼らが手慰みでつくった、ちょっと便利なアイテム程度のものにすぎない、というね。

だからこそ、リターニアたちエルフが〝繭〟を利用するシステムを内蔵してみせても、気楽に使わせてやっているのだろう。

いや、どうだろうな。そもそも竜は、所有権のような概念がひどく希薄な気がする。

目の前のホルンも、いい加減というより、何かの概念を個や集団で保有する、という概念そのものがない様子なのだ。

個の圧倒的な性能が故に生存を努力する必要すらない、という竜特有の事情が関係しているのかもしれない。

今後、詳しく聞き取り調査をしたいところだ。ジミコ教授を無事に帰してからね。

うん、教授がいるときにやると、絶対にうるさくなるから……。

「ゼンジ、ゼンジ。ここのデータおかしくないか？」

急にがばっと起き上がったわが師が、テーブルごしにタブレットを突きつけてくる。

リターニアが、さきほどの一件で少し苦手感ができたのか、ちょっと身体をのけぞらせていた。

おれとホルンは、タブレット上に展開されたデータを覗《のぞ》き込む。

「たしかに跳ねてますね。この日時と時間、場所……あー、泥呪樹海ってこの地点からだとだいぶ離れているけど。ホルンが踊っていたタイミングですね」

「踊る？　詳しく聞かせたまえ」

おれはホルンと顔を見合わせる。ホルンは少し顔をしかめて、「あそこは頭が痛くなるから、けっこう辛かったのだ……」とぶつぶつ呟いている。

「頭が痛く？　ふむ、その話も気になるね。そもそもゼンジ、きみは吾輩に報告していないことがいくつもあるのではないかな？　この屋敷だって……」

「あー、話しますから、話しますから」

仕方がないなあ。と、口を開きかけたそのときだった。

おれの端末に通信が入る。一瞬、無視しようかと思ったが、通知欄にこの星の現総督の名前が出ていたので皆に断りを入れて通話を繋《つな》いだ。

「閣下、失礼するよ」

「元閣下、ですよ、総督」

「ではゼンジ、きみは命を狙われる覚えがあるかね？」

「まあ、ないわけじゃないが……帝都ではともかく、この星では覚えがないな」

「そちらに未確認の飛行物体が多数接近中なんだ」

おれは顔をしかめた。

総督の話によれば、周囲に豊かな自然しかないこの屋敷へ接近中の飛行物体は、全長十五メートルの小型機とおぼしきものが十八機、そして強襲揚陸艇とおぼしき全長五十メートルオーバーのものが一隻である。

引退した提督を殺すためだけにしては、ずいぶんと大盤振る舞いをしていた。

目の前で資料のタブレットを手にきょとんとしている紫髪の女性に視線をやった。

おれじゃなくてこっちが目当てなんじゃないか、と総督に訊ねる。

「帝都の大学の教授⁉　聞いていないぞ、そんなＶＩＰが……うわっ、本当に記録があるな。一般客船のエコノミー席で来てる⁉　いったいどういうことだ‼」

「急いでいたからね、そこしか席が取れなかったんだよね。吾輩はそういうの気にしないから」

「気にしてくれ！　こちらにも警護の都合がある！」

端末が教授の声を拾い、総督が大慌てで叫んでいる。

恩師が本当に申し訳ありません、としか言いようがない。

「それで、いったい誰がジミコ教授を狙っているんですか」

「いま公安筋から情報が入った。環境テロリストだ」

「はい？」

「高次元知性体《オーヴァーロード》との接触は宇宙環境に深刻な悪影響を及ぼすため、即刻、高次元知性体《オーヴァーロード》に関する研究を中止せよ、というのがスローガンだな。以前からジミコ教授は彼らの殺害ターゲットに入っていたらしいが、帝都では襲うことができなかった。しかし辺境の星ならば……といったところだ」

「それで、高次元知性体《オーヴァーロード》がいるこの場所を襲うのか？」

「いるのか」

「いるぞ、いまも」

横のホルンを見る。こちらは教授以上にきょとんとしていた。

「まあ、テロリストどもの情報網がその程度ということだろう。知っていたら、きみも殺害対象に入っていたはずだ」

「この屋敷を襲うなら、理由がどうであれ、か。それにしても、これだけの戦力をどうやって星に入れた？　手引きした奴がいるのか？」

「前任者の置き土産だ」

端末の向こうの声は、うんざりした様子であった。

更迭された前提督、あいつのせいかー。

「この星の警備隊の装備が一部、横流しされた形跡があった。公安が追いかけていたところ……」

「テロリストたちのところに流れたのがわかった、と。いまさらわかってもなあ」

「未確認の飛行物体はあと三十分ほどでそちらに到着する。いますぐ逃げてくれ。森の中に隠れれば時間が稼げるだろう。こちらでも至急、対応する部隊を送る」

ふうむ、さてどうするか。台所からメイシェラが顔を覗かせた。

「兄さん、ホルンさんにやっつけてってお願いしちゃ駄目なんですか？」

「これは帝国の内紛扱いになるから、できれば使いたくない手だ」

「うむ、ちょっとわれが空を散歩する気分になってもよいのだが……」

「それは最後の手段として取っておこう。こっちでやれることがあるうちは、ホルンに頼らない方法を選びたい」

「ということは、手があるんですか?」

「ないこともない、というか……さっき警備隊の小型機とかのスペックを確認したんだが、所詮《しょせん》は辺境惑星の警備隊だ、たいした火力は持っていない」

「兄さんひとりで戦う、とかは駄目ですよ」

「おれを何だと思っているんだ。地上戦ならともかく、航空機を相手に戦えるわけないだろ」

敵がバードストライク対策くらいしかしていない軽装甲の小型機とはいえ、携帯用の火器で対応できるはずもない。

というか一部の武器を除けばバードストライク対策のバリアを貫通できないと思うんだよな……。

「じゃあ、どうするんですか?」

「小型機の群れなんて相手にする必要はないんだ。全員で地下室に隠れる。何せここの地下は大量破壊兵器を使われても陛下が生き残れるように、とんでもなく頑丈にできているからな。あとは、必然的に敵が白兵戦を仕掛けてきてくれるわけだから、そこを返り討ちにすればいい」

揚陸艇のサイズ的に、白兵戦ができるのは、せいぜい五十人程度だろう。

その程度なら、おれひとりで充分、相手にできる。

「ですが、それではこの地上のお屋敷は……」

リターニアが愁いを帯びた表情で、応接室の周囲を見渡す。あー、まあ、それはなあ。

「家が灰になっても、また再建すればいい。誰かが傷つくことの方が、おれは辛いよ」

たとえそれが、傍若無人な師であっても、である。たしかにリターニアにとっては、陛下との思い出も残る大切な屋敷だろうが……。

「いまのおれには指揮する兵もない。元提督といっても、やれることは多くないんだ」

「兵……ですか。でしたら、わたくしからひとつ、提案がございます」

うつむいて少し考えた末、リターニアは顔をあげ、己の胸に手を当てた。

強い意志の宿った双眸《そうぼう》が、おれを射すくめる。

「ゼンジさま。わたくしたちを、お使いくださいませ」

「きみ、たち？　どうするつもりだ」

「先ほど仰った敵のスペックから鑑みて、わたくしたちエルフの魔法であれば小型機の火器を防ぐことができます。また、小型機のバリアを貫通する魔法も使えます」

「待て、それはつまり……」

「ホルンさまより教えていただいた転移の魔法を使って、いますぐ国に戻り、応援を呼びます。わたくしと王国の精鋭のちからを合わせれば、充分に対処できるはずでございます」

＊　＊　＊

以前、ホルンが雑に庭に置いていったくさび石の付近から、ぞくぞくとエルフたちが転移してくる。皆、外見は二十歳くらいに見える若い男女で、何かの動物の革でできているとおぼしき服を着て、まるで銃のように見える長柄の杖《つえ》を持参していた。

エルフの軍人たちだ。

リターニアによれば、王国近衛兵団という組織の者たちで、リターニアがホルンという竜の監視任務についた際、彼女の一存で動かせる戦力として父王から指揮権を与えられたとのことである。

リターニアとしては、彼らを使うことなどないと思っていた。

ホルンが危機に陥ることなどないとわかっていたから。

しかし今回、ホルンは政治的な事情によりそのちからを振るうことができない。

ならば己と己の配下の出番である、とリターニアは意気込んでいる様子だった。

総勢、五十人と少し。リターニアが向こう側に跳んだとき、ちょうど待機状態だった者たちが全員、ここに来ていた。

「何でもお申しつけください、ゼンジさま！」

美男エルフのひとり、おそらくは階級が他より上であろう屈強の御仁が、おれに対してわざわざ帝国式の敬礼をする。おれは返礼して、手短に作戦を伝えた。

「それで……いいのですか？」

「ああ、いいんだ。きみたち魔法を使う軍人の特性は、おおむね理解しているつもりだよ。指揮は任せてくれ」

と耳につけたインカムを軽く叩《たた》く。

近衛兵団の皆が、丘の下に広がる森の中へ、おれの指示で散っていった。

彼らの姿は木立にまぎれ、たちまち見えなくなる。

「これで、屋敷を守れるのかい?」

おれの隣に立つ紫髪の女性は、自分が原因だというのに平然とした顔でそうのたまう。

変に正義感とか自己嫌悪とかしないのは、このひとの長所だ。

帝都大学にこのひとあり、千年にひとりの天才と謳《うた》われるジミコ教授の思考は、実にシンプルなのだ。自分の邪魔をする奴らは悪で、そんなものたちに思考を割くのは時間の無駄。

守る側としては、突飛な行動をして警備を混乱させたりはしないなら、それでいい。

守られる側は、頼むからおとなしく守られてくれ。その点、陛下は本当にもう血気盛んというかおおらかというか腰が軽いというか、本当に困った方だったよ……。

一度なんか、暗殺者の前に自分が姿を現して囮《おとり》になるとか言い出して、しかもそれがいちばん成功の確率が高く効率もよろしいと宮廷AIが判断しちゃったもんだから実行に移すしかなくて、実行するだけのおれはともかく宮廷の責任者なんかは事件の後、胃痛と頭痛が止まらなくなってドクターストップで休職しちゃって……いや、そんなこと、いまはいいのだ。

「屋敷の周囲に部隊を展開しても、相手は屋敷ごと焼き払うだけですからね」

「それなら、空を飛んで迎撃すればいいんじゃないか? 彼らは飛べるんだろう? 実のところ、吾輩《わがはい》も魔法のちからで空を飛ぶ様を見てみたくてだねえ」

「見るだけなら後でいくらでも、デモンストレーションをして貰《もら》えばいいでしょう。飛行時の彼らのスペックはリターニアでよく把握しています。小まわりは利きますが、残念ながら速度では小型機の方が圧倒的に上ですからね。単独でならともかく、隊列を組んで戦う場合、この機動力の差が如実に出てしまいます」

ジミコ教授は、腕組みして「そういうものかー」と呑気《のんき》なことを呟《つぶや》いている。

まあ、見てなって。

エルフ兵は、こう使うんだ。

おれはインカムのスイッチを入れて、適宜、エルフの戦士たちに散開の指示を入れた。

メイシェラには地下に退避して貰っている。彼女は軍人ではないし、戦うちからが何もない。

彼女自身も、己が足手まといであることをよく認識していた。まあ、このあたりは父も軍人だったし、折につけよく言い聞かせてくれていたのだろう。

ホルンには、メイシェラのそばについて貰うことにした。

義妹《いもうと》の絶対の安全が保証されることで、おれは心置きなく戦うことができる。

リターニアはおれのそばで、指示を待っている。エルフたちの姫であり本来の指揮官である彼女は、いざというとき、おれにかわりエルフたちに指示を送る手筈《てはず》となっていた。

実際のところ、エルフたちと帝国軍とでは戦い方も違うし用語も違う。軍にいたころも他組織との合同演習ではそういった問題に遭遇したが、本来は入念に打ち合わせをするものなのだ。

今回、そのような時間はなかった。敵の姿が見えるまで、あと数分である。おれはタブレットを操作し、屋敷の大型通信機と接続した。

「接近する所属不明機に告げる。諸君は現在、私有地に近づいている。諸君の立ち入りは許可できない。すみやかに方向を変えるように。繰り返し告げる。ここは私有地であり……」

公開チャンネルで語りかける。一時的にでもこの星の警備隊に所属していたなら、このチャンネルでの通信を受信しているはずだが……。

はたして、返答はなかった。だが、これで法律上の義務は果たしたことになる。

心置きなく先制攻撃できる。屋敷の外に出て、丘から周囲を広く見渡せる場所で、リターニアとジミコ教授と三人、待ち構えることしばし。

視界の隅に黒い点がいくつも見えた。かと思うと、それはみるみるおおきくなっていく。インカムから、エルフたちの逸る声が、射撃開始の指示を求める声が聞こえてくる。

「まだだ。これから敵機は速度を緩める。攻撃するのはそれからだ」

心配しなくても、敵機が積んでいるレーダーにエルフたちは映らないよ。向こうは、目標とする屋敷の手前で減速するはずである。そこを一気に叩く。

リターニアの話によると、エルフたちの魔法弾は小型機のバリアを撃ち抜くのに充分な威力を保持している。とはいえ、彼らは人力で照準を補正しているのだ、高速で飛来する物体を撃ち抜けるだけの技量を持った者がどれだけいることか。

だから、相手が速度を緩めたところを狙う。

森に隠れたエルフの精鋭は、五十人と少し。

対して上空の敵は、小型機が十八機と強襲揚陸艇が一隻。

「まだだ、まだ、まだ……いまだ、撃て！」

合図の次の瞬間、森のあちこちから砲火が上がった。

虹色《にじいろ》の光線が、上空の黒い点めがけて集中し……爆発。

空が黒い煙に覆われた。

上空で爆煙に包まれた敵部隊だが、黒い煙を抜けて、なお飛来してくる影は十を超えていた。

正確には十三の小型機と、それよりいっそう上空にいた全長五十メートル超の強襲揚陸艇である。

墜《お》とされた五機が、煙を噴きながら地面に落下していく。

残る機体がぱっと散開し、個々に森への射撃を開始した。

紫の光を煌《きら》めかせて、上空から伸びた太い線が木々をなぎ払う。対物攻撃用のレーザー兵器だ。

厚い装甲に包まれた浮遊戦車の鎮圧には便利な武器だが、ヒトを相手にするには少々オーバースペックで、しかも取りまわしがよろしくない。

案の定、エルフたちのいる場所からは見当違いの方向を攻撃している様子であった。

おれは端末に敵機のナンバーを入力する。迂闊《うかつ》な動きをしているヤツから優先的に……。

「リターニア、この指示をエルフたちに送ってくれ」

「はい、ゼンジさま」

射撃のタイミングだけは合わせるよう伝える。

「三、二、一、撃て！」

森のあちこちから、虹色の光線が上空へ放たれる。晴天に、ぱっと華が咲いた。

今回、命中したのは数発で、しかもそれが致命傷になったのは二発だけだった。二機の小型機が、黒い煙をあげながら森の中に墜落する。

残る機体は、ビームの発射点を狙って激しい反撃を開始する。しかし当然ながら、その場所にはもう、エルフたちの姿はない。敵機のレーザーは、むなしく豊かな自然を破壊するだけである。木々が倒れて土煙があがり、小鳥たちが大慌てで羽ばたき逃げていく。

「リタ、敵のレーザーはきみの魔法で防げそうか？」

「はい、ゼンジさま。少しの間でしたら、防いでみせます」

「わかった。いざというときは頼む」

「お任せください！」

ふんむっ、と握《にぎ》り拳《こぶし》をつくるエルフの少女。

ジミコ教授が「吾輩を直接、狙ってくるということかい？」と訊《たず》ねてくる。

「強襲揚陸艇はエルフの狙撃を恐れて高度を下げられないみたいですから、小型機が直接、こちらを狙う恐れは充分にあります。向こうも、丘の上のこんな目立つところに人影があることには気づいていているでしょう」

はたしておれの言葉の通り、エルフたちが三射目を放ちこれが一機を撃墜したところで、小型機のうち一機が、丘の上のこちらめがけて突っ込んできた。

命令していないのに森の中からエルフの一部がこれを射撃するも、狙いをつける時間もなかったのか、すべて外れてしまう。

「リタ！」

「はいっ！」

おれの前に進み出たリターニアが、大きな杖を天高く掲げた。

杖の先端から出た虹色の光が周囲に広く拡散し、傘となる。

小型機の先端から放たれた紫の光が虹色の傘と衝突し、方向を変えて、屋敷を囲う煉瓦《れんが》の壁を破壊した。小型機の攻撃は一瞬で、そのまま機体はおれたちの上空を通り過ぎ……そして、森から飛来した無数のエルフのビームに焼かれて撃墜された。

リターニアの身体がふらりと揺れる。おれは慌てて、彼女の小柄で細い身体を支えた。杖が掌からすべり落ちて、地面に転がる。顔を覗《のぞ》き込めば、彼女は意識を失っていた。いまの一瞬でちからを使い果たした様子である。おれはリターニアの身体をそっと地面に横たえた。

インカムから、焦った様子のエルフたちの声が聞こえてくる。

「姫は、姫はご無事ですか⁉」

「こちら全員、無傷だ。リターニア殿の魔法のおかげだよ。エルフの底力を見せてもらった」

歓声が沸く。

「これからは、おれが直接、指示を送る。そっちの用語は慣れないから、わからないことがあれば聞き返してくれ」

「了解！」

インカムを通して指示を送りながら、上空を睨《にら》む。

「やっぱり、いまのは陽動か……」

強襲揚陸艇が、一気に高度を下げてきていた。小型機が目立つ行動をする間に、本命の札を切ってきたのである。

それに気づいたエルフたちが強襲揚陸艇に狙いを絞って攻撃するが、生き残った九機の小型機が森のあちこちをレーザーでなぎ払ってこれを邪魔してくる。

「こっちはいい。小型機の排除を優先」

「しかし、それではそちらに危険が及びます。すぐに迎撃部隊を向かわせますので……」

「問題ない。あれは、おれが排除するよ」

そう、おれはいま、軍の特殊戦闘服を着ているのだ。ヘルメットのバイザーを下ろし、背負っていた長柄の狙撃銃を腰だめに構える。

「教授、彼女を連れて、少し下がってください」

「健闘を祈るよ」

ジミコ教授は、物わかりよくエルフの少女を抱えて、屋敷の方に駆け出す。

おれは狙撃銃の銃口を特殊戦闘服の補助ＡＩとリンクする。バイザーの裏面、おれの目の前に敵との距離、相対速度、弾道修正等の各種データが表示された。

戦闘服が自然に動き、照準補正が完了。反動抑制姿勢完了。正面から丘の上に突っ込んでくる強襲揚陸艇の正面より少し向かって右側を狙い——おれは、引き金を引いた。

腹に響く衝撃音と共に、すさまじい反動が襲ってくるが、戦闘服の姿勢制御機構と協力して必死に踏ん張る。

銃口から発射された弾丸は白い軌跡を残して飛翔《ひしょう》すると強襲揚陸艇が展開するバリアに接触、激しい爆発を起こした。

バリアは突破できなかったものの、衝撃で船体が揺れ、バランスを崩す。

そのまま、丘の左手にそれていく。おそらく操縦者は懸命に制御を取り戻そうとしたのだろうが、それもむなしく船はおれたちの頭上を通過し、背後の森の中に不時着した。

激しい衝撃波が丘を襲う。

着陸した揚陸艇から、ばらばらと人影が出てきた。全部で三十人と少しだ。

全長五十メートルの船だからもう少し乗っているかと思ったが、テロリストも人手不足なのだろうか。まあ、頭がおかしい奴らの考えていることなんて知らん。

全員ぶっ殺せば問題ないのだ。生活のために密漁をしていた双海人とは違う。こいつらには生かしておく理由も、価値もない。

「教授はそこで待っていてください。敵がきたらリターニアを連れて屋敷の中へ！」

「わかった。彼女のことは任せたまえ。存分に暴れてくるがいい」

重い狙撃銃を捨てて、おれは揚陸艇の方へ丘を駆け下りる。腰に差した細長い棒を抜いた。

軽く手を振る。棒は長く伸張し、実体剣となる。

テロリストたちが、接近してくるおれに気づいて、何か叫んでいる。無視して距離を詰めたところ、無数の銃弾で歓迎された。

おれは自分に直撃する銃弾だけを剣で払う。

「当たっているのにひるみもしないぞ！　化け物か！」

「違う、剣で弾いているんだ！　古式正式剣技《エンシエントアーツ》⁉　ありえん、十剣聖か⁉」

違うよ、あいつらと一緒にしないでくれ。あいつらなら、おまえたちが乗ってきた船ごと切り伏せているだろうし。

「くそっ、こんなの聞いていないぞ。ジミコ教授に警護なんていないって話じゃなかったのか！」

「それは事実だぜ。おれはただの一般人だ」

「銃弾を弾く一般人がいるか！」

いるんだよ、これが。まあ、ついこの間まで軍にいたんだけど。

すれ違いざま、テロリストたちを切り伏せていく。銃弾をものともせず十人くらい殺したところで、敵の士気が崩壊した。

残るテロリストたちの半分くらいが、情けない悲鳴をあげて逃げ惑う。はあ、仕方がないな……こんな奴ら、生かしていてもこの星や人類にとって何の得にもならないんだが……。

「降伏する者は銃を捨てて地面に伏せろ！　そうでない者は斬る！」

「わ、わかった！　この通り、降参だ！　攻撃しないでくれ！」

地面に這《は》いつくばる者たちを一瞥《いちべつ》し、おれは彼らが乗ってきた揚陸艇の方を眺めた。着陸に失敗したのか、木々をなぎ倒した後、少し傾いて着地している。

奥の方から黒い煙があがっていた。これ、爆発したりしないよな……？

「船の中にはまだ誰か残っているのか？」

「いや、中には死体だけだ」

這いつくばっているうちのひとりに訊ねる。その男は、震えながら返事をした。

「着陸のとき、打ち所が悪くてな……」

「シートベルトもしてなかったのかよ」

「マニュアルにはなかった」

たぶん惑星警備隊のマニュアルにはあるよ？　きみたち、マニュアル読まなかっただけでしょ？

ああもう、とにかくこれで終わり、ということか。見上げれば、宙を舞っていた小型機の生き残り五機ほどが、見切りをつけて彼方《かなた》に逃げていくところだった。

あいつらの始末とここにいる奴らのことは、遠からず駆けつけてくるだろう警備隊に任せますかね……。

＊　＊　＊

　おっとり刀で駆けつけた警備隊は、全長百メートルの駆逐艦が二隻、小型機が五十機というそうそうたる陣容だった。

　だいぶ多いな？

　惑星警備隊の旗艦は重巡洋艦で、ぜんぶ合わせて十五隻くらいだった気がするから……総督は、この短時間で投入できる限りの戦力をこの地に派遣してくれたということになる。

　その大戦力が到着する前に勝負はついていたんだけどね。とはいえ彼らが駆けつけてきてくれたからこそ、逃げた環境テロリストたちの捕縛や、おれに降伏した者たちの拘束と移送も簡単だったわけで、感謝の言葉しかない。

　生き残った彼らには、重い刑罰が下るだろう。

　おれとしては、こいつらが二度とシャバに出てこなければ、それでいい。

　で、環境テロリストたちの狙いであったジミコ教授であるが……。

「教授、よくも会議を放り出して、勝手にこんなところまで逃げてくれましたね」

「逃げたわけじゃないよ。ただちょっと、どうしても会いたかった弟子がいてね。あとついでに、高次元知性体《オーヴァーロード》にもひと目会いたくて……」

「はいはい、言い訳は船の中で聞きます。帰りますよ」

屈強な護衛を数名連れた若い男が警備隊と共に現れ、嫌がるジミコ教授をさくさくと拘束すると輸送機に乗せた。どう考えても、脱走した教授を捕まえたことが一度や二度ではない手際である。

「助手の方ですか」

「はい、閣下」

だから、もう閣下じゃないんだって。

「このたびはうちの教授がたいへんご迷惑をおかけしました。お詫《わ》びについては後日、必ず。いまは大学の重要な会議をすっぽかしたこの方を椅子に縛りつけてでも帝都に連れて帰ること、優先させてください」

「あ、はい。えーと、おつかれさまです……」

教授、重要な会議をすっぽかして来てたのかよ。

この人がこれで大学の重鎮であることは知っていたけどさあ……。

なにせ業績がでかすぎるので、役職につけるしかない状況らしいのだ。

彼女でなければできない差配というものが存在するそうで、責任のせいで迂闊に動くこともできない状況はご愁傷様だが、だからといってそれをほっぽり出して旅に出るのは青春とか言える時期までにして欲しいところである。

おれが何度、責任から逃げて逃避行に出たくなったことか……。

現在は、ドロップアウトして気ままな生活なんですけどね。

その気ままな生活に、なんでこんな血と硝煙の臭いが混じってくるんですかね。

エルフたちの損害は、幸いにしてほとんどなかった。

数名が倒壊した樹木の下敷きになったり、転んで足をひねったりした程度である。

下敷きになった、と言ってもバリアで身を守ることはできたらしいので、入院する必要もないほどのかすり傷だ。正直、今回の作戦における最大の懸念点はここだったので、心から安堵《あんど》した。

リターニアも、少しの間気絶しただけで、外傷はない。レーザーを自前のバリアで受け止めた際、〝繭〟から流れてきた強い衝撃にノックアウトされてしまったのだという。

「あれほどの衝撃とは、思ってもみませんでした。精進あるのみ、です！」

とたいへんに前向きである。初めての戦闘で、怯《おび》えることなく前に出ることができるというのは、これは才能だろう。

新兵なんて怯えて漏らしてなんぼだからね。

なおメイシェラと何やらごしょごしょ話したりしていたのは、見なかったことにする。

で、そのエルフの皆さんは、引き続きこの屋敷を警護したいと申し出てきたのだが、それは丁重にお断りした。厄介ごとを持ってきた教授も帰ったし、もう大丈夫、と説き伏せる。

そんな彼らも、屋敷からホルンが出てくると、緊張でガチガチになってしまった。竜だもんなあ、と呑気《のんき》にその様子を眺めていたところ……。

「ゼンジさまは、どこまでも自然体でいらっしゃいますね」

とリターニアに呆《あき》れ半分、褒められ半分の言葉をかけられた。まあおれの場合、高次元知性体《オーヴァーロード》との接触経験がだいぶ、ね。

「皆のもの、大義であった。以後も、ゼンジの求めがあれば手を貸してやって欲しい。これは竜としての願いである」

ホルンは最後にそう言って、エルフたちを王国へ帰還させた。エルフたちは竜に『お願い』をされて、感涙にむせび泣き、喜んでいたから……まあ、いいのかな。

おれから彼らに手助けを求めることなんて、たぶんもうないと思うんだけど……それはあくまでも、彼らを帰すための方便なんだろうな。

「助かったよ、ホルン。このまま屋敷の周囲に駐屯所とかつくられたら、どうしようかと思った」

「うむ、われもそれはさすがにちょっとな……。彼らが面白い奴らであることは、よく知っているのだが。プリンを取られかねん」

それはたぶん、大丈夫だと思うよ。それはそれとして、メイシェラがよかれと思って彼らにプリンを提供するとかはありそうだけど。

警備隊による現場検証などで、数日はこのあたりも騒がしいことになるという。

これは仕方がないことなので、「よろしくお願いします」とだけ頭を下げておく。

現場レベルの人たちの邪魔をしちゃいけない。これは軍にいたころ、身に染みて理解させられているのだ。

「ホルン、リタ、それからメイシェラ。何なら、数日、どこかへ出かけようか」

ふと、旅行を思い立った。

どうせなら、この地におれたちがいない方が、警備隊の方も楽かもしれないなと思ったのである。

「素敵ですね、兄さん！」

メイシェラは乗り気で、ホルンとリタ一ニアも悪い気はしないようだった。

第三話　元提督と青い髪のＡＩ

高級リゾートとして開発されたその小島は、この星の赤道にほど近い緯度にあった。

島の西側には五十階建ての高級ホテルが建ち並び、東側の美しい海岸沿いは手つかずの自然が残っている。島の中央の林には個性豊かな現地の無害な動植物が棲息《せいそく》し、羽音と鳴き声のハーモニーを奏でる。林を貫いて東西を繋《つな》ぐ道は透明のチューブに覆われ、旅人は絶対の安全を確保されてホテルと浜辺を行き来できる。それはまさに日常から非日常へと繋ぐトンネル、人類はついに真の楽園を手に入れたのだ。ここでは時間が停止し、忙しない日々を忘れ、心行くまでパラダイスを堪能《たんのう》することができる……。

といった過剰なキャッチコピーで豪華な施設をつくったヤツがいる。

前総督である。

結果、どうなったか。二年前の開業以来、来客もほとんど来ないまま放置され、将来は立派なゴーストリゾートとなることがほぼ確定となっていた。

新総督はこのリゾート施設のすさまじい赤字額を見て頭を抱え、とりあえず閉鎖前に何とかてこ入れ策でもないかと思案した末……おれに、「とりあえずバカンスでもあったら使ってくれ」と打診してきたのである。

それが、つい先日のことだ。

そのことを覚えていたおれは、自宅付近が騒がしくなるこれからの数日を、くだんの高級リゾートで過ごそうと思いついたわけであった。

で、実際に我が家から数時間、新総督に手配して貰《もら》ったクルーザーでたどり着いてみれば、閑古鳥が鳴く、どころではなく客ひとりいない高層ホテルの入り口で、支配人と数名の従業員が出迎えてくれたのであった。

「みなさまは、このリゾートの記念すべき百件目のお客様です」

「そのうち、前総督の関係者を除くと？」

「初めてのお客様です」

こんな辺境の星にリゾート施設をつくったって売れるわけないだろ！　ガバガバ公共事業もいい加減にしろ！

「兄さん、わたし実は、こんなホテルに泊まるの初めてです。兄さんはどうですか」

「陛下の護衛でいろいろとな……」

でも、ここみたいな古いタイプのホテルにはあんまり泊まってないかな。そもそも泊まるっていっても、仕事だったわけだし。

「わたし、どうすればいいんでしょうか」

「気軽に楽しめばいいんじゃないか」

小市民のメイシェラは、高い天井や大きなシャンデリアなんかの高級そうな内装を見てびびっている。まあ、気持ちはわからないでもない。

「あの……このような場所にわたくしが来てよろしかったのでしょうか……」

「よいのではないか。というか、おぬしは仮にも姫であろう。銀河ネットのカートゥーンでも、姫はもっと堂々としているものではないか」

リターニアはメイシェラよりいっそう落ち着かない様子で、周囲をきょろきょろしている。

ホルンは腕組みして、堂々たる様子でそんな彼女のそばにいた。

「姫と仰られましても、わたくしの国にはこれほど大きな建物はございませんし……父のように、普人の皆様に招かれてパーティに赴くようなことも……」

「ふむ、姫とはパーティでドレスを着て踊るものではないのか」

「わたくし、まだ二百歳にもならない若造でございますから……。そうしたものはもう少ししてから、と仰せつかっております」

「たしかに若いのう」

時間感覚がちがーう。

というかエルフたちの日常生活についてはあまり聞いたことがなかったなあ。

リターニアの服装も質素とはいえいい化学繊維が使われているし、別に野山で動物を狩って暮らしたりしているわけじゃなさそうだけど。

昨日の軍人さんたちも全員が防弾と耐熱に優れたジャケットを着て、標準型の端末を持っていた。

端末については、この星の住民であれば無料で配付されるものである。

まあ、そのあたりは後だ。

チェックインして部屋に荷物を置いた後は、さっそくリゾートらしいことをしようじゃないか！

「リゾートらしいことって何でしょうか、兄さん」

「何だろう？　泳ぐとか？」

「水着、ありませんよ？」

「それはホテルで用意してくれるはず」

と使用人に聞いてみれば、「現在、水着のオーダーメイドサービスはオートマティック・ソリューションのみの運用となっておりますがよろしいでしょうか」と返された。

おれたち全員がきょとんとなる。

説明によれば、機械化された自動サービスのことらしい。

「あの、そのオートマなんとか以外のサービスも本来はあるってことですか？」

「はい、ホテル開業当初は専用の仕立業者と提携しておりましたが……」

「なるほど、基本的に中央星系では自動サービスより人力サービスの方が上、って価値観があるからな。だからといって、この辺境でその感覚を持ち込んでも……」

「はい、ご利用の方も皆無で、業者は半年と経たずに撤退されました」

損切りは早い方がいい。当然の結末だろう。

「でも自動サービスはあるんですよね！　……水着の自動サービスってなんですか？」

「採寸ルームでＡＩにより採寸、プリンタにより生分解性プラスティック水着の製作までを三十分で行います。当ホテルでは、同時に五人まで採寸が可能となっております。完成した水着は四十八時間で水に溶けて消えますので環境にも優しく、ビーチに捨てて帰っていただいても問題ありません」

「ビーチに水着捨てたら裸で帰ることにならない？」

思わずツッコんでしまったが、まあ替えの服を持っていけばいいのか。

あるいはホテルからビーチまで直行便が出ているわけだから、いっそ裸でも構わないとか。

「兄さん、その水着、つくりたいです！」

「いいんじゃないか。ものは試しだ」

リターニアとホルンにも連絡を入れ、四人で水着をつくることにする。

実際のところ、ホルンに関しては「水着、か。われが適当に見つくろってもよいのだが……」と言っていたが、そこは「他人にやって貰うのが金持ち仕草ってやつだ」と諭しておく。

諭しているのか、これ？


東の浜辺は、休憩用のコテージがいくつか立ち並んでいる以外、手つかずの自然という謳《うた》い文句《もんく》通りに本当に何もない場所だった。Cの形になった入り江で、波が弱く、海岸は遠浅だから素人《しろうと》が水遊びしても溺《おぼ》れる危険はない、とのこと。

いやこれ、あまりにもできすぎた形してるよね。絶対、それっぽく加工された人工海岸でしょ……と思ったが、おれは賢明なので口には出さないでおく。

隣で義妹《いもうと》のメイシェラが、初めて間近で見る海の光景に感動しているからだ。

「これが潮の臭い、なんですね。うちの小型艇やさっき乗ったクルーザーで上空から眺めたことはありますけど、こうしてすぐそばで海を感じたのは初めてです」

そんな彼女は、いつものメイド服の延長線上のような、少し変わった水着を着ていた。

彼女がこれまでの人生の大半を過ごした帝都は、天然の海というものが完全に存在しない。

星全体が人工物に覆われ、天候のすべてがずっと昔に機械化、自動化されていたためである。

実際のところ、それは陛下をお守りする要塞《ようさい》なのだ。いざとなれば母なる太陽を離れ、自力で移動することも可能な星。それが帝国の中央、帝都星であった。

これには帝国勃興《ぼっこう》時の戦争でお互いの太陽を狙う攻撃が頻発したという事情があるのだが、そのあたりはもはや遠い昔の歴史の中にある出来事である。

故にメイシェラもファッションとしての水着の知識はなかったようで、普段の衣装になるべく近いものをＡＩに考えさせたのだとか。

うちの父とか、娘をプールに連れていくような気の利いたことはしなかっただろうし。

そもそも帝都の学校では水泳の授業もないし、一般に開放されているようなプールもないから、仮想空間で遊ぶくらいしか手はないわけで。

おれの手持ちの権限で便宜を図ることはできたから、そのあたりはもう少し気を利かせるべきだったかもしれない。

彼女の水着を眺めながらそんなことを考えていると、メイシェラは小首をかしげてみせた。

「兄さん、似合っていませんか？」

「いや、似合っていると思うぞ。ただ、泳ぎの練習はゆっくりとな」

「はい！　もちろん兄さんが教えてくれるんですよね！」

もちろん、可愛い義妹《いもうと》のためだ、それくらいはするさ。軍の訓練には当然ながら泳ぎもあったし、長い軍艦勤務で体力を落とさないトレーニングにはプールで泳ぐというのもあったのである。

「あ、それと兄さん、リタとホルンさんの水着も、ちゃんと褒めてくださいね」

「あ、ああ」

と、そのときちょうど、エルフの少女と竜の少女が着替えてコテージから出てきた。

ホルンはおーいと手を振りながら駆けてきて、リターニアは慌てた様子で小走りになりながら、それを追いかけている。

って、砂浜でそんな風に走ると……あ、リターニアがこけて、頭から砂浜に突っ込んだ。

「わっ、大丈夫ですか、リタ！」

慌てて駆け寄ったメイシェラが、やはり砂に足を取られてコケる。

「あー、砂は慣れないと足を取られるから気をつけて、って言おうと思ってたんだよな」

「遅いです、兄さん！」

「うむ、そこは注意するべきであるな。われも昔、砂浜でごろごろ寝っ転んで遊んだものだ！」

「それって、その姿で？」

「無論、竜の姿でだ！」

全長三十メートルの竜がごろごろ砂遊びする姿を思い浮かべる。

まわりの生き物からすると、天変地異が起こったみたいな感じだっただろうなあ。

ちなみにそんなホルンは、胸もとと腰まわりだけ隠した、露出のおおきい大胆な水着を着用していた。豊満な胸の谷間がよく見える、というかわざと胸を張って見せつけている。

「ほれほれ、どうじゃ。男はこういうのが好きであろう」

「銀河ネットで何を見たかは知らないが、そういうのが好きな男もいれば、反対の趣味の奴もいる」

「おぬしは？」

「もちろん好きだが？」

おれとホルンは「いえーい」と互いの手を叩《たた》き、喜び合った。起き上がったメイシェラがジト目で睨《にら》んでくるが、これは仕方がないんだ、男である以上、不可避のことなんだ。

まあそれはさておき、倒れてじたばたしているリターニアのもとへ駆け寄り、助け起こす。ついでに頭についた砂を払ってやった。

「あ、あの、ゼンジさま……ありがとうございます」

上目遣いで眺めてくるリターニアの水着は、古のスクール水着、というものだった。胸もとに張られた白い布に「りたーにあ」と書かれている。

「どうしてその水着を選んだんだ」

「似合っておりませんか？」

「いや、似合っているとは思うが……」

古いカルチャーの中だけにある、子ども用の水着だ。

おれの言葉を誉め言葉だと受け取ったのか、リターニアはぱっと顔を輝かせた。

「実は、母さまに、これがオススメ、と伺っていたのです！」

「そ、そうなんだ？」

「これでゼンジさまの心はのっくあうと、だと！」

ぐっと拳《こぶし》を握るリターニア。

あの、王妃さま？　娘さんにどのようなご教育を？

おれの心がノックアウトされるかどうかはともかく、リターニアにも海を楽しんで欲しい。そもそも彼女は泳げるのだろうか？

「われは泳げるぞ！　竜の姿ではな！」

「きみには聞いてないというか、いざ溺れても海底を歩いて帰ってくるでしょ！」

「任せるがよい！」

胸を張って告げるホルンと、思わずその揺れる胸に視線がいってしまうおれ。リターニアが、少し不安そうに、ホルンと自分の胸を交互に見ている。

「で、リターニアは泳ぎの経験とか、あるか？」

「国のプールでは、少々」

「エルフの国、プールはあるのか……」

「民の誰でも入場できる施設で、百種類のさまざまなプールがございます。あちこちに木々を配置し、外縁部の流れるプールがわたくしのお気に入りです」

エルフ、思ったより公共施設が好きか？　てっきり森の中で自然と共に暮らしているのかと……ちょっといってみたくなってきたな。

この前の兵士たちの反応を考えると、とんでもない大歓迎を受けそうでちょっと怖いが……。

「ですが、海で泳ぐのは初めてです。どきどきしています」

「それじゃ、最初はメイシェラといっしょに水に浸かるところからやろう」

「はい！」

なおホルンは、わーいと海に突撃し、水の上を入り江の向こう側まで駆け抜けていった。泳ぐんじゃないのかよ！　と思ったがあえてツッコミは入れないでおく。

いまの気温は摂氏二十七度ほどで、砂浜もそれほど熱くはない。メイシェラとリターニアが浜辺から一歩ずつ海に近づき、寄せては返す波に怯《おび》えながら足首まで水に浸かった。

メイシェラは海の水をひと掬《すく》いして、ぺろりと舐《な》める。

「本当に、塩っ辛いです」

「あんまり飲むと腹を壊すから、気をつけろよ」

海水の成分についてここで講釈をするのは、さすがに無粋なのでやめておく。

おれは空気を読む男なのだ。

急に深くなっているところはない、とホテルの者は言っていたが、いちおう注意してリターニアが肩まで浸かるあたりまで進み、そこで軽く泳ぎの練習をする。

リターニアはあっという間に泳ぎのコツをつかみ、おれたちのまわりを平泳ぎでまわりはじめた。

「海の方が浮くから、慣れれば泳ぎやすいと聞きました。その通りですね」

「あの、兄さん、わたしは……」

「水に顔をつけるのが怖いなら、無理はしなくていいぞ」

「子どもじゃないんです、わたしだってできます！」

メイシェラは、えいや、と水の中に顔を突っ込み、そのまま息を止めて十秒くらい、顔を上げておおきく息を吐き出す。

思ったほど水に怯えていないなと判断し、おれは彼女に泳ぎ方を初歩から教えはじめた。

リターニアも彼女にアドバイスし、ふたりでメイシェラの手を取って、足がつかないところまで泳ぐ。少し教えただけで、メイシェラは自分ひとりで泳ぐことができるようになってしまった。

教え甲斐《がい》がないと言うべきか、それとも教師冥利《みょうり》に尽きると言うべきか。

うーん、身体の使い方、軍に入ってくる新兵よりずっと上手いんだよな……運動系の才能がある気がする。

まあ、本人がそちらに興味なさそうなので、黙っておこう。

軍人の才能がある、と言われても嬉《うれ》しくないだろうし。

ふとホルンはどこだと周囲を見渡せば、入り江の出口の方で金毛だけが海の上に出て、それがふらふらと揺れている。彼女のことだから溺れはしないだろうけど、何やっているんだあいつは……と思ったら、ぶわっと金毛の周囲の水が吹き上がり、ホルンが宙に飛び出てきた。

そして綺麗《きれい》な弧を描き、背中からまた海に飛び込む。

あいつはイルカか？　いやまあ、楽しんでいるならいいけどさ……。

というか、本人が気づいているのかいないのか、入り江の外に出ちゃっているような……潮の流れ的に、あそこまで行くと戻れないんじゃないか？

最悪でも竜の姿になって戻ってくるから、いいか。そういう意味では、安心して目を離せる。

メイシェラが大丈夫そうなので、彼女は自由に泳がせることにする。

おれは一度、陸に上がった。


コテージでトイレを済ませて浜に戻ると、慌てた様子でリターニアが水上から手を振っている。

そちらに駆けつけてみれば、「メイが、メイが消えました！」と叫んでいる。

「消えた、って……溺れたのか？」

「それが、ちょっと目を離した隙に……申し訳ございません、わたくしの責任です……」

「きみは悪くない。魔法で探せるか」

「ここでは無理です。一度、陸に……コテージに杖《つえ》が」

「わかった。肩につかまってくれ」

おれはリターニアを背に乗せて、泳いで足のつくところまで戻った。

こういうときホルンがいれば、と思ったのだが……案の定、どんどん波に流されてしまったようで、もはやその姿はどこにも見えない。

リターニアは大慌てでコテージから杖を取り、戻ってきた。

目をつぶり、身の丈よりおおきな杖を天に掲げる。

強い風が浜を吹き抜けた。彼女の白い髪が風によって巻き上がる。少女は目を開いた。

「あちらです」

浜の南側、岩礁があって危険とホテルの者に言われた方に走り出す。慌てて、彼女を追いかけた。

「こちらの方から、メイの声が聞こえたのです」

と島の南側、ごつごつした岩ばかりのあたりに赴き、リターニアは言う。うーん、陸の上からだと、岩礁ばかりでよくわからないけど……。

「あちら！」

杖を手にしたリターニアが懸命に走っていくので、おれはそれを追いかけるしかない。おーい、そっちの方、岩が尖《とが》っているから素足だと怪我を……あっ、岩に血がついてる。

リターニアはメイシェラの捜索に忙しく、自分が怪我をしていることも気づいていない様子だ。

空を飛ぶほどの心の余裕もないのだろう。

仕方がない、とおれは慎重に足を運びながら、きょろきょろする彼女に追いつき、ひょいと抱き上げる。

「ひゃあっ、ゼンジさまっ」

お姫さま抱っこの形となったが、これで彼女の足がこれ以上傷つくこともない。

陛下の幼馴染《おさななじ》みだったエルフは、驚くほど軽かった。

「陛下より軽いな」

「イリヤも、こうして抱っこしたのですか？」

「砲火から逃げるためにな」

とある惑星のジャングルで、陛下を抱えて逃げたときのことを思い出す。

あれは、本当にひどい戦いだった。

組織に裏切り者がいた結果、陛下の盾となって、信頼できる者たちが何人も死んだ。

誰が敵で誰が味方かわからない状況で異星のジャングルを彷徨《さまよ》う羽目となったんだけど……コレ、帝国軍の元帥閣下がやることじゃないんだよ、まったく。

「さあ、教えてくれ。メイシェラの声はどっちだ」

「あ、はい、あちらです！」

少女エルフは、杖で南東の果てを指す。おれは、足場の悪い岩場を、彼女を抱きかかえたままひょいひょいと跳んで歩いた。

あのころに比べれば、やることはシンプルだ。義妹《いもうと》は声が出せるみたいだし、まわりは味方ばかりである。

「あそこ、です！」

とリターニアの杖が指し示した先には、海に面した横穴があった。

洞窟《どうくつ》……鍾乳洞《しょうにゅうどう》、なのか？

「魔法で飛べるか？」

「参ります！」

リターニアを抱えたおれの身体が、ふわりと浮いた。飛ぶ、というよりスローモーションで跳躍するような感覚で、洞窟の入り口に着地する。

そこに、メイシェラの姿があった。洞窟の奥を覗《のぞ》き込んでいた彼女が、おれたちの気配を感じたのかこちらを振り向き、「兄さん？」と小首をかしげる。

おれは安堵《あんど》のあまり、その場にへたり込みそうになった。

「いったいどうしたんだ」

「ごめんなさい、兄さん。ひょっとして、心配してました？　わたし、呼ばれた気がして……」

「呼ばれた？　誰に？」

「この奥から……あ、また」

何の声も聞こえない。リターニアも首を横に振る。

彼女を地面に下ろすと、「痛っ」と呻《うめ》いて倒れ込んでしまった。

慌てて抱え起こすも、彼女は「メイを、追いかけてください！」と叫ぶ。

見れば、メイシェラがふらふらしながら洞窟の奥へ歩み出すところだった。

「わかった。きみは……そうだ、ホルンを呼べるか？」

「は、はい。呼びかけてみます！」

「怪我を治療してからでいい。ふたりで追いかけてきてくれ」

水着のパンツの脇に装着しておいた小型の救急パックを取り外して、彼女に渡す。使い方を軽く説明した後、洞窟の奥に消えた義妹《いもうと》を追いかけた。

天然の鍾乳洞のようで、中は真っ暗だ。

なのにメイシェラはずんずん奥に進んでしまっている様子である。

おれは、一度目をつぶり、それからまぶたを持ち上げた。

眼球強化手術により得た暗視能力が発動し、周囲のでこぼこの地形が見えるようになる。

奥の方が……これ、途中からコンクリートか何かの滑らかな壁面になってる⁉

ひょっとして、リゾートのメンテナンス用の入り口とか、そういうのか？

だったら観光客からはわかりにくいこんな場所に入り口がつくられていて、それが天然の洞窟のようにカモフラージュされているのも納得である。

おれはメイシェラを追って、コンクリートの床に足を踏み入れた。

それにしても、メイシェラは暗視なんて持ってないはずなのに、よくもこんな真っ暗な通路を平気で歩いたな……と思ったところで、行き止まりとなり、そこに我が義妹《いもうと》がいた。

「おーい、大丈夫か」

「あ、兄さん。この奥です」

よく見れば、メイシェラは扉のようなものの前に立っていた。

彼女は見えていないのだろうが、横にパネルがある。

メンテナンス用の扉を開けてしまっていいものか、と迷った末、とりあえず、とパネルに手を当てる。

すると、扉が横にスライドした。

光が、差す。まぶしさのあまり、目を細める。

何かが、扉の中から飛び出してきた。反応する間もなく、おれの胸もとにぶつかってくる。

「パパっ！」

その何かが、叫んだ。

それは青い髪に青い瞳《ひとみ》で十五歳かそこらの、一糸纏《まと》わぬ姿の少女だった。

「兄さん、その子はいったい？」

「おれにもわからん。というか、ここは……何だ？」

少女が飛び出してきた部屋を覗き込む。殺風景な部屋の天井全体が白く輝いて、一辺が十メートルほどの室内を明るく照らし出していた。

飾り気のない棺のような装置が部屋の中央に鎮座している。装置から伸びる無数のコードが部屋の隅まで伸びていた。

棺の蓋《ふた》は開いていて、中からはドライアイスのような煙が湧き出ている。

この子は……ずっとこの棺の中で寝ていたのか？

「パパ！　わたしね、ずっとパパと会いたかった！　ずっと待ってた！　やっと来てくれた！」

上目遣いにおれを見る少女は、メイシェラと同じくらいの年頃に見えた。膨らんだ胸をおれの胸もとで潰《つぶ》すように、ぎゅっと抱きついてくる身体は、棺から目覚めたばかりだからかひどく冷たい。

状況がおかしすぎて警戒心ばかりが湧いてくるが……何となく、直感のようなもので、彼女に危険性はない、と思った。

「きみの名前は？」

「わかんない！」

「きみの生まれとか、所属とか、そういうのは覚えているかな？　あと、どうしておれのことをパパと呼ぶんだ？」

「パパは、パパだよ！　わたしはここで生まれて、ずっとパパを待っていたの！」

うん、話が通じない。そんな気はしたんだけどね。

「兄さん、何か心当たりがあるんですか？」

「この星に来たのは初めてだし、彼女がずっと眠っていた、というのも本当なんだろう。あの棺の中でコールドスリープしていたと考えればつじつまは合う、が……」

「コールドスリープ、ですか。ずっと昔は使われていたんですよね」

「まだジャンプドライブが開発される前の話だな。古代史だ。おれも名前だけしか知らない」

あとは、そもそも、この子が普通の意味でのヒトなのかどうか、という話だが……とりあえず聞いてみればいいか。

「きみはヒトなのか？」

「ＡＩだよ、パパ！」

あっさり返事がきた。うーん、これ、生身の肉体だよな。そこにＡＩを押し込めた？　どう考えても現在の帝国で許容されているＡＩより高度な自立性を持っている気がするんだが……。

一瞬、陛下のイタズラだろうか、という考えが脳裏をよぎった。

この星にある屋敷をおれに下賜した陛下くらいしか、おれのことをわざわざ識別してパパと呼ばせるようなＡＩをここに配置できないだろうからだ。

ただ、陛下がわざわざ帝国法違反のＡＩを開発し、おれに預ける意図がわからない。

あの方はイタズラが好きな、客観的に言ってクソババアではあったが、しかし道理というものは人一倍、わきまえているお方だった。

「あの……ゼンジさま、そちらの方は……」

「今度こそおぬしのつがいか？」

と、背後からリターニアとホルンの声がする。振り返れば、ふたりが並んで歩いてきていた。

リターニアの足の具合は、治療キットのおかげで問題ないようだ。

ホルンも無事に戻ってきてくれたようだし、これで全員集合だ。

「パパは、パパだよ！」

「なんと、ゼンジさまのお子さまですか」

「この部屋の中でずっと寝ていたＡＩだ。リターニア、何か気づくことはあるか？　陛下と昔、何かしたとか」

「イリヤと、ですか……？　いいえ、心当たりはございません。お役に立てず申し訳ございません」

手短に事情を説明し、おれ自身も当惑していることを示す。

リターニアは何の心当たりもない、と首を横に振ったが、しかしホルンは少し考え込んでいた。

「ホルン、きみの中で引っかかるものが？」

「おぬしたち、気づかぬか。その者、〝繭〟に接続しておるぞ」

ホルン以外の全員が、驚愕《きょうがく》して青い髪の少女を見つめる。

いや、いくら見つめたところで彼女と〝繭〟の間にある繋《つな》がりなど目には見えないが……。

「ＡＩで〝繭〟と繋がれる、って、何かこう、嫌な予感しかしないんだが……」

「どういうことですか、兄さん」

「ホルンには前も少し言ったかもしれないが、アレ案件だ」

何のことか察したホルンが、苦虫《にがむし》を噛《か》み潰したような顔になる。

無理もない、あれについて知っていればいるほど、警戒するというものである。

「以前、おぬしが言っていた、我らのような高次元知性体《オーヴァーロード》とＡＩが仲良くなった、という一件である」

「ああ、三百年前のことだ。とある高次元知性体《オーヴァーロード》と当時最高のＡＩが融合、まったく別の生命が誕生した。一般にはそのＡＩの名を取って、超アザード事件と呼ばれている。超アザードとなったその存在は、時空の穴を開き、その中に消えた。ここまでは教科書にも記述があるから、メイシェラも知っているだろう？」

「ええと……はい、授業ではさらっと流された気がしますけど……」

深掘りするとヤバいやつだからね。

企業ＡＩ関係の法律の成り立ちを説明する必要はあるわけで、だからこういう記述になる。

「ここから先は、帝国でも一部しか知らない事項になる。消えた超アザードのかわりに、時空の穴から化け物が姿を現わした。その化け物を退けるまでに帝国軍は甚大な損害を被り、無数の星が消えた」

これ、いちおう機密事項なのだが、この場の面子的には知らない方がまずい気がするので情報を開示しておく。リターニアとメイシェラには、後でよく言い含めておこう。

「出てきた化け物というのが、アレであるな」

「ホルン、きみが何故アレを知っているかはわからないが、ご想像通りのものだ」

むう、とホルンは腕組みして唸《うな》る。高次元知性体《オーヴァーロード》がひるむほどの相手、というものに、リターニアとメイシェラは顔を見合わせていた。

「以後、一定水準を超えるＡＩの開発は禁じられ、ＡＩに関する研究には大幅な制限がかかるようになった。ちなみに、現在の環境テロリストの原型もこの事件の結果生まれているんだが……まあ、あいつらはもはや、初期の理念も何もない、ただの馬鹿どもだから、それは気にしなくていい」

「でも、そんなＡＩさんが、どうしてこんなところに？」

「それがわからん。陛下の仕業、ということであればどれだけおれの気が楽だったか……」

「イリヤはイタズラが好きでしたが、理不尽なことはなさいませんでした。イタズラでこのようなところに何十年も放置するのは、いささか行きすぎです」

リターニアは青髪の少女の頭を撫《な》でた。ＡＩの少女はくすぐったそうに笑う。

「お名前が必要ですね。あと、お召し物も。あいにくと、いま、わたくしたちは全員水着で、お渡しできるようなものが何もないのですが……」

「わたしはへーきだよ！」

「わたくしたちが平気ではございません。あと、ゼンジさまの視線も」

おれは慌てて少女の裸身から目をそらした。

「だがな、リターニア。この子に名前をつけるってことは……」

「ですが、ゼンジさま。彼女を手放すつもりはございませんでしょう？」

それは、そうかもしれないが……いや、だがまずは、この子がどんな存在かをだな……。

「どのようなお名前がよろしいですか」

「パパがつけて！」

「じゃあ、ブルー」

青髪の少女以外の全員が、白い目でおれを睨《にら》む。駄目かー。

「まずはコテージに参りましょう」

「先に行っててくれ。おれは、少しだけこの部屋を調べてから戻る」

「わかりました。兄さん、何かあったらすぐ呼んでくださいね」

せめて年代を特定するような手がかりでもあれば、と思ったのだが、あいにくと部屋の中には塵《ちり》ひとつなかった。

ただ、照明の形式はだいぶ昔のもののように思える。

棺のようなコールドスリープ装置も、近年、帝国で開発されてはいなかったはず。詳しいことは、専門家を呼ぶしかないわけだが……この情報、どこに流せばいいいんだろうねえ。

仕方がないので、皆の待つコテージに戻った後、総督への直通回線を開く。

「どうした、ゼンジ。バカンスは楽しんでくれているか？」

と回線越しに疲れた顔で姿を見せた彼に申し訳なく思いながら、ことの次第を説明した。

相手は、おれが説明すればするほど、顔をしかめていく。

「どうしてきみはそう、次々と問題を掘り起こすんだ」

「おれが悪いわけじゃない。勝手に事件が向こうから寄ってくるんだ」

「わかっている。警備隊を……いや、わたしが直接、そっちに赴こう。腹心だけを連れていく」

「理解してくれて嬉《うれ》しいよ。浜のコテージで待っている」

通信を切った後、改めて青髪の少女の方へ向き直る。まだ名前のない少女は、わくわくしているといった表情でこちらを見つめ返してきた。

いま彼女は、メイシェラの服を着ている。メイシェラ自身は水着姿のままだ。

「さて、きみの名前なんだが……型式番号とかはあるのか？」

「わかんない！」

「元気でよろしい！」

さて困ったなと、周囲を見渡す。おれと名無しの少女を取り囲む三人の視線がいささか厳しい気がした。

「あー、何かアイデアがあれば挙手してくれ」

ぱっとホルンが手をあげる。

「われらの〝繭〟と繋がっておるのだ。これはもう、われの子と言えぬだろうか」

「言えないなあ」

「そうか、無念である」

「というか、この子を気に入ったのか？」

「何故だかわからぬが、気になるのだ。竜がこのような執着を持つのは珍しいのだが……」

本人も何故だかわからない執着、か。ますます気になってくるな。

「はいっ、わたくし、エルフ式の名前をつけるべきだと考えます」

「その心は」

「実質、わたくしとゼンジさまの子ども、ということに」

「却下」

勝手にこの子を自分の子にするな。おれはこの子のお父さんだぞ。

だいたい、リターニアよりこの子の方が、少し背が高い。

ＡＩとエルフの実年齢を気にしても仕方がないかもしれないが、おおよそリターニアが十三、十四歳に対してこの子が十五歳といったところか。

「メイシェラは何かあるか？」

「あ、いえ、特には。あんまりな名前でなければ、兄さんの好きなように……あとは、この子が気に入ってくれるなら問題ないです。兄さん、この子はうちの子になるんですよね？」

「総督との話し合いの結果次第だが、基本的にはそうするつもりだ。彼女がそれを望んでいるみたいだし、な」

それに、おれをパパと呼ぶ意図、いや彼女の製作者がおれをパパと呼ばせた意味について考える必要がある。

何となくだが、彼女を手放してはならないという気がしてならないのだ。

「アオイ」

しばし考えた後、おれはそう告げた。

「きみの名前は、アオイ、でいいか」

「はい、パパ！」

「あ、いいんだ……。まあ、わたしはこれ以上、もう何も言いません」

メイシェラがため息をつき、リターニアとホルンも本人がいいのならと納得した様子であった。

アオイと名づけられた本人は喜んでいるから……うん、たぶんこれが最適解。

おれの中の何かが、そう叫んでいる。

しばしののち、総督とその部下を乗せたクルーザーがやってきて、調査が始まった。

結果、なし崩し的にアオイはおれの妹ということになり、無事、戸籍も手に入れることができた。


夕方になり、ホテルに戻ってきた。事前に伝えていた通り、ホテルのレストランでは一流のコックがつくる料理に舌鼓を打つこととなる。

なお宿泊客が増えたことについては、ホテル側が何の問題でもない様子で対応してくれた。

部屋は余りまくっているわけだしね。

「そういえば、アオイ。きみは普通のご飯が食べられるのか？」

「はい、パパ！　わたし食べるの大好き！」

「そうか。苦手なものとかがあれば遠慮なくウェイターに伝えてくれよ」

「はーい、何でも食べます！　電波とかもおいしいです！」

「電波とか光を食べ出したら実質ブラックホールだから、それはやめておくように」

保護者として適切な指導を加えておく。どこらへんが適切かはよくわからないが、メイシェラとリターニアは何も言わないから、まあいいとしよう。

食後のデザートにはホルンがプリンを所望したため、おれも同じくそれを頼む。出てきた高級プリンは、おれは満足のいくデキだったのだが……ホルンは、しきりに首をかしげていた。

「何か、お気づきの点がございましたでしょうか」

焦った様子のウェイターが訊《たず》ねるも、ホルンは「いや、充分に美味なのだが、だが、うーん」と腕組みして首を横に傾けるばかりである。

部屋に戻った後、おれたちだけになったところで、赤いドレスの竜はようやく本音を告げた。

「メイシェラよ、このホテルのものよりおぬしのプリンの方がうまかったぞ」

「あの、ホルンさん、お気持ちは嬉しいですけど、さすがに贔屓《ひいき》というものです。わたしの腕は、ここのレストランのシェフの足もとにも及ばないってわかってますから」

それは純然たる事実である。

おれも義妹《いもうと》がかわいいし大切だし目に入れても痛くないし彼女の料理の味つけも好みだが、ただの事実として、プロのシェフの料理には、矜持《きょうじ》に足るだけの理由があるものだ。

しかしホルンは、なおも首を横に傾けていた。

理屈ではわかっているようなのだが、それでもなお納得し難い様子である。

「ホルンは最初に食べたプリンがメイシェラのものだからな。きっと、その味が基準になっているんだろう」

「うむ、そうかもしれぬ！　メイシェラのプリンは極上である！」

やたらに褒められてメイシェラが照れている。うん、照れ顔の義妹《いもうと》もまたかわいい。

ちなみにおれたちは個々に部屋を取っているが、その部屋のひとつひとつがちょっとした屋敷のように広く、部屋の中に個室がいくつもある。

そんなわけで、いまはおれの部屋の応接室に皆で集まっているのだが……。

ふと見れば、アオイが天井を見上げてぼーっとしていた。

リターニアもそれに気づき、アオイに話しかけているのだが、応答がない。

「どうした、アオイ。何か気になることでもあるのか」

おれが問いかけても、応答がない。何やら、その唇が細かく動いている……というかこれ、何か言葉にならない言葉を呟《つぶや》いている？

「アオイ！　おい、アオイ！」

肩をつかんで、揺さぶってみた。

するとアオイはようやくこちらに気づいたのか、あれ、という表情でおれを見上げる。

「どうしたの、パパ」

「どうしたも何も、いまきみは……待て、ホルン、何か気づいたことがあるか？」

「ううむ、どうやら〝繭〟を経由して何かにアクセスしていた様子だが……ちょっと待て、ふむ……うむ」

「何かわかったのか」

「よくわからぬことが、わかった」

緊張していたおれたちが一斉に肩を落とす。ホルンは慌てた様子で「違うのだ、違うのだ」と両腕をばたばたさせた。

「アオイがヒトの用いる回線を用いたのはわかるのだ。しかしわれは、ネットというものの仕組みをいまひとつまだ把握できておらぬ」

「回線を……使った？　〝繭〟経由でネットに入ったってことか？」

え、そんなアクセス方法があるの？　ネット上の安全保障は専門外なんだけど、でも〝繭〟の性質についてはだいぶ調べたつもりなんだけどな……。

「安心せよ、われも知らなかったぞ、〝繭〟のこのような使い方」

「全然安心できないんだが……それで、アオイ、何をしてた？」

「情報を、集めてました！」

「そうかー、次からは普通に端末を使おうな。ちゃんときみ用の端末を用意するから」

「はーい！」

手をあげて無邪気に笑うアオイ。

やばいなーこれ、何の悪意もなくハッキング始めるところだったんじゃないか？

「兄さん、わたし何が起きたのかわからないんですけど、ちょっとマズかったりしますか」

「マズいかどうかもわからん。とりあえず、この子にネットはまだ早い。せめてもう少し情緒が育ってからアクセスして欲しいんだが……いや、でもＡＩってことは電子媒体での活動がメインなのか？」

きょとんとしているアオイの青い双眸《そうぼう》を見つめる。

何が面白いのか、ＡＩの少女は笑顔になった。

「パパ、心配しないで！　アオイは悪い子じゃありません！」

「みんなそう言うんだ。ところでアオイ、ネットに触れて、何か気づいたこととか、記憶が戻ったことはあるか？」

「パパのお仕事を知りました！　とってもたくさん活躍してました！」

「そういうところを調べたのか。おれの仕事については半分くらいネット上で閲覧できるからなあ」

残り半分は表に出せないことである。いや、七割くらい表に出せなかった気もするが、いちおう公式には半分くらい、ということになっている。

「あとは、わからないことがたくさんあったので……わたしをちぎって、送りました！」

「送ったって、何を……？」

「わたしを、ネットの向こうに！　旅に時間がかかるみたいです！」

ここと中央星系とは、銀河ネットでも一週間ほどの時差がある。だからこそ、連絡を入れてから二週間、つまり最速でやってきたジミコ教授がおかしいのだが……。

「いますぐ、その分身？　を戻せるか？」

「もう、船が行っちゃいました！」

そうかー、行っちゃったかー。この子の電子体が中央星系で野放しかー。

何事もないことを祈るしかない。

WEB発の才能がここに集う！ 四六判小説レーベル
カドカワBOOKS 4月の新刊
カドカワBOOKS 毎月10日発売！
三度目の人生は、
異世界で自由気ままなスローライフ楽しみます！
第9回カクヨムWeb小説コンテスト
異世界ファンタジー部門
特別賞受賞作
ごほうび転生！
〜神様にもらった【ポータブルハウス】と
【地図帳】で自由な旅を満喫します！〜
著：ぼっち猫 イラスト：riritto
社畜会社員から転生し、異世界で勇者をしていたアサヒは魔王を倒し死んでしまう。しかし、神様から新たな人生とチートなスキル＆アイテムをもらえることに。可愛い相棒と美味しいグルメを求めて、異世界旅スタート！

水魔法ぐらいしか取り柄がないけど現代知識があれば充分だよね? 3

著:mono-zo　イラスト:桶乃かもく

新商品の開発に、新店舗もスタート。勢力拡大中の転生幼女に最大の危機!?

学園裁判を乗り越え、味方の貴族や配下の数も増えてきたフリム。氷を使ったお菓子やお風呂の文化を持ち込んでみたり……安心安全な学園生活を楽しんでいくはずが、身近な人の裏切りで一気にピンチに陥って!?

異世界ウォーキング 10 ～砂の国デュセル編～

著:あるくひと　イラスト:ゆーにっと

神のみが知る未知の大地――数々のスキルを活かして調査開始!

救い出した獣神から七大国の外にも世界があることを聞かされたソラは一部の仲間と調査へ向かうことに。境界を越えた先は砂の大地! 新たな景色、食材に心躍らせるソラたちだが、同時に体に違和感を覚えて?

毎月10日発売
4月刊行ラインナップ
1巻重版の人気作!!
お兄ちゃん力で死線を切り開く!
カドコミ他にてコミカライズ連載中!!
漫画：fujy
俺、悪役騎士団長に転生する。2
著：酒本アズサ　イラスト：kodamazon
処刑される運命をひとまず回避できた悪役騎士団長ジュスタンは、次のフラグ回避のため、契約した子ドラゴンの母親に会いに出立する。しかし第三騎士団不在の王都に、邪神復活を目論む輩の魔の手が伸びていて……？

「豪運提督」、
竜とエルフと
第二の人生はじめます！
カクヨムネクスト
人気作!!
若くして引退した
銀河帝国元帥は辺境の星で
オーヴァーロードと暮らしたい
著：瀬尾つかさ　イラスト：菊池政治
銀河帝国で「豪運提督」と呼ばれたゼンジは若くして引退し、高次元知性体《オーヴァーロード》を研究する夢を叶えるため辺境の星へ往く。ゼンジは竜の少女とエルフになつかれ、周りには人外の生命体が増えていく！

カドカワBOOKS　5月の新刊
コミカライズ決定！
出世は、もうやめた。
元ブラック勤務の天才による、
辺境スローライフ。
5/10発売
左遷錬金術師の辺境暮らし
元エリートは二度目の人生も失敗したので
辺境でのんびりとやり直すことにしました
著：出雲大吉　イラスト：みきさい

毎月10日発売
4月刊行ラインナップ
第9回カクヨムWeb小説コンテスト
異世界ファンタジー部門
特別賞受賞作
異世界で再集結したオタクたちがノリと勢いで鬱展開もぶち壊す！
魔力を極めた三馬鹿は異世界で我が道を征く！
～趣味に生きたい転生者たちのシリアスブレイク理論～
著：黄泉坂登　イラスト：ニシカワエイト
特定分野に特化したオタクな悪友三人が転生したのは、魔法に美少女、獣人もいる異世界。前世知識も活かして規格外な魔導士、商人、狩人になった彼らは欲望のままに生きようとするが――ちょっと強くなりすぎた？

ダチョウ獣人のはちゃめちゃ無双 2
アホかわいい最強種族のリーダーになりました

著:サイリウム　イラスト:Pilokey

アホなダチョウ達を引き連れ大移動!　疲労困憊の引率役レイスだったが、何とか無事に調印式を終える。しかし隣国の特記戦力はダチョウを新たな脅威に認定、三万もの大軍勢で侵攻を始め――特記戦力同士が激突する!

魔眼の悪役に転生したので推しキャラを見守るモブを目指します 2

著:瀧岡くるじ　イラスト:福きつね

主人公と悪役、夢の共闘!?
落ちこぼれチームで目指せ下克上!!

ついにゲームの舞台である学園に入学したリュクス。しかし魔眼の悪評が広まっており、模擬戦で落ちこぼれチームに入れられてしまう。……って、このままじゃ主人公と悪役が共闘?　ならば下克上勝利するしかない!

家を追い出されましたが、元気に暮らしています 3
～チートな魔法と前世知識で快適便利なセカンドライフ!～

著:斎木リコ　イラスト:薔薇缶

新たな出会いにトラブルも!?
チートな魔法と魔道具で解決します!

今年こそ穏やかに過ごしたいと思っていたが、進級早々に派閥同士のもめ事に巻き込まれたレラ。しかも、学院祭にまで魔の手を伸ばしてきて……「妨害上等!　絶対成功さ　みせる!!」波乱づくしの新学期――開幕

＊　＊　＊

おれたちは数日、ホテルでくつろぎ、アオイを伴って丘の上の屋敷に帰還した。

総督には「きみをバカンスに放り込んでおけば、新しい火種は蒔《ま》かれないと思ったんだがね」と愚痴られたが、おれが悪いわけじゃない、勝手に揉《も》めごとが向こうからやってくるだけなんだよ。

渚《なぎさ》の洞窟《どうくつ》の奥については、調査の結果、少なくとも百年以上前のものであることが判明した。

ＡＩ規制前のものである可能性も高くなってきている。

何故、こんな辺境の星の、あのような場所に、というのはさっぱり不明である。

「中央に連絡して情報共有するべきかどうか、わたしはいま、ものすごく悩んでいるよ」

総督は、正直にそう打ち明けてきた。

「共有するのは、もう少し様子を見た後の方がいい」

「どうしてそう考えるんだ、ゼンジ。きみの愛娘を守るためか？」

「戸籍では、アオイはおれの妹なんだろう？　ああ、もちろんアオイを守るためでもあるが、いまこの星に目をつけられたくない」

総督は腕組みして呻《うめ》き声をあげた。どうやら、彼にも心当たりはあるようだ。

「摂政殿か。憎ききみをせっかく放逐したと思ったら、地方の星で何やら画策していると捉《とら》えられかねない、と？」

「正直、あいつが勝手におれを敵視していただけなんだが……こっちは何の野心も持っていないのに、困ったもんだよ」

「野心は持っていなくても、勝手にきみを中心とした勢力ができる可能性もある。彼の懸念にも一理はあるのだ」

「だから連絡に一週間かかる辺境の星に隠遁《いんとん》したっていうのになあ」

何ともままならないものだ。

とはいえ、いまできるのは頭を低くして面倒ごとが通り過ぎてくれるのを待つことだけである。

「ジミコ教授の一件で、すでに帝都大学からは目をつけられているんじゃないか」

「教授の助手さんによると、それに関しては大学の総力をあげてもみ消すそうだ。大事な会議の最中に失踪《しっそう》なんてあってはならないことだから、なかったことにするんだとさ。帝都大学ともあろうものが、科学的思考の欠片《かけら》もない判断だよな……」

「政治は科学的な思考でできているわけではないからな」

まったくもって、偉くなんてなるもんじゃないよ。互いにそう愚痴って別れた。

環境テロリストの残党については、ほぼ全員の捕縛あるいは死亡が確認されたとのことである。

ほぼ、というのは死体が残らない死に方をしたとおぼしき残骸《ざんがい》があるとのことで……あれだけの激戦であれば、そういうことはよくあるのだ、仕方がない。

捕縛された環境テロリストの裁判はそれぞれの星で行われる。

たいていの星では帝国法に則った運用が行われていて、帝国法でテロには極めて厳しい罰が与えられることになっていた。強制されて嫌々、みたいな事例でもない限り、彼らが生きてふたたびシヤバの地を踏むことはないだろう。

ちなみにスジとしてはエルフ姫君が襲われたわけで、エルフの国に引き渡されるルートも一応あったらしいが、それに関しては改めてエルフ側が権利を手放している。

エルフの国の法は帝国法よりテロリストに甘いらしい。それでは困る、というわけだ。

「今回の件で、国では改めて立法について考える動きがございます」

と一度、自分の国に戻っていたリターニアが言った。

「いい加減、帝国法とすり合わせを行うべきであると」

「すり合わせもしてなかったのか。いままでよく、それで問題が起こらなかったなあ」

「お互いに不干渉の原則を貫くだけで問題なかったのでございます」

そっかー、まあこの星のエルフたち、全員合わせてもたいした人数ではないしなあ。

帝国側も、竜が棲《す》む以上、この星にあまり関わりたくないのであるし。

「これからお互いの法を精査し、百年後を目処に我が国の法を改正していく所存でございます」

「気が長い」

一日に何時間働いているんだろうな、エルフたちって。先日、来てくれたエルフの軍人たちはすごく優秀で、ひと目でよく訓練されているのがわかったんだけどね。

魔法というちからの有用性と限界も、よくわかった。エルフの国が、相応の自衛のちからを持つことも、しかしそれが星ひとつを守るほどのものではないことも。

竜と敵対しないなら、それでよいのである。だいたい、竜と敵対して生き残れる存在など、帝国全体で見てもほとんどいないのだから。

なお、その竜は、いつもの応接室でメイシェラのプリンを食べている。

「やはり、これがいちばんである。われはもう一個、所望するぞ」

「はい、ホルンさん。今日はこの二個目で終わりですよ」

とたいへん満足なご様子であった。

結局、彼女はホテルの高級シェフのプリンも毎日食べていたんだけど。

「メイシェラ、改めておぬしに贈り物を渡そう。日頃のささやかな礼である」

「あら、ありがとうございます、ホルンさん。これは……」

「ちょっとしたお守りだ。肌身離さず、身に着けておくがよい」

それは、赤い鱗《うろこ》の欠片に見えた。ホルンの鱗だろう、と見当をつける。

「わかりました。お札にして、首から提げておきますね」

「うむ、それがよかろう！」

ホルンは満足そうに笑っている。いいんだけどね、義妹《いもうと》のプリンがそれだけ気に入ったなら。

騒動も一段落し、これでようやく研究に打ち込めるというものである。

そのはず、だったのだが……アオイの能力についてきっちり検証するのを、すっかり忘れていたのである。

その結果は、帰宅してから十日ほど経ったある日に判明した。

「分身さんが、帰ってきたよ！」

早朝、アオイがおれの部屋に駆け込んできた。若い子は元気があっていいねえ、と寝ぼけまなこで返事をする。

「あのね、あのね、いろいろ見つけたよ！」

「見つけたって、何を」

「悪い奴のこと！　だから流しておいたよ！」

「流す？　おい待て、何をやった」

慌てて端末を起動し、銀河ネットを見る。

先ほど更新されたばかりの、最新の中央のニュースが流れてきた。

摂政の醜聞が流出し、幼い皇帝陛下が激怒、摂政を即日罷免。

その上で彼は逮捕された、というニュースだった。

＊＊＊

人類は光より速く移動するジャンプドライブを手に入れたが、それは無限の通信速度とイコールではない。

惑星フォーラⅡがあるフォーラ星系は、ジャンプドライブを持つ定期船で、帝都から一週間かかる距離に存在する。故に、帝都からの情報も一週間遅延する。

摂政の醜聞とそれに続く罷免も、だから中央では一週間前のことである。

アオイによれば、摂政の醜聞の情報は彼女が流したものらしい。

ちなみに醜聞の内容は、子どもの人身売買だ。違法も違法である。

余罪や関連が疑われる貴族の洗い出しで、帝都はおおきく荒れているとのこと。

ずいぶんと子どもの教育に悪い。だからこそ幼い陛下が激怒したというのも納得がいく。

いやさすがにコレは前陛下でも激怒しただろうけど。アオイによれば、摂政が個人的に保有するストレージの隠しブロックにあったものであるとのことで……うーん、あの摂政が人身売買ねえ。

ともあれ彼の罷免と逮捕によって、現在の中央はだいぶ荒れていることだろう。

いまのおれにはまったく関係のないことだが……それよりも、やるべきことがある。アオイに倫理観というものを学ばせなければならない。

たとえ犯罪の情報だったとしても、違法なハッキングに手を染めるべきではないとか。

そもそも他人の情報を盗み見るというのはどういうことか、とか。

と思ったのだが……そのアオイは、少し叱ったところ姿を消してしまって、夕方になっても戻ってこない。いやこれはおかしい、とホルンに訊《たず》ねたところ……。

「このあたりにはおらぬな。少し待て。……あやつ、惑星の反対側にいるぞ」

「ちょっと待て、どうしてそうなった」

「〝繭〟を使って転移したのであろう」

ホルンはおれの落ち込んだ気持ちを察したのか、おれの背中から首に手をまわして、べったりとくっついてくる。

「安心せよ。少しスネておるだけだ」

「もう少し、言い方があったかもしれない」

「よく話し合うがよい。おぬしらは、互いを理解するために言葉を使うよう進化してきたが故に」

「……ああ。アオイのやつ、リターニアみたいに魔法が使えるのか？」

「そもそもおぬしたちが言う魔法というのは、〝繭〟の利用の一形態にすぎぬ。あやつはもっと便利に使いこなしておるよ。われらに迫るほどにな」

それってつまり、あいつがエルフより更に高次元知性体《オーヴァーロード》に近いってことになるんじゃ？

というか、実質的に高次元知性体《オーヴァーロード》の領域に足を踏み入れている？　ＡＩが？

嫌な予感しかしないんだけど。

アオイが赤の他人ならともかく、ここ二週間ほどで、すっかり彼女は家族になってしまった。

メイシェラもアオイのことを妹のように思っている。

「えーと、ホルン、とりあえずあいつを連れ帰ってきてくれないか。おれはもう怒ってない、って伝えてくれ」

「うむ、任せておけ」

首にかかった腕と背中のぬくもりが瞬時に消える。

数分で、庭のくさび石からアオイを連れて戻ってきた。

アオイはしゅんとした様子で、うつむいて「ごめんなさい」と消え入りそうな声で言った。

おれはアオイの頭を撫《な》でて、「やっていいことと悪いことをいっしょに勉強しよう」と告げる。

「パパ、わたしのこと、これ以上嫌いにならない？」

「もともと嫌ってないし、どうあっても嫌いになんてならないが、それはそれとして正しさというものを学ばなければ、いつまでもいっしょにはいられないんだ」

ゆっくりと、目線を合わせてそう告げる。

アオイは顔をくしゃくしゃにして、おれの胸に飛び込むと、大声で泣きはじめた。

やれやれ、手がかかる妹である。メイシェラは手がかからなかった……というか彼女が幼いころはまったく家に帰れてなかったからなあ。

父はどうやってメイシェラの教育をしてきたのだろう。そういえばおれにとっての父は……ああ、おれが幼いころの父って艦隊勤務でほとんど帰ってこなかったんだった。

「兄さん、わたしも手伝いますから」

「頼むよ、メイシェラ。おれ、よく考えたら、子育てに関しては一兵卒にも劣るかもしれん。きみのときも、赤ん坊の間だけだったからな……」

「誰だって最初はそうです。アオイ、今夜、食べたいものはありますか」

「オムライス」

「はい、わかりました。オムライス、つくりますね」

まあアオイは外見だけならメイシェラと同じくらいの育ち具合だし、ＡＩは知識の吸収に関してヒトと比べられないと思うが。

それはそれとして、アオイという人格がまだ不安定なのはたしかだと感じるのだ。

ちなみにこういうとき頼りになりそうなリターニアは、今日は来ていない。何でも国の方で仕事があるとのことで、そりゃ王女さまが毎日こっちに来ているのが本来はおかしいのである。

とても残念そうにしていたけれど。いやまあ、この屋敷になじんでくれるのは嬉《うれ》しいし、このところずっとアオイの遊び相手になってくれたから、それも助かるんだけども。

おかげで少しは研究を進めることができた。あーもー、こんなことならジミコ教授からいろいろ聞いておくんだった、という箇所がいくつも出てきている。

あのひと、なんであのタイミングで来て、荒らすだけ荒らして帰っていくんだよ。

仮にも教授なら、もっと頼りになるタイミングで来て欲しいものだ。

「ところで兄さん、中央が混乱するなら、これから値段が上がりそうなものって何かありますか？必要なら、首都で買い溜《かだ》めしておきましょう」

「ああ、そういうのもあったな……。といっても、食料や消耗品に関してはこの星でつくっているだろうから、あまり気にしなくてもいい。問題は機械部品系で、こっちは輸入が大半だから……」

この屋敷にもともと配備されていた各種ドローンに関しては、地下に替えの部品が山ほどあった。

それとは別に、おれたちが使っている端末やおれの実験機器、それからメイシェラが個人的に使っている化粧品などは充分な買い置きがない。

「化粧品がいちばん、問題になりそうですね。わたしが帝都に住んでいる間に使っていたブランド、どれも中央に本社がありますから……」

「いままで全然調べてなかったけど、けっこうお値段がするんだな」

「女性のおしゃれにはお金がかかるんです！　あと実は、リタにもいくらか分けてあげてまして」

ああ、それで最近、リターニアの雰囲気が少し変わってきたのか。

でもそうなると、余計に化粧品の消耗は激しくなるなあ。

「明日《あした》にでも、首都に買い出しに出よう。買うものをリストアップしておいてくれ」

「はい！　兄さんとデートですね！」

デートかな？　うんまあ、デートかもしれない。

＊＊＊

翌日、小型艇を飛ばして二時間、おれとメイシェラは首都にたどり着いた。

惑星フォーラⅡで最大の都市である首都は、相変わらずの賑《にぎ》わいだ。

まあ、エルフを除くこの星の人口のほとんどがここに住んでいるわけだからね。

エルフも種族全体の二割がこの首都に住んでいるんだから、たいしたものである。

そんなわけで、行き交う人混みの中にはエルフの姿もけっこう見かけた。といっても特に街中で魔法を使うわけでもなく、リターニアがよく使うような杖《つえ》型の発動体を所持している者もいない。

魔法は禁止なのかな？　そのあたり、よくわからないんだよね。

とりあえず、まずはメイシェラに従い、買い出しに精を出すことにする。

「兄さん、兄さん。こっちです！」

とやたらテンション高く動きまわる義妹《いもうと》を微笑ましい気持ちになって目で追いながら、大型デパートで、なぜか値上がりしている生活必需品やら何やらを、おれたちを追尾してくる買い物籠《ものかご》ドローンに放り込む。

最後に端末で支払いをすれば、あとはドローンが勝手に小型艇まで運んでくれるという寸法だ。

大型デパートは、このへんが楽でいい。小型店をまわるのもまた別の楽しみがあると義妹《いもうと》は主張するが、おれはこういうの楽で早く済む方がいいよ……。

「兄さんは、何か欲しいものがないんですか。服とか買っていきましょうよ」

「いや、別にいいよ。服はいざとなったら現役時代のもの着るし」

「家で軍服はちょっと……」

うん、ごめん、それはさすがにナイかもしれない。家の中でくらい好きな服を……と言いたいところだけど、最近はリターニアとホルンが入り浸っているからなあ。

最近、というかこの星に引っ越してきた当初からだったわ。

あいつらずっと、おれの家を我が物顔で闊歩《かっぽ》してたわ。

ちなみにアオイは、今日は留守番である。ホルンとリターニアが相手をしてくれているはずだ。

ホルンは、昨日、アオイを連れ戻してから、やたらと彼女に構うようになった。いや、以前から構ってくれてはいたのだが、なんか昨日の夕方からはべったりって感じなんだよなあ。

竜の〝繭〟を使う彼女を、自分の子どもみたいに……というか、保護者になった気分なのかな？

そのあたりを聞きたいところではあるが、何ごとにも順序というものがあって、それはいまではない気がしていた。

「わかりました！　わたしが兄さんの服を選びます！」

「ええ……」

「何でそんな、嫌そうな顔をするんですか！」

「いや、絶対に着せ替え人形にされるパターンだから」

「おとなしく着せ替え人形になってください！」

「だったらアオイを連れてくればいいだろ！」

「あの子は後日、着せ替え人形にします！」

堂々と宣言された。

アオイの服は現在、だいたい体格が同じであるメイシェラのお古である。

今日、そのアオイを連れてこなかったのは、あくまでもメイシェラがおれとふたりのデートを、と主張したからだ。

最近はふたりきりで穏やかな時間、というのがなかったからな、とおれは承諾し、リターニアとホルンも「たまにはふたりきりで」と快く送り出してくれたのである。

そういうわけで、まあ、今日ばかりは彼女のわがままを聞いてやりたいところなのだが……服かぁ……仕方がないなあ。

「三十分だけだぞ」

「一時間！　一時間だけです！」

「四十分！」

熾烈《しれつ》な交渉の末、四十五分間、おれの服探しが行われることとなった。

結論から言うと、とてもとても疲れた。

ふたりでランチを取った後、帰るまでの間、自由行動となる。

これはおれが総督府に挨拶《あいさつ》に行くためだ。

いやさあ、これだけお世話になっていたら、一度こっちから顔を出すべきじゃないですか、そうは思いませんかね、とメイシェラを説得したところ、「義理を通すことは重要ですね」と納得してくれたのである。

総督府の受付でおれの名前を告げると、係の者はすぐに直通エレベーターへ案内してくれた。

前回来たときより、受付の混雑はマシになっている気がする。

新総督の改革は上手くいっている様子だ。

エレベーターで百階まで上がり、総督のオフィスに入る。

そこには、見慣れた中年男と、そしてもうひとり帝国軍の軍服を着た若い女性がいた。

金髪碧眼《へきがん》の、目が覚めるような美人だ。

冷たいその表情が、おれの顔を見て、氷が溶けるように微笑んだ。

少し、驚く。彼女がここにいるのはちょっと予想外だ。

「待っていましたよ、閣下」

「いまはもう閣下じゃないよ、イスヴィル中佐。出世おめでとう。まあ、いまのおれは、ただの一般人だよ。この会話、いろいろな人とやったんだよねえ」

「わたしたちにとっては、未だにあなたは閣下です」

この軍服の女性の名は、トレーナ・イスヴィル。

おれが軍を辞めたときは少佐だったのだが、いま胸の徽章《きしょう》は中佐になっていた。

おれと同期で、ずっとおれの副官だった人物である。

有能で、おれの指示する無茶に文句ひとつ言わずつき合ってくれた人物でもある。

いや、嘘、文句はめちゃくちゃ言われたわ。

愚痴りつつも、ずっとサポートしてくれた、に訂正しよう。

「ゼンジ、摂政の失脚については、ご存じよね」

イスヴィル中佐の声色が、プライベートモードになる。

「ああ、トレーナ。ニュースは見た。中央は大変だって話だろう。提督府の者がこんな辺境に来ていていいのか」

「ゼンジに会いに行くって言ったら、喜んで休暇をくれたわ」

何で？　おれの考えが顔に出ていたのだろうか、彼女の口の端が皮肉そうにつり上がる。

「これからどうすればいいのか、ゼンジに聞いてきてくれって」

「おれがわかるわけないだろう。軍を引退してこの星に引っ越してくるなら、そこの総督殿に聞いてくれ」

「そうね、ゼンジが歓迎してくれるっていうなら辞表を叩《たた》きつけそうな顔には、いくつも心当たりがあるわ」

何で？

「本気でわからない？　あなた、それだけ慕われていたってこと」

「提督府では、皆に無茶ぶりばかりしていた気がするが……」

「先帝陛下からのご命令でね。それくらい、みんなわかっていたわよ。そもそも先帝は、それだけの成果はあげていた」

まあ、うん、それはそう。あの方の手腕がなければ、帝国のいまの繁栄はない。

「幼い陛下を支えるのが我々の役目。それはわかっているつもり。でも、仕事にはやりがいが必要よ。帝国軍であってもそれは変わらない」

「やりがいが、ないのか」

「軍の意思決定システムが、この短期間で骨抜きにされたわ。他ならぬ摂政殿のおかげでね。摂政殿は失脚したけど、あの方が置いた文官たちが帝国を好き放題に動かせるようになってしまった」

帝都はそんなことになっていたのか。

摂政のヤツ、あらかじめそこまで計算していて、一気に改革を進めたんだろうなあ。

「摂政が後ろ盾だった文官たちは、どうして一緒に失職していないんだ」

「彼らは陛下にいろいろと吹き込んだのよ。汚らわしい摂政が座っていた席に、今度は自分たちが座るために」

「飼い犬に手を噛《か》まれたのか」

しかもそれ、経緯から考えると情報流出から数時間で動いてるよな。

手下たちの耳の早さと動きの速さ、優秀ではある。

「で、いまの帝都の状況はね。摂政の部下だったその文官たちが三つの勢力に分かれて、互いに新しい摂政になるべくしのぎを削っているってところ」

「わかりやすい状況説明、ありがとう。最悪じゃないか、それ」

「最悪よ。ちなみに軍もそれぞれの文官の下に分かれたわ。帝国を守る盾が聞いて呆《あき》れる状況ね」

ちなみにこの話の途中から、我らが総督殿は耳を塞《ふさ》いで、しきりに首を横に振っている。

うるせえ、きさまも聞け、情報は共有するんだよ！

「この星を守るためにも中央の情報は有用だろう？」

「こんな辺境で中央の情報が必要なときは、もう手遅れだ！」

「まあまあそう言わず、知らないよりは知っておいた方がいい」

「知らなければ何もかも終わった後でした、で済むだろう！　だいたいゼンジ、きみはいつもそうだ！　外野を巻き込んで騒ぎをおおきくする！」

だって騒ぎをおおきくした方が結果的に素早く解決するんだもん。

おれと総督が喧嘩《けんか》していると、トレーナがくすくす笑う。

「昔のままね、そういうところは」

「おっと、トレーナ。いま少し馬鹿にした？」

「そうやって提督府で馬鹿をやっていたころが懐かしい、という話よ」

まだ半年も経っていないんだけどな。たったそれだけの時間で、いろいろなことがありすぎた。

と――総督が、これみよがしの咳《せき》をする。トレーナが総督を睨《にら》んだ。

「辺境のちいさな星としてはだね。内戦になるのか、その前に止まるのかだけでも聞きたいんだが」

「それがわかれば苦労はしないわ、総督殿。だからこうして、わざわざゼンジに助言を求めて来たんじゃない」

「おれがわかるわけないだろ！　各勢力のデータもないんだぞ！」

「持ってきたわよ、データ」

トレーナが端末を取り出し、総督室のホロモニターに各種データを表示する。ちょっと待って、それ帝国軍の最重要機密じゃない？　絶対、ここに映していいヤツじゃないよね？

「心配しなくても、監視カメラはすべて切ってあるわ」

「え、いつの間に？」

総督が驚いている。おいおい、あんたも知らなかったんかい。

しかし、こりゃ……三勢力とも、ギリギリのバランスで均衡が保たれているなあ。迂闊《うかつ》なことをしなけりゃ、どこも手を出せないだろ。

あまりにも絶妙に勢力が拮抗《きっこう》している。見事と言う他ない。

「これを仕掛けたのは、誰だ？」

おれは、思わず呟《つぶや》いていた。トレーナが片眉《かたまゆ》をつり上げる。

「どういうこと？」

「勢力の均衡が取れすぎている。人為的に、あえて拮抗するように整えたとしか思えないよ。これができる奴って、どういう立場の人間だ？」

ふと見れば、トレーナも総督も絶句しておれを凝視していた。

「ちょっと見ただけで、そこまでわかるのね。辺境までやってきた甲斐《かい》があったわ」

「結論から言うと、おれにはこの均衡が容易には崩れないように見える。誰かが意図的に各勢力を拮抗させて、誰も抜け駆けできないようにしている感じだ」

「誰かが、っていったい誰が……」

「あの方は、こういうの得意だったんだよなあ」

その言葉に、総督とトレーナがはっとする。

「前陛下が？」

「孫のための置き土産、にしたって自分が死んだ後のことをここまで正確に予測して手を打つなんてこと、いくらあの方でも難しい気がする」

「じゃあ、いったい誰が」

「わからん。情報が足りん。これはカンだが、摂政がやったことじゃない。あいつはここまで複雑な仕掛けはしない」

　できない、ではなく、しない、である。罷免された摂政は政敵を打ち破ることにかけて比類なき才の持ち主だが、戦力の拮抗を念頭に置いた行動はしないタイプなのだ。

　端的に言って、敵は倒すもの、という観念が強いのである。

　だからこそ、おれも速攻で放逐された。

　あの方に忠誠を誓えない帝国軍には以前ほど魅力を感じていなかったし、あえてそうなるよう持っていった部分もあるんだけど……。

「ゼンジ、この仕掛けは、あなたが帝国軍を離れたからこそ成功した。あなたがいる限り提督府はあなたの一強で、そこに誰かが手を入れる余地はないわ」

「そうだな。だからあの方が、って線も薄いと考えられる。……いや、どうかな。あの方はおれが軍を辞めるところまで予期していたかもしれない」

　じゃなきゃ、あの方のことだ、自分が長くないとわかった時点でおれに孫のことを託していただろう。そうしたらきっと、おれは……うん、あの方の最後の願いを全力で聞き届けないはずがない。

　おれが考えていることはトレーナもそこまでは理解しているのだろう、「そうよね」と素直に納得した様子である。

「でも、じゃあいっそう、誰が、というのが問題になるわ」

「実は、それほど問題じゃないんだ。だって、それが誰であろうが、いまこの形になっているなら帝国はおおきな問題が起こらない」

「軍の対立によって機能不全が深刻化しても？」

「周辺の大国同士が結託して大規模な侵攻を企てているならともかく、辺境でちょっといざこざがあるくらいなら何とかなるだろ」

現在の帝国はおおむね安定している。それは対外的なものもそうで、単純にあの方の治世の結果、帝国は比類なき強大な国家になったからである。

もちろん、おれもそれに少しは貢献している。

伊達《だて》や酔狂で連戦連勝はできない。

「誰のもくろみであれ、摂政が失脚すればこうなる、というところまで絵図を描いたのは見事で、その結果がいまこうして出ている。なら、それでいいじゃないか」

「知らない誰かの手で操られているという気分、ひどく気味が悪いわ」

「それは本当にそう」

気持ち悪い、という感情的な問題はもちろんある。

だからいまのおれの推察は、きっと公表しない方がいいことだ。

誰だって、世のすべてを知る必要なんてない。自分のまわりのことだけわかっていれば、たいていの者にとってはそれがいちばんの幸せなのである。

それじゃどうしても我慢できないような奴らが集まるのが大学とかなんだけどね。おれが高次元知性体《オーヴァーロード》の〝繭〟を研究テーマに選んだのも、未知を既知にしたいと強く願ったからだ。

「あと、そもそもこの均衡がずっと続くとも限らない」

「それはそうね。どこかの誰かがひとつヘマをするだけで、バランスなんて簡単に崩れる。理屈だけでは、ものごとは動かない」

「きっとチャンスがあるとしたら、そこなんだ。バランサーを自任してこの状態をつくり上げた誰かは、計算外のヘマを警戒しているはずだから……」

「そういうこと。誰かのヘマの帳尻《ちょうじり》を合わせるために、動く」

「ああ。そこで誰がバランサーなのかを知ればいい。その上で、協調するなり排除するなり……あとはそっちで、勝手にやってくれ」

「わかったわ。ありがとう、ゼンジ。恩に着る。お礼は、また今度」

トレーナは、軽く手を振ると、慌ただしく出ていく。今日の定期便の出発はもう終わってると思うんだが……もしや専用の快速艇とか持ってきているのか？

提督府の誰かの入れ知恵なら、それも充分、考えられるか……やれやれ、である。

「いやはや、よくもまあ、聞きたくもない話を聞かせてくれたな」

総督には、怨《うら》みがましい目で睨まれた。おれは、あえてさわやかな笑顔を見せる。

「人生、なにごとも経験、だろ」

「知らなくてもいいことがある、ってさっき言ったばかりだろうに」

「総督っていうのは、都合の悪いことから耳を塞いでいい立場なのかねえ」

総督は舌打ちして、「呑《の》みに行くぞ」とおれの肩を叩く。

「待ってくれ、今日は義妹《いもうと》とデートなんだよ。このまま小型艇で帰宅するんだ」

「仕事ができた、と断れ」

「たしかにきみには迷惑をかけたし、ちからになりたいとは思っているが！」

「じゃあいいだろ。話さなきゃいけないことがいろいろあるんだよ！」

ちっ、情報があるなら仕方がない。

おれは泣く泣く、端末を起動してメイシェラに連絡を入れた。

メイシェラは深い深いため息をついた末、「わかりました。埋め合わせは次の機会に、ですからね」という条件付きで了承してくれた。

「帰りの足はどうしますか、兄さん」

「総督閣下が責任を持って用意してくれるさ」

「では、わたしは先に帰ります。無理はせず、何なら一泊してきてくださいね」

小型艇は自動運転とはいえ、夜に大陸から大陸へ海を渡って移動するのは事故が怖い。

総督はさっそく業務の終わりを部下に連絡し、うきうきした顔で飲み屋の予約を入れはじめた。

あー、個室で話さなきゃいけないことがあるのね。

わかったよ、こうなったらもうとことんまで聞いてやらぁ！

そういうわけでおれたちは夜の街に消えていき、翌日の朝まで呑み明かした。

いやちょっと、もう若くないんだからこういうのは次からやめよう……うっぷ。

＊＊＊

朝帰りで屋敷に帰ると、玄関のドアを開けたところでアオイに出迎えられた。

正確には、体当たりされた。見事なタックルで、軍で身体を鍛えたおれでも吹き飛ばされそうになったほどだ。

おれのお腹に顔をうずめて号泣するアオイに、おれは困り顔で首を横に振る。

「いったい何があった。メイシェラ、知っているか？」

「兄さんに捨てられた、って思ったみたいですね。ずっと暗い顔をしていたんですよ」

「あー、昨日の今日、だもんな。それは、すまなかった」

おれはアオイをなんとか宥《なだ》め、寝室のある二階にあがる。アオイはおれの服の端をつかんで放さず、ずっとついてきて、おれが寝室のベッドに横になるとその横で丸くなった。

「猫か！」

「そういえばこの星、猫、いませんね」

「あれ侵略型外来種だからな……。いくつか抜け道はあるが、基本的には帝都から持ち出し禁止だ」

ちなみにその抜け道というのは、たとえば知性化して人権を持たせる、とかそういうヤツである。現在はみだりに生き物を知性化することが禁じられているから論外ということだ。

メイシェラがアオイを引き剥《は》がそうとするも、ＡＩ少女はがんとしておれのそばから離れようとしない。仕方がないので、メイシェラには彼女を放っておくように指示して、おれは意識を手放す。

うん、アオイがベッドを温めてくれたおかげで、ちょうどいいぬくもりだ。おやすみ～。

「ちょっと、兄さん！　ああ、もう、こうなったらテコでも起きないんですから！」

いや、殺気とか感じればすぐ起きるよ。

起きると、この星の太陽が南中するくらいの時間だった。

おれのそばでは、身体を丸めて心地よい寝息を立てる、アオイの姿がある。

おれがベッドから起き上がると、気配を感じたのか、アオイももぞもぞと身体を動かし、目を開く。またおれの服の端を握ってついてこようとする。

「トイレだ。さすがに待っていてくれ。逃げたりしないから」

「うーっ」

「アオイは賢い子だ。待てるよな」

「ううう っ」

感情が高まった結果、言語中枢がやられたらしい。

とにかく、なんとか待っていて貰《もら》って用事を済ませ、アオイと共に階下へ向かった。

「歩きにくいんだが……」

「パパぁ」

「あーもう、仕方がないな」

応接室のソファに腰を下ろすと、アオイはおれの膝《ひざ》の上にちょこんと乗ってきた。

ちょこん、といっても彼女の身体は成人女性と変わらないくらい大きい。

いや、重くはないんだが、それはそれとして邪魔である。

両腕で脇から持ち上げて横に退かせた。

するとアオイは、ひしっ、とおれに抱きついてくる。

「そんなに寂しかったのか」

「んー、悲しかった。パパといっしょがいい」

「そもそも、何でおれがパパなんだ?」

「パパは、パパだよ」

彼女の存在は何もかもが謎だ。ちなみに彼女が分身を帝都に送った際、軍の機密データベースも漁ったらしいが、彼女の情報はまったく出てこなかったという。

危ないから二度としないように、と注意した。

いやほんと、いまの情勢で軍を刺激したりしたら、どう転ぶかわからないんだからさあ……。

「そういえば、アオイ。帝都でいろいろ調べた中で、こういうものはなかったか？」

試しに、と昨日、トレーナが持ってきた話について何か追加情報はないかと訊《たず》ねてみた。アオイは、うーん、と天井を見上げた後……。

「パパは、アオイが知っていたら嬉《うれ》しい？」

「そうだな、嬉しいが、だからっていまから情報を集めたりするのはナシだ」

また帝都に分身を送ったら往復で二週間かかるし、次も無事にデータベースに侵入し帰還できるとも限らない。いやむしろ、攻勢ウイルスとして追跡され、始末され、その上この屋敷まで公安さんがやってくる可能性の方が高い。

公安さんならいい方で、暗殺者の可能性も充分にあるのだ。そう、言い含めておく。

「えーとね、いまある情報だけだと、あんまりわからないの」

「そうか。うん、まあ、別にそれでいい。わからないなら、無理に知りたくもない」

「でもその情勢をつくったひとは知ってる」

「ちょっと待って」

それはわかるんかい。いやまあ、摂政の失脚をひとりで演出した彼女のちからを考えれば不可能ではないことはわかるが……。

どうする？　聞くか？　いや、でもそもそも正しいとも限らないし……だが万一ということもある、いちおう知っておくべきことでは……。

と葛藤《かっとう》していると、アオイはあっさりと口を開き、その名前を口にした。

「そうか」

おれは肩を落とした。その名前が出てくる可能性は少し考えていたし、動機は充分だったから、そういうこともあろうと思っていたのだ。

だからといって、あの方に、そんな危ないことはして欲しくなかった。

きっとそれは、前陛下も望んでいなかっただろうことなのである。

「前陛下の王配《あのかた》がなあ」

優しい方だった。前陛下が存命の間は、けっして政治に口を出したりしなかった。

それでも、今回は……孫たちを思っての行動か。おれは深いため息をつく。


それからしばらくして、トレーナからお礼の通信と共に謝礼の品が送られてきた。

帝都の高級化粧品詰め合わせセットである。

メイシェラがとても喜んだから、さすがはトレーナ、といったところか。おれにものを送るよりこちらの方がおれが感謝する、とそこまで見抜いての謝礼の品ということだ。

実際に、おれが喜ぶような高級プリンよりも効果が高かったわけで。さすがは、ずっとおれの副官だったヤツだよ……。

ちなみにメイシェラはこの化粧品をリターニアとホルンにもおすそ分けした。

化粧というものにいまいちピンときていないホルンはともかく、リターニアはとても喜んでいたので、外交的にもたいへんに効果が高かったといえる。

「ところで、トレーナさまというのはどういった方なのでしょうか」

リターニアがメイシェラにそんなことを訊ね、メイシェラは少し考えた末、こう返事をした。

「兄さんのいちばんの相棒、ですかね」

「なんと」

リターニアが、口を三角にして驚く。

それから、ぎゅっと拳《こぶし》を握った。なんか背中からめらめらと炎が見えたような気がする。

「わたくしの、ライバルでございましたか……」

「仕事上の相棒、な。ずっと副官で、まあ、秘書みたいな存在だったと言えばいいか……？」

「つまり、怪しい関係でございますね？」

「どこからそういうネタを仕入れてくるんだよ」

銀河ネットの年齢制限番組とか設定してたっけ？

いや彼女、現実にはホルンを除くこの中の誰よりも高齢だったわ。

「仕事のつき合いだって」

「彼女はご結婚を？」

「おれが知る限りは独身だな。自分に見合ういい男がいない、と言っていた気がする」

リターニアがじとーっとした目でこちらを睨《にら》んでくる。今日はずいぶんとしつこいな。

「トレーナさまにお伝えください。わたくし、側室はＯＫ派ですので」

「何言ってんの⁉」

「重要なことですよ？」

「うーん、文化が違う。そもそも帝国では、別に誰が何人と結婚してもＯＫなんだよ」

「なんと！　進んでいるのですね」

「あくまで法律としては、だな。何せ帝国の臣民の中には七つの性の中から三つの性を合わせて子を生す種もいる。そんなのいちいち明文化できるか、って話だ」

「何故、そのような環境適応人類が生み出されたのでございましょうか……」

「それは歴史の話になって長くなるし、公式の場で本人に言ったら差別だから気をつけてね」

「は、はい、申し訳ございません」

　姿勢を正すリターニア。そのへん帝国のいろいろなアレはややこしいんだよ、本当に。

　エルフたちは、魔法を扱える〝繭〟がこの星だけを包んでいるというその特性上、そもそもこの星の外に出ないから、王女であるリターニアがそういった教育を受けていないのも無理はない。

　帝国軍人は、わりと教育課程の初期で差別関連のアレコレを徹底的に叩《たた》き込《こ》まれる。

　何故って、軍人はお互いに武器を携帯しているわけで、つまり同僚間で殺し合いとかになったら困るからだ。

　しっかり教育していても、実際にそういう事件が年に何百件も起きているんだよね……。

　ちなみにそのたびに上司は頭を悩ませながら報告書を書いて上の許諾を得た上で事件で亡くなった人の遺族に頭を下げることになる。

ちょっとした勘違いで殺されました、とかどう伝えろって言うんだよ……。

「メイ、メイ！　ゼンジさまが、頭を抱えてしまわれました！」

「兄さん、種族問題の仲裁でとても苦労した、って言ってたから……トラウマが蘇《よみがえ》ったのかも。プリン食べます？」

「たべりゅ」

幼児退行したおれであったが、差し出されたプリンを一個食べたら気力が回復した。

言うまでもないことだが、プリンは完全栄養食である。

「ところで、兄さん。結局、帝都の騒動はどうなったんですか？」

「トレーナによれば、新しい摂政を置かないことで話がまとまって、各組織から陛下の補佐をする者を出す、という擬似的な合同統治形式が採用されることになったそうだ」

「みんな仲良く手を取り合った、ってことですか」

「外面上はな」

内面はどろどろで互いの思惑がぶつかり合っているのだろうが、少なくとも表向きは協調歩調を取っていく、ということである。

いつまでも内紛していると、他国につけ込まれるというのも当然あるし。

帝国の周辺国とは、ちょっとした紛争くらいなら年中何かやっている程度には物騒である。

もちろん友好的な国もあるが、そういった国だって、隙あらば帝国の弱みにつけ込んでくるであろうことは想像に難くない。

国家に真の友人はいない。

旧世界における格言だったか、まあそれはいまの時代でだって当てはまることなのである。

「各勢力の均衡が取れているうちは、帝都も平和だろうさ」

「そういえば、元摂政さんはどうなったんですか？　牢屋《ろうや》でのたれ死にましたか？」

「おまえそんな、唐突に物騒な……」

「だってわたし、あのひと嫌いです！」

うん、そうだね、嫌うには充分な理由があるよね……。

おれとしては、まあウマは合わないにしても、やるべきことはきちんとやってくれたから特に遺恨はないんだけど。

正直、政治の世界とか苦手なので、それを嬉々《きき》としてやるああいう人物のことはよくわからない。

それが適職なら、そういう人たちだけで勝手にやっていて欲しいのである。

「行方不明らしい。監禁していたはずが、いつの間にか部屋はもぬけの殻だったそうだ」

「それって、こっそり消されたってことですか？」

「だから本当に物騒だなあ！」

気持ちはわかるけどさ。

正直、おれとしてはあいつにこれ以上関わりたくない、忘れたいという気持ちの方が強いのだ。

第四話　元提督と宇宙艦隊

ホルンから「卵に変化がある」という連絡が来たので、おれは屋敷の南東、小型艇で五時間ほどかかる大陸の奥地に来ていた。

昔、とある高次元知性体《オーヴァーロード》から預かった、例の卵である。

その卵を孵《かえ》すため、この星でもっとも〝繭〟との接触面が多い土地にそれを置き、時折、瞬間移動ができるホルンに様子を見て貰っていたのだった。

ホルンによれば、その土地の地下に置かれた卵は勝手に〝繭〟に接触、少しずつこれを取り込み、いずれ変化を遂げるであろうとのことであったが……。

「念のため、一度、見に行くがよいだろう」

かくしておれは、隣に案内役のホルンを乗せて、ひたすらに小型艇を飛ばした。

「〝繭〟のちからを使えずこうして空を飛ぶしかないとは、なんとも不便なことであるなあ」

「本当にな。もし可能なら、いますぐにでもエルフになりたいよ。その方がより感覚的に〝繭〟を認識できるだろうからなあ」

これに関しては本当にリターニアが羨《うらや》ましいのだ。

一度、本人の目の前で羨ましいを連呼してみたところ、「ではわたくしと子どもをつくりましょう。そうすれば、ゼンジの子は〝繭〟を認識できるようになります」と言われてしまった。

それじゃ遅いのだ、いますぐ、おれが、この目で〝繭〟を見たいのだ、と更なる駄々をこねた。

さすがに呆《あき》れられ、そこまで言うのならエルフをつくった当時の資料を見てみるか、と提案された。

それはそれで、貴重な資料だ、実に願ってもない話である。

王宮の書庫にあるらしいので、今度、是非ともお邪魔させて貰おう。

「われは、おぬしにとても感謝している。それはもちろん、おぬしが竜の子らを救い出してくれたこともそのひとつだ」

あの救出劇の後も、すでに売られてしまった竜の子らを取り戻すために、帝国の諜報《ちょうほう》部門を始めとした各部署が動いてくれているという。その進捗《しんちょく》はおれのもとに届き、都度、ホルンに伝えている。

「それだけでは、ない。何故かは、われにもわからぬが……。おぬしといると、何かこう、ずっと解きほぐされていなかった胸の中の糸がほぐれていくような、そんな不思議な感覚を覚えるのだ」

「屋敷の居心地がいい、ってことか？」

「無論、それもあろう。だが、おぬしを見ていると、なぜだか深い安堵《あんど》と満足を覚える。いまより遠くに置き去りにしてしまった何かを取り戻したかのような、この感覚がいったい何なのか、おぬしはわかるだろうか」

それはきっと、愛だとか恋だとかとは違うものなのだろう。おれには、実感がない。

ただ、他の高次元知性体《オーヴァーロード》たちも、どうしてかおれに対して不思議な親近感のようなものを抱いていたのかもしれない。他の高次元知性体《オーヴァーロード》は、それをあえておれの前で言葉にはしなかった。

ホルンは違った。他の高次元知性体《オーヴァーロード》が軍の任務で出会ったからなのに対して、ホルンはただの一個人、ゼンジという剥《む》き出《だ》しのおれで出会ったからなのだろうか。

「おぬしの願いならなるべく叶《かな》えてやりたい。そう、心から思うのだ。が、おぬしがおぬしであるままに〝繭〟を認識するのは、ちと無理であるなあ」

「まあ、そう簡単に改造できるなら、ヒトはいまよりもっとずっと高次元知性体《オーヴァーロード》に近い存在になっている気がするよ」

「で、あるな。故にこそ、ヒトはヒトであるのだ」

竜のちからについては、〝繭〟の計測ついでにホルンに頼んで、いくつか数値の検証をさせて貰った。結果、高次元知性体《オーヴァーロード》の中では比較的控えめ、と考えられていた従来の基準値を大幅に超える数値が計測されている。

逆に、思ったより伸びない数値もあった。たとえば竜は、思ったほど複数の情報を同時に処理できない、などである。

無論、ヒトを基準にすれば、それはもはや無限に等しいものなのだが……竜の進化が、便利な〝繭〟を利用する方向に進んだから、というのが現在おれの立てた仮説である。

というか能力さえあれば誰でも使える〝繭〟という装置が便利すぎる。

他の高次元知性体《オーヴァーロード》にはない、竜独特のアドバンテージだ。

おれに卵を預けた高次元知性体《オーヴァーロード》も、これ、卵を孵す条件って実質的に〝繭〟一択だったのかもしれないなあといまさらながら思うのである。

あの存在は、はたしてどこまで未来を見ていたのだろうか。そしてその未来において、卵はどのような孵り方をするのだろうか。

そんなことを考えながらホルンとたわいもないやりとりをして、現地にたどり着いた。

早朝からずっと飛んで、いまは昼の少し前だ。急がないと、帰りは暗くなってしまう。まあ、ホルンが同乗している限りは安全が保証されているようなものだが……。

渓谷の奥、洞窟《どうくつ》の中、祭壇のように少し盛り上がった土の上に、孵卵《ふらん》器がひとつ、ちょこんと乗っている。

真っ暗な洞窟の中なのに、その部屋だけは明るかった。

孵卵器の中が、虹色《にじいろ》に輝いている。

卵が、自ら光を放っているのであった。おれは慌てて端末を取り出し、各種放射を計測する。

うーん、別にやばそうなものが出ている、というわけではなさそうだ。高次元知性体《オーヴァーロード》にはけっこうあるんだよね、自分が無敵だからって強い放射線をばらまいているようなヤツ。

ホルンはそういうことしないと思っているけどさ。このあたりに慎重じゃないやつは、業界で長生きできない。

物理的に。そういう怖い話がいっぱいある研究室だというのは、ジミコ教授からよく聞かされているのである。

「放出されている電磁波に周期性があるな。強弱と波長の組み合わせか？　しまった、こんなことならアオイを連れてくるべきだったか」

「む？　われにもわかるよう説明せよ」

「何らかの言語、あるいはそれに似たものを出しているかもしれない。すまんが、ホルン、アオイを呼んできてくれるか」

「今日は屋敷におるのだったか？」

「ああ、リターニアは今日は来ないって言ってたから、アオイとメイシェラだけのはずだ」

「あいわかった」

ホルンはその場から消え、十分くらいしてアオイと共に戻ってきた。

ホルンの頬にプリンの黒蜜《くろみつ》がついている。

「メイシェラのプリンはうまかったか」

「うむ！　ちょうどいいから食べていけ、と言われてな！」

いや、まあいいけどさあ。

アオイに端末のデータを見せて、意見を尋ねる。ＡＩの少女は「ほへえ」ととぼけた声をあげた後、「ちょっと待ってね、やってみる」と言った。

「やってみるって、何をだ」

「お返事」

待て、と言う前に、アオイの口が開く。ほんのわずか、耳鳴りを覚えた。端末のデータが変化して、アオイがヒトの耳には聞こえない音を出したことを示す。

アオイから卵へ送る、ヒトには理解できない言葉なのだろう。

これアオイはどうして一瞬でプロトコルを解析できたんだ？　それとも、もともと知っていた？

アオイの〝言葉〟を浴びて、卵の輝きが変化した。落ち着いた、綺麗《きれい》な緑色になる。

「えーとね、パパ。もう少し待ってて、だって」

「あの卵とコンタクトしたのか」

「うん！　パパと会えるのが楽しみ、だってさ！」

どんな生き物が出てくるのだろうか。なんか、すでにだいぶ知性が高いっぽいが……。

「あのね、パパは、いま何か、足りないものがある？」

「足りない、ってたとえばどういうものだ？　別に家や金には困ってないが……」

「自分じゃできないこと、とか、そういうの」

「いま強く感じてる、おれじゃできないこと……」

少し、考える。

一度、認識してしまうと、それは強い渇望となっておれを襲った。拳《こぶし》をかたく握る。

「〝繭〟だ」

「えっと……」

「おれには〝繭〟を直接、見るちからがない。触ることもできない。機械で計測して、そのデータを睨《にら》んで、ようやくそれの存在を認知できるだけだ。ホルンも、リターニアも……アオイだって、直接、〝繭〟に触ることができるのに。おれはそれが、じれったくて仕方がない。みんなが羨ましいんだ」

「パパ……うん、わかった！　そう言ってみる！」

アオイが卵に〝言葉〟を送った。卵が虹色に輝き、そしてまた落ち着いた緑色に戻る。

アオイはにこにこしながら、「そうだねえ、嬉《うれ》しいなあ」と呟《つぶや》いている。これ、ちゃんと会話が通じているといいんだが……どうなんだ？　信じていいのか？

「ホルン、いちおう聞くが、あれわかるか？」

「さっぱりである！」

ホルンは腕組みして、胸を張る。こいつはいつでも自信満々だな……。

「問題はなかろうよ。おぬしはこやつらに好かれておる。無体なことはあるまい」

「そう、だといいんだが……」

おれはため息をつく。こうなったら、なるようになれ、だ。

ジミコ教授も、最後は度胸、と言っていた。まあ、あのひとはちょっと度胸がありすぎるし面の皮が厚すぎるんだが。

「あー、アオイ。いちおう、無理はしなくていい、と伝えてくれよ」

「はーい、パパ！　この子もね、できる限り頑張る、って言ってるよ！」

ちょっとニュアンスが違う気がする。きっちり詳細を詰めておいた方がいいような……でもそれをするといろいろ台無しになるような……このあたりの押し引きは難しい。

アオイを見下ろすと、少女は満面の笑みで「わたしも、パパといっしょがいいな！」と宣言した。

「よしわかった、頑張ってみよう！」

「わーい！」

アオイがばんざいと両腕を持ち上げたので、おれもつられてばんざいする。

「ところで、どれくらい待てばいいんだろうな。あー、そもそもこの……子？　には時間の概念があるのか？　おれたちの時間単位はわかるのか？」

「えーとね、時間の概念がよくわかってないみたい。でも、そんなに遠くじゃないと思うよ。……そのときが来たら、パパを迎えに行くって」

「迎えに、か。そっちから来てくれるなら助かるが、場所は……いまさらか」

なに、詳しい話は、卵が孵ってから聞けばいいのだ。焦る必要はないはずだった。

「それじゃ、屋敷に戻るか。アオイ、来たときみたいに直接戻っているか？」

「パパといっしょがいい！」

「それじゃ、少し狭いが、いっしょに座るか」

小型艇には席がふたつしかない。

おれとメイシェラのふたりの席があれば、それで充分だと思っていた。

家族が増えるなんて考えもしなかったし、ホルンやリターニアという親しい者もできた。もっと大型のものに買い換えるべきかもしれないなあ。

とか考えながら、アオイを膝《ひざ》に乗せ、隣に座ったホルンと語らいながら小型艇で帰宅する。

屋敷が見えるころには、もうとっくに夕方で、間もなく太陽が西の空に落ちようとしていた。

丘の上から、もうもうと黒い煙があがっていた。

「あれ、なんだろー？」

と呑気《のんき》なアオイと、剣呑《けんのん》な気配を感じたとおぼしきホルン。

おれはホルンに目で合図した。

「少し待つがよい」

隣の席に座っていたホルンの姿が消え、十秒ほどで戻ってきた。

「屋敷が燃えておる。何者かの襲撃に遭ったようである。メイシェラの姿がどこにも見当たらぬ」

しばしののち、おれたちは丘の上に降り立ち、煙をあげる屋敷を見上げた。

端末で監視カメラと警備ドローンにアクセスするものの、何度やっても応答ナシ。屋敷の警備システムは完全に破壊されてしまった様子である。

ここの警備システム、あの方の幼少期からアップデートこそされているが、取り外されている機能はないはずなので、それを突破するとなると容易なことではないはずなのだが……。

だからメイシェラひとりでも大丈夫、と思っていた。

この屋敷の中にいれば安全だと、そう信じていた。

油断、だったのだろうか。おれはきつく唇を噛《か》む。鉄の味がした。

「いったい誰が……いや、それよりメイシェラはどこだ。地下は……？」

「落ち着け、ゼンジ。われが地下も捜した」

「ホルン、きみのちからでメイシェラがどこに行ったかわからないのか？」

「あやつは〝繭〟に繋《つな》がっておらぬ。アオイのときとは違うのだ。手がかりがない」

怒鳴り散らしたい衝動が胸の内から湧き出てきて……ぐっとそれを呑《の》み込む。

ホルンはゆっくりと首を横に振ると、おれの背中に抱きついてきた。彼女の両腕が首にからむ。

高ぶった気持ちが、少し落ち着く。

「ありがとう」

「うむ」

アオイがきょとんとした様子で「どうして家から煙が出ているの？」とおれに訊《たず》ねてくる。おれは、おおきく息を吸って、ゆっくりと吐く。

「何者かが屋敷を襲撃して、メイシェラを攫《さら》った。状況証拠からしてほぼ間違いないだろう。目的がメイシェラだけだったのか、おれも狙いのひとつだったのか、それともリターニアやアオイ、きみだったのか……そこまではわからない」

「わたし？」

「帝都でやらかしたことがバレていたら、可能性はある。とにかくいまは、原因をひとつに絞らないことだ。すべての可能性を検討する。その上で、アオイ。メイシェラを捜せるか。あるいは、この屋敷を襲ったやつらを」

煙の上り具合と破壊の様子から判断して、襲撃から数時間が経過していると考えられた。ちょうどアオイが卵のそばに移動した時間帯だろうか。

偶然か、それともそのタイミングを狙ったのか。

いや、さすがにおれがアオイを呼び寄せるところを待って犯行に及んだとは考え難い。

何より、あのときホルンは庭のくさびから出て、屋敷の中に入ったはず、屋敷の外には出なかったはずだ。それを観察できるとしたら……上空、か？

おれは夕焼けに染まる空を見上げた。燃えるように赤い空が、いまはひどく不気味に思えた。

「ううん、わかんない……。ここからアクセスできる範囲では、生きてるどのカメラも映像を捕まえられてない、かな。あとはリタお姉ちゃんのところ？　ちょっと行ってくる！」

アオイの姿が、ぱっと消えた。おれは少し慌てるも、ホルンの「リターニアのところに行ったようである」という言葉に気持ちを落ち着かせる。

「おぬしは、おぬしにできることをやるべきだ」

「あ、ああ、そうだな。まずは総督へ連絡して……」

端末で総督のアドレスを叩《たた》くと、すぐに端末のホロディスプレイに忙しそうな総督の姿が映し出された。

「ゼンジ、たいへんなことになった。宇宙港がテロリストに占拠されて……ゼンジ？　何があった？

ひどい顔だ」

おれはこちらの現状を総督に伝えた。総督は苦虫《にがむし》を噛み潰《つぶ》したような顔になる。

「誘拐とテロ、このふたつの出来事に何の関連性もない、と考えるのは難しいな」

「ああ、タイミングがよすぎる。先方の要求は？」

「いまのところ、まだだ。犯行声明だけは届いているがね。環境テロリスト団体が三つ、反帝国主義団体がふたつ、あと有象無象が七つ、自分たちがやったと主張している」

「それ、全部便乗だろ！　ああもう、こんなときに主張だけは一丁前だな！」

思わず口汚い言葉が出た。我に返り、総督に謝罪する。

「いいさ、こっちだって叫びたい。気持ちを代弁してくれてありがとう」

「どういたしまして。それで、テロリスト側の戦力は？」

「判明している限りで百人ほど。環境適応人類が七割。現在のところ、この星に市民権を持つヤツはいない」

「それだけの数が入り込んでいること、気づかなかったのか？」

「毎日、宇宙港でどれだけの船が発着すると思っている？　自動操縦の船も多い。いちいちチェックしていたら手が足りない。……さっき、そう報告されたよ」

ああこいつ、担当局員をめちゃくちゃ怒鳴り散らしたんだな。この星は辺境で、たいした軍備もなければたいした人材も配置されていない。

あげく、先日まで赴任していた総督は配下の腐敗を知りながら放置していたような輩である。規律なんてあってなきがごとしで、ろくなチェック体制も整っていなかったのだろう。

それを、この短期間でここまでまとめあげた通信先の相手には、褒められるべきことこそあれ、非難されるいわれはない。理性ではそう理解しているが、メイシェラを誘拐されて平静ではいられない。

と――アオイが、リターニアと共にくさびから戻ってきた。ふたりはパタパタとこちらに駆けてくる。

「話は聞きました、ゼンジさま」

「パパ、見つけた！　リタのおうちのカメラがね、おっきなお船が飛んでいるのを見てたんだよ！」

「でかした、映像はあるか」

「こちらでございます」

リターニアが彼女自身の端末を差し出し、おれの端末にデータを転送する。

再生されたのは、以前、環境テロリストたちが使っていたものと同型の強襲揚陸艇が南から北へ――つまりこの屋敷から首都の方へ飛ぶ姿であった。

「これの時刻は……四時間前か」

「はい。失態です。空を飛ぶ船に気づいたとき、もっと注意深く観察していれば……」

「きみたちは何もミスをしていない。それに、この映像ひとつでやれることはたくさんある」

ひとまず、映像を総督に送る。おれが端末経由で送った映像は、総督の手によって解析にまわされ、すぐに結果が出た。

「エルフの国……テリンか、そこの上空を通った揚陸艇は、二時間前に首都の空港に着陸した。そのときすでに空港はテロリストに占拠されていたが、幸いにして非常用の隠しカメラに映っていたものがある。いま転送する」

おいおい、軍用フォーマットで圧縮されて転送されたデータなんて送ってくるなよ。

いや、それだけ重要なデータなんだろうが……仕方がない。

「アオイ、解凍してくれ」

「あらほらさっさー」

「どこで覚えたんだよ、そんな言葉」

アオイが端末に軽く触れると、それだけで勝手にファイルの暗号が解読され、たちまち映像ファイルが取り出される。

アオイはおれが指示する間もなく、勝手におれの端末をいじってそれを高速再生し……「ここ!」とある一点で映像を止める。

そこには、揚陸艇から下りてくる一団があった。

殺し慣れた雰囲気を持つ、十人ほどの、全員が覆面の集団だ。

特殊な訓練を受けているとおぼしきエージェント。剣呑な様子の彼らに囲まれて、ひとりの少女が揚陸艇のタラップに現れる。

メイシェラだった。不安そうな様子であるが、見たところ怪我はなさそうだ。

少しだけ安堵《あんど》する。そのメイシェラが、一点を睨《にら》み、憎しみのこもった様子で叫んだ。

暴れる彼女を、覆面のエージェントたちが抑え込む。

軽く頬を叩かれて、メイシェラはびくりと動きを止めた。

……………。

てめぇら。

「パパ、顔が怖いよ？」

「すまん、ちょっと我を失った。こんなときこそ冷静じゃなきゃいけないのにな」

「ううん。パパが怒った理由を教えて」

アオイは、こんな姿をしているが、ずっと眠っていたＡＩで、その情緒は幼い。

「メイシェラを、大切な義妹《いもうと》を誘拐されて、そのメイシェラが殴られた。おれはそれが許せない」

「お姉ちゃんを助けるってことだよね」

「そうだ。手伝ってくれ」

「わかった、任せて！　でも、何をすればいいの？　空港のシステムをぶっこわす？」

やれ、って言えばできそうだな、とふと考えて、しかしそもそも、メイシェラがまだ空港にいるとは決まっていないと思い直す。なにせこの映像は、二時間前のものなのだ。

「総督閣下、メイシェラが何を見て怒ったか、別のカメラから捉《とら》えられていませんか？」

「いまそれを調べて貰《もら》っているところだ。あとひとつ、残念なお知らせがある。一隻のシャトルが空港から飛び立ち、警備隊の制止を振り切って大気圏を離脱した。以後、行方不明だ。その船にメイシェラくんが乗せられる映像が発見された」

「強引に止めなかったのは、威嚇射撃に止《とど》めたからですね。ご配慮、ありがとうございます」

「他にも複数の人質が確認されている。その中にはやんごとなき身分のお方も混じっていたのだ」

「テロリストに乗っ取られた船なんて撃墜が基本だ、あなたの配慮がなければ撃ち落とされていたかもしれない。重ねて感謝を」

テロリストに乗っ取られた船を見逃した結果、何千人、何万人もの死者を出した事例は、歴史上、枚挙に暇《いとま》がない。たとえば軌道エレベーターがある星なら、船で軌道エレベーターに体当たりしてこれを破壊、星ひとつの機能がほぼ完全に停止し、数百万人が路頭に迷った事例などだ。

軍学校では、卒業の前の年にこうした事例をいくつもいくつも教えられ、検証した上で、人質ごと船を破壊することが最善であると教えられる。より多くの無辜《むこ》の人々を守るために必要な犠牲を重ねる、という覚悟がなければ、軍で指揮官を拝命するわけにはいかないのだ。

それでも総督は、シャトルを見逃した。メイシェラだけが原因ではない、となると……。

「いったい誰がシャトルに乗っていた？」

「すまんが、これ以上のことを通信に乗せるわけにはいかない」

「了解、そっちに行く」

「こちらとしても、きみの知見を頼りにしたいところだ。歓迎するよ」

＊　＊　＊

ホルンとアオイには先に首都に跳んで貰い、おれは屋敷の地下からいくつか荷物を回収した後、リターニアと共に小型艇で一路、北を目指した。

リターニアは先日と同様にエルフの軍を動員することを提案してきたが、少し考えて、それはまだ待って貰うことにした。

「今回、横っ面をひっぱたかれたのはこの星の総督と警備隊だ。相手はテロリストと思われるが、詳細は不明。誰が敵かまだわからない以上、彼らに思い切った行動は難しい」

「わたくしたちにとっては、メイを助け出すことが第一です」

「その通りだ。加えて言えば、これまでの手際と、映像で見たあの男たちの練度から考えて、この前のテロリストのようなへまは期待できない。惑星警備隊は厳しい戦いを強いられることになる。土壇場で、彼らとエルフたちとの連係が上手くできるかどうか、いまの段階では何とも言えん。だから、彼らには待機してもらう」

「かしこまりました」

指揮系統の一元化ができればそれがいちばんだが、エルフたちはおれかリターニアの命令にしか従わないだろう。かねてから共同演習などをしているならともかく、今回のオーダーは人質を無傷で回収することだ、ひとつのミスが作戦の失敗に直結する。

「わたくしだけでも、お手伝いしてよろしいでしょうか」

「ああ、それは助かるよ。——ただ、シャトルはすでに宇宙に上がっている。〝繭〟がない高度まで行ったら、魔法は使えない。それは覚悟してくれ」

リターニアは魔法の補助具である大杖《おおつえ》をぎゅっと胸の中に抱いて、「はい」とうなずいた。

二時間かけて首都にたどり着いたおれは、まっすぐ総督府に向かった。受付の女性は、おれの姿を見た瞬間に駆けてきて、おれとリターニアを百階へのエレベーターに詰め込む。

都合、四度目となる総督府の百階では、ホロ映像ごしにあちこち忙しく指示を飛ばす総督と、その部屋の隅でバニラアイスを食べながら椅子に座ってそれを眺めるアオイの姿があった。

「あ、パパ！」

「アオイ、ホルンは？」

「ちょっとお散歩！」

飛びついてきたアオイのアイスが服につかないよう注意しながら、そうか、とうなずく。ホルンには、とある指示を出していた。その指示に従ってくれているのだろうか。

いまのところ、それがどう役に立つかもわからない、指示されたホルンも少し戸惑うような案だったのだが……。

「総督、テロリストが映った画像の解析をアオイに手伝わせて構わないか」

「彼女には我々のデータベースにアクセスする権限がない。法もそれを禁じている。しかし、この場にいる部外者が勝手に指示して勝手に動く分には、わたしはそれを止めない」

「よし、アオイ。全データにアクセス、解析だ」

「はーい、パパ！」

アオイはアイスをかじりながら椅子に座り、そこで機能停止した人形のように動きを止める。全能力で総督府の回線に入ったのだ。

待つこと五秒ほど、アオイは再起動したように、はっと頭を上下した。

その拍子にアイスが口からこぼれ落ちそうになり、慌てて両手で落ちかけた欠片《かけら》をキャッチする。アイスの欠片を口に放り込んだ後、手についたものを舐《な》めるかどうか悩んでいる彼女にハンカチを渡して「どうだ」と訊《たず》ねた。

「メイが怒った人、わかった。この人だよ」

総督室のメインモニタに脂ぎった壮年の男の禿頭《はげあたま》が表示される。アオイが「あっ、倍率、倍率」と画像を縮小していくと、ひとりの男の顔がそこに映った。

おれと総督が、同時に「あっ」と声をあげる。

リターニアがきょとんとした表情で小首をかしげた。

「おふたりのお知り合いでございますか？」

「この前罷免された摂政殿だな……」

「捕まった後、行方不明になっていた。てっきり誰かに消されたんだと思っていたんだが……」

リターニアは、「なんと」と驚きの声をあげる。

「この方が屋敷を襲いメイを誘拐したとなると、逆恨み、でございましょうか」

おれはちらりとアオイを見下ろした。アオイはきょとんとした様子でおれを見上げ、目が合うと、にっこりとする。

逆恨みでも何でもなくて、彼らが強襲するちょっと前まで、あの屋敷にはあいつのスキャンダルを暴いた奴がいたんだよ……実は一周まわって正当な復讐《ふくしゅう》になるところだったんだよ……。

いや、あいつがやっていたことは正真正銘の悪だから、正当も何もないか。さすがに子どもの人身売買はラインを越えすぎである。

この場でそんなことは暴露できないけど。

ここは、すべて摂政が悪い、ということにしておこう。そもそもメイシェラを誘拐して暴力を振るった時点で絶対に許さん案件である。あいつとの腐れ縁もここまでだ。

「こんな辺境の星まで来て、やることが小娘ひとり誘拐とは、墜ちたもんだな」

「それが、そうでもないんだ」

総督が呻《うめ》き声をあげる。

「そういえば、高貴な方が空港から脱出したシャトルに乗っていた、って言っていたか……。ここならいいだろう。どんなお貴族さまだ」

「殿下だ」

おれはきっと、低く呻いていただろう。ちょっとそれはあまりにも予想外で、最悪の想定を超える最悪だった。

「ゼンジさま、殿下、とは？」

「現在、皇室に殿下と呼ばれる方はひとりしかいない。ちょっと前までは姉と弟のふたりだったが、弟の方は陛下と呼ばれるようになった」

「まさか……」

「ああ、現陛下の姉君、アイリス殿下、御年十二歳だ。何でこんなところにあの方が？」

「こっちが知りたいよ！　映像に映り込んでいたんだ！　SP全員の死体も確認した。彼女が本物であることは疑いの余地がない！」

SPも亡くなってるの!?　ちょっと、何がどうなってるんだよ！

いや、あいつなら殿下の行動スケジュールを把握していてもおかしくはない。こんな辺境の星に殿下が赴くことをあらかじめ知っていて、摂政を罷免された後、その身の誘拐を企てた……？

そのついでに、嫌がらせでメイシェラを誘拐した、ということか……？　うーん、感情だけで動いているというなら、そういう背景でいいと思うが……。

「元摂政殿って、そんなに感情的な方だったかね」

「ゼンジ、きみの方が詳しいんじゃないか」

「おれにつっかかって来る奴だったけど、仕事はきっちりしている、という評価」

「きみがそんな風だから、相手にされてないと感じて余計に怒るんだよ……」

ともかく、さてこれは、どうしたものか……。

＊＊＊

アイリス殿下、御年十二歳。現皇帝陛下の姉であるが、皇位の継承権はない。

出産時に正常な状態で生まれることができず、大幅な手術を経て、準環境適応人類となってしまったからだ。皇室は環境適応人類とそれに準ずる者に皇位を認めていない。

これは初代皇帝の「我は民と共にあり、民と共に死ぬ」という言葉によるものだ。当時の皇室は病気や怪我、０Ｇへの耐性といった些細《ささい》な遺伝子改造も認めていなかった。

伝染病などでの数度の皇室解体の危機を経て、現在はさすがにそんなことはなく、一般的な帝国市民に準ずる身体改造はデフォルトで施されているが……それも、限度がある。

アイリス殿下に施された改造はその限度を超えたもので、だから彼女は生後数時間にして、帝位を継ぐ権利を失った。

そんな彼女であるが、帝国市民の人気は高い。ぶっちゃけ、いつの時代でもかわいいは正義なんだよなあ、と警護の手配をしていて何度も思ったものである。

なんでおれなんかが警護の手配をしていたかって？

陛下が孫娘を溺愛《できあい》していたからだよ！

まあ、そういうわけで、殿下とは知らぬ仲ではない。

少し尖《とが》っているところがあるものの、まっすぐで背伸びする性根は好ましい。幼くして帝国に君臨せねばならなくなった弟をよく支えてくれているだろう、と思っていたのだが……。

「殿下のSPを皆殺しにして彼女を拘束したって、そりゃいくらなんでも思いきりが良すぎる」

「摂政が失脚した例のスキャンダル、犯人は未だ不明のままだ。弟をないがしろにして帝国を専横する彼を疎ましく思った殿下が……と帝都ではもっぱらの噂だったとかでな」

「え、殿下がやったことになってるの？　いくら何でも無理筋じゃない？」

というかいまの話、殿下が政治に介入しないように摂政が手をまわしていた、って前提だよね？

おれ知らないけど、宮廷ってそんなことになってたわけ？

「ついこの間、イスヴィル中佐から送られてきた情報だ」

「おれにも教えろよ！　いや、これはトレーナの気遣いか」

「そうだ。きみが望んで軍から離れたなら、わざわざ帝都の事情を話して心を乱す必要もない」

「だが、そうもいかなくなった。おれが知っていた方がいい情報が他にもあるなら頼む」

総督は、おれが帝都から消えた後のさまざまな裏話を教えてくれた。

「思った以上にドロドロだった……。いや、だが殿下の拉致《らち》が摂政の挽回《ばんかい》に繋《つな》がるとは思えん」

「軍は、むしろ激怒して摂政を狩りにかかるだろうしな。別件だが、先ほど星系外縁部に大規模な正体不明の艦隊を発見した。旧式の戦艦を中心とした合計十七隻が、巡航速度でこの星に近づいてきている」

「正体不明って……アオイ」

「はいはーい」

アオイが手を振ると、机の上に星系を模したホログラムが出現する。強調表示されているのは、いまおれたちがいるフォーラⅡと、そして外縁部からこちらに近づいてくる光点の集まりだ。

おれはホロ上の光点に軽く触れた。光点が拡大し、無数の艦の情報が表示される。

所属は不明で、大きさから戦艦、重巡洋艦、軽巡洋艦、空母、駆逐艦とそれぞれ簡易表記されていた。たしかに合計で十七隻、ちょっとした星なら簡単に滅ぼせるくらいの大戦力である。

「タイミング的に、摂政だったあの男の切り札、ってところか？　いったいどこから……数だけなら、帝国軍の半個艦隊ってところか」

おれは思わず唸《うな》り声をあげていた。

「本当にスペック通りの戦力を発揮できるなら、な」

「できない理由を探すより、できる前提で作戦を立てるべきだろ」

「変わらないな、きみのそういうところ。……妹さんのことはいいのか」

おれはきっと、苦虫《にがむし》を嚙《か》み潰《つぶ》したような顔をしていたに違いない。

「いいわけがない。しかし摂政が艦隊に合流されたら、と考えるとな……」

「たしかに、それが最悪の事態だな。悪いな、ゼンジ」

「そもそも、おれがそっちに口を出していいのか」

「そこは、いまさらだろう。警備隊の連中だって、豪運提督の話なら恭しく拝聴してくれるさ」

政治的にマズいんだけどな、そういうの。とはいえ、ことはもはや一星系の問題では収まらなくなっている。

「こちらの戦力について確認したい。アオイ」

「はい、これーっ」

「ちょっと待て、そっちの右の方のやつは個人所有だ、指揮系統が違う」

アオイが即座に表示したリストの一部に総督が異議を唱える。

個人所有って何だよと問えば、「貴族所有のものだ」という返事がきた。

「この地に、軍艦を所持するような貴族が？」

「この星系、経由地として使われているからな」

「わかった、そいつらにはおれが話を通す。アオイ」

それぞれの貴族との直通回線を強引に開き、驚き慌てる相手に手短に事情を説明する。これが総督の部屋で彼の立ち会いのもとであること、おれの名前、そして帝国貴族の使命として殿下を救わなければならない現状を聞き、どの貴族も快く戦力の提供を約束してくれた。

少しばかり功名心を煽《あお》ったり、アオイが提供してくれた不倫のリストをちらつかせたり、怪しい取り引きの話をほのめかしたりしたが……。そのあたりは交渉術の範疇《はんちゅう》である。非常時ゆえ、勘弁してもらいたい。

「ゼンジさまの弁舌、お見事でございました」

「パパ、すごーい」

リターニアとアオイが褒めてくれるが、こんなの別にきみたちは覚えなくていい技能だからね。

ほら、すべてをおれの横で見ていた総督は、終始、苦笑いしていたし。

「まったく、提督府は魔窟《まくつ》だな、ゼンジ」

「本当にあそこは疲れたよ。誰も彼も一筋縄ではいかなくてね」

「皮肉を言っているんだ」

「知ってるよ」

＊＊＊

惑星警備隊の隊長は、総督室に通されてすぐ、おれに対して敬礼し、「お会いできて光栄であります！　握手していただいてよろしいですか！　あとこの服にサインお願いします！」と目を輝かせた。

いや、いいけどさあ、おれの横で総督が笑っているよ？

「これでいいんだよ。ゼンジ、サービスしてやれ」

「きみがいいなら、おれは別に構わんが……」

「ありがとうございます！　家宝にいたします！」

壮年の隊長は、心底嬉《うれ》しそうにしている。彼、仮にも一軍の指揮官なんだよ？　まあ、その戦力は帝国の一個艦隊を１００とするとせいぜいが５か６くらいだけども……それでも十五隻以上、地上部隊や補給も合わせれば千人からなる惑星警備隊をまとめているのだから、たいした地位の人のはずなのだ。

ちなみに総督によれば、前総督の時代も愚直に職務に励み、故に閑職にまわされていた御仁とのこと。そのぶん、忠誠心はお墨つきとのことである。

その真面目な生き方は、嫌いじゃない。いざ人を指揮するとなると、不器用さが不安になるけれども……そこは、たぶん部下がカバーしてくれるタイプなのだろう。

総督室の中央テーブルに映し出されたホログラムの星系図上で刻一刻と近づいてくる所属不明艦隊を、おれたちは睨《にら》む。

惑星警備隊の軍艦にこの星に逗留《とうりゅう》中の貴族の船も合わせて、現在の戦力はこの所属不明艦隊の七割程度だ。正面からぶつかれば、ランチェスターの法則で戦闘力の差はほぼ二倍、非常に苦しい戦いとなるだろう。

「いちおう、確実に勝てる方法はある」

「聞かせていただきましょう、閣下」

「閣下はやめてくれ、いまのおれは軍を辞めた一市民だ。おれの友人の竜が義によって助太刀し、参戦するっていうとても素敵な作戦なんだが……」

「非常に魅力的な提案ですが、やめてください。というか本当に勘弁してください、帝国の根幹が揺らぎます」

「だよなあ。忘れてくれ」

艦隊戦で高次元知性体《オーヴァーロード》の助太刀を頼むということは、帝国の通常戦力に瑕疵《かし》が生じた、ということだ。加えて今回は、人質となった殿下を巡る戦いとなる。

実質的な外国勢力の介入とほぼ同義である。

たとえ勝ったとしても、今後、山ほど面倒ごとが舞い込むということだ。幸いなのは、ホルンはそれでも気にしないだろうし、それどころかメイシェラを取り戻すためならどれほどの汚名を被っても構わない、と先ほどちょっとこの部屋に現れたときにそう言っていたことなのだが……。

なおホルンは、一時的にこの部屋に来た後、またすぐ用があると消えてしまった。おれが頼んだ例の件、本格的にゴーサインを出したのだ、彼女はしばらくそちらにかかりきりとなる。

「小官といたしましては、閣下に指揮権を委譲いたしても一向に構いません！」

「だから閣下じゃないって。それじゃ部下が納得しないだろ」

「佐官以上からの同意は取りつけてあります！　こちら、同意書です！」

ばさり、とテーブルに紙の書類の束が置かれる。え、これもしかして全員分の同意書？　マジでこの状況でそんなもの書いたの⁉

おれは総督の方を見る。

「何も指示してないぞ。ゼンジ、きみが総督府を来訪した、と聞いて彼らが勝手にやったことだ」

「おれが総督府に来たことを何でみんなが知ってるんだよ！　明らかに情報を流しただろうこんにゃろーっ」

「将校の士気を上げるのも総督の務めだ」

真面目くさって咳払《せきばら》いする総督。状況証拠は上がってるんだよ、後で覚えてろ！

「まあ、ゼンジさまが艦隊の指揮を執られるのですか。素晴らしいです」

「パパ、かっこいい！」

リターニアとアオイが無邪気に褒めてくれる。アオイは何もわかってないけど、リターニアは他人に指揮権を移譲することの意味を理解して言ってるだろうから、余計に始末が悪い。

「ゼンジさまは、イリヤも認めた方ですので」

「あの、閣下。ところでそちらのエルフのご婦人は……」

「だから閣下じゃ……ああもう、前陛下のご友人だ。幼馴染《おさななじ》み。こんなナリだが、エルフの長命はこの星の者なら承知しているよな。ちなみにテリンの王女さま」

イリヤ、という名前に反応して怪訝《けげん》な表情をした隊長は、おれの言葉にすぐ考えを改め、背筋を正す。

「テリンの姫君であらせられましたか！　たいへん失礼いたしました！」

「かしこまるのは、おやめください。わたくしたちは、あなた方の善き隣人としてありたいと願っております」

隊長に対しても、にこやかな笑みを浮かべるリターニア。普段、うちの応接室で熱心に銀河ネットを見ているところばかり見ているから、こうして王族しぐさをされると違和感がすごい……なんて思っていると、リターニアは急にこちらを向き、「何か？」とすまし顔で問いかけてくる。

「ナンデモナイデス」

「姫君との友好を温めたいところですが、いまは現状への対応を優先させてください」

「無論です。わたくしの友人であるメイシェラを助け出す、そのためには微力ながらお力添えいたしましょう」

そう言って、リターニアは杖《つえ》をぎゅっと握る。

＊　＊　＊

空港を占拠したテロリストたちだが、百人ほどいた彼らのほぼ全員がシャトルで撤収し、残った者たちは自決したことが判明した。空港に突入した特殊部隊からの報告である。

解放された人質の証言によれば、自決した十名ほどの者たちは最初から上位者の命令に従うだけで、およそ自分の意志というものが見られなかった、とのこと。

何らかの薬物による洗脳とコントロールが疑われ、現在、自決者たちの身体は鑑識にまわされ慎重に検分されている。

薬物だとしたら、当然、ご禁制の品である。あるいは帝国外から密輸した代物である可能性も存在した。そうなると、今回の一件に外国勢力も関わっている、ということになり……それはそれで事態がまたおおきくなってしまう。

摂政が外国と繋がっていたとなれば、これは帝国全体を揺るがす大事である。

「アオイ、そのあたりはどうなんだ」

「うーん、通信のやりとりはいっぱいあったけど、難しい言葉で書かれててよくわかんなかった！」

「通信だけでは黒とは言えないか……」

彼女の分身は該当文書を軽く眺めただけであるとのことだ。

もともとのデータベースが膨大すぎて、コピーしたのはアオイ的に重要だと思った部分だけ、という話で……それであんな醜聞を狙いすましてコピーするんだからなあ。

「まあ、いい。摂政が何を考えていたかはともかく、今、こうしておれたちの敵にまわっている。それがすべてだ」

「それで、豪運提督殿はどうやって敵艦隊を迎え撃つんだ」

「どうもこうも、打てる手はすべて打つ。それだけだ」

敵艦隊の進軍速度は思った以上に遅い。こちら以上に寄せ集めの可能性が高かった。

とはいえ、数はちからだ。おそらく旧式とはいえ、戦艦も存在する。

こちらは最高戦力が重巡洋艦。戦力の差は歴然としていた。

「多少、ギリギリの方法になるが、構わないな」

「ラインを越えない程度に汚い手は、きみの得意技だ。任せるよ」

よっし、言質は取った。なら存分にやってやろうじゃないか。

おれは総督と隊長を前に、作戦案を披露した。ふたりとも少し慌てた様子であったが、最終的には納得してくれる。

空港内に仕掛けられていた爆発物の類いはすべて撤去されたとのことだ。

「それじゃ、宇宙に上がるとしようか」

シャトルで宇宙に上がり、旗艦である重巡洋艦に入る。

リターニアとアオイの他にホルンも同行していた。人型をしているとはいえ竜をすぐそばで見て、惑星警備隊の隊長は少し緊張している様子である。この星の者なら、竜がどのような生き物かよく知っているだろうから、無理もない。

「心配せずとも、われはおぬしらを取って食うような真似はせぬ。取って食うのは、メイシェラを誘拐した不届き者だけである」

「だから直接戦っちゃ駄目なんだって！」

「ぬう……わかっておる、比喩《ひゆ》じゃ、比喩！」

おれがホルンに突っ込みを入れ、ホルンが苦々しげに返す。

旗艦のブリッジでのことである。

オペレーターたちが、おれを見て、敬意とも恐怖ともつかない表情を浮かべていた。

敬われるのには慣れているが、ここまで怖がられるのは珍しいなあ……と思っていると、リターニアが背伸びしておれの耳に顔を近づけてくる。

「ゼンジさま、竜と軽口を叩《たた》き合う様子は、わたくしどもエルフでも恐れおののくのに充分でございますよ」

「そういえば、そうかな？　でもおれ、他の高次元知性体《オーヴァーロード》ともこんな感じなんだよな」

「ゼンジさまの凄《すご》さを、改めて認識いたしました」

凄さ、なのかな。何か、そういうのとは違うんだが……。

重巡洋艦のブリッジは艦の中央に位置しており、定員が十五名で、現在は定数を満たしておらず十名ほどが忙しく作業をしていた。

おれたちと惑星警備隊の隊長は、隅っこの方に用意された椅子に邪魔にならないよう腰を下ろしている。現在は重力制御が働いているが、これは戦闘時には切られるのが一般的だから、席に座ってシートベルトを締めていないとたいへんなことになるのだ。

まあ、ホルンはどうなろうが問題ないと落ち着いたものであるが……アオイは周囲の様子とモニターに映る宇宙空間に興味津々で、リターニアは何やらひどくそわそわしている。

「このあたりにまったく〝繭〟が感じられません。これほど不安なこととは思いませんでした」

「生まれて初めての経験、だもんなあ」

「ゼンジさま。手を、握ってくださいますか」

「お安い御用だ」

リターニアの少し震えている手を、軽く握った。

「温かい、です」

緊張しながらも、少女は笑顔を見せる。

それだけの無理をしてでもついてきてくれたのは、正直、嬉しいことだ。

「艦隊の配置ですが、少しご相談、よろしいでしょうか」

ひとつ咳払いした惑星警備隊の隊長が訊《たず》ねてきたので、おれはそちらに注意を戻した。いくつかアドバイスして、特に貴族たちの部隊はすべて右翼にまとめておくように、と指示を出す。

「それでよろしいのですか？　ただでさえ戦力が不足なのです。彼らが弱腰になって、逃げ出したりすれば……」

「どうせ烏合の衆だ、貴族の艦は、見栄えを考えて必要だっただけだから」

「見栄え、ですか」

「こっちを鎧袖一触《がいしゅういっしょく》できる、と思われては困る。相手の注意を引ける程度には強大だと思って貰《もら》わないといけない。そうだろう?」

隊長は少し考えて、「なるほど」と頭を下げると、艦長と相談しに戻っていった。

宇宙は暗くない。それどころか、無数の星々と恒星フォーラから放出される光により、煌びやかに輝いている。

それでも、広大な宇宙のどこかから進軍してくる敵艦隊を視認するのは困難を極めた。まあ、ホルンは映像ごしに「ここじゃ、ほら、ここ」とひと目で艦隊の場所を当てているのだが……。

「ホルン、ひょっとして惑星と惑星の間にあるもの、全部知覚できてたりする?」

「さすがにそれは無理である。意識を集中した方向だけだ」

「意識していればできちゃうのかー、そっかー」

ちなみにおれたちがあがってきた惑星フォーラⅡと、その次の軌道をまわる惑星フォーラⅢの周回軌道の距離はおおよそ三億キロメートルである。

光の速さでおよそ十七分、彼女は、視野に収めればその距離にある物体すべてを認識できるというのだから……これでも、たぶん高次元知性体《オーヴァーロード》としては認識能力が低い方なんだよなあ。

「ちなみにそれ、物体から出たり反射したりする光を見ているんだよな」

「いや、ひずみを認識しておる。故にリアルタイムだぞ」

あっはい、いくら低次元のヒトの姿だからって、視覚なんて低次元なものに頼ってないよねー。

彼女の言うひずみとは、おそらく超光速航行機関を持つ艦艇が存在することによって生じる時空の微弱な歪《ゆが》みのことである。

高次元から見るそれは、たしかに他と簡単に見分けがつくのかもしれない。

だからといって、それを惑星間の距離でできるというのはちょっと尋常なことではない。

ついでにもうひとつ言っておけば、現在、敵艦隊はふたつ先の惑星の更に向こう側にいたりするので、それをぱっとわかってしまうというのは……。

記録から知ってはいても、やばい、と語彙《ごい》消失してしまう。

実際に、おれたちの会話を聞いていたブリッジのオペレーターたちが、「マジかー」という顔でこちらを見ていた。

というかレーダー担当の人が真剣な顔で惑星警備隊の隊長に「竜の手助けってどこまでアリですか。不審な物体が近づいてきたら知らせて貰うくらいは大丈夫ですかね」とか訊ねているんだけど、これ条約的にどうなんだろうな……。

「わたしでは判断できない。総督に判断を仰ぐから、少し待て」

隊長がその場でフォーラⅡの総督府に回線を繋《つな》いでいる。これ、総督は置いてきちゃったけど、その都度政治的な判断をさせるために彼にも来て貰った方がよかったんじゃないかなあ……。

どうせ、この船は絶対に沈ませないし。

何となれば、条約を破ってでも、土下座してホルンに守ってくれって頼むから。

帝国と高次元知性体《オーヴァーロード》との関係？　そんなものよりメイシェラの身の方がずっと大切に決まっているだろう？　というあたりはすでにホルンとも話し合い、承諾を貰っていた。もちろん、条約を破ったのはおれの独断、ってことにする。

おれひとりが泥を被って義妹《いもうと》の命が助かるなら安いものだ。後のことは、またその後に何とかするさ。最悪、帝国の外にでも逃げればいい。宇宙は広いし、どこでだって生きていける。

とはいえ、それは最後の手段だ。できれば切り札は伏せたままケリをつけたいところである。

「総督から許可が出た！　ホルン殿、まことに申し訳ないが、不審なものが艦隊に近づいてきた場合、お知らせいただけないだろうか！」

「うむ、問題はない。条約はわれ自身が身を守ることを禁じてはいないし、その際、周囲に適切な助言をするくらいは裁量内であろう。……で、よいのか、ゼンジ」

「それで頼むよ。まあ、向こうが奇策に打って出る可能性は薄いと思っているが」

「して、それは何故だ」

「こちらを侮っているからさ。正面からこちらを粉砕すればいい、とタカをくくっているはずだ。そうでなきゃ、もう少し用心して進軍する。帝国軍の方面艦隊なら落第点だな」

未知の宙域に進出する際は定番の先遣部隊を出すことすらしていないんだから、程度が知れているというものだ。

いや、彼らにとってここは未知の宙域ではない、という可能性は存在するか……。

あらかじめ入念な計画があって、この星系についても調べ尽くしている可能性？

前総督が辞めさせられた際、保安データをぶっこ抜いていったとかで、それを手に入れている？

強い違和感がある。何か見落としている気がする。

「ゼンジさま、黙ってしまわれて、どうなさいましたか」

「パパ、怖い顔してるよ?」

「ちょっと引っかかっただけなんだ。隊長殿、もう一度、総督府と繋いでいただけますか?」

総督府で待機する総督に、いくつか調査を頼んだ。悪態を吐きつつも、総督は了承してくれる。

さて、これで現在、おれができることはすべて終わった。

「全艦、微速前進」

警備隊長が告げ、外を映すモニター上の星々がゆっくりと流れ始める。

艦隊は、万全の準備を整えてフォーラⅡの周回軌道上から離れていく。

「予定通り、三時間後フォーラⅢの付近で会敵する軌道を取ります」

隊長の言葉におれはうなずき、いくつか確認事項を告げた後、彼我の艦隊の動きに注意を傾けた。

敵艦隊は、こちらが動き出したことに反応し、こちらと会敵するべく方角を変えている。思惑通り、惑星フォーラⅢのあたりで砲火を交えることになるはずだ。

フォーラⅢはフォーラⅡの倍ほどの大きさがある、厚いメタンの雲に覆われた鈍色の惑星だ。かつて衛星だったと考えられる無数の岩石が惑星のまわりを周回し、薄いリング状になっている。

ここならチャンスがある、とおれは考えた。すでに仕込みは終わっている。

艦隊は、徐々に加速していく。モニターの中で惑星フォーラⅡの姿はたちまち一粒の点になり、すぐにそれすらも見えなくなった。

＊　＊　＊

所属不明の賊軍は、戦艦一隻と空母一隻を中心とした全十七隻の艦隊だ。

対するおれたちフォーラⅡ惑星警備隊は、重巡洋艦を旗艦とした二十五隻で、そのうち七隻が貴族からあの手この手で徴用した艦である。

推定戦力比は、相手側を100とするならこちら側は70程度。いや、相手の練度は正直、フォーラⅢまで航行してくるまでの短時間でだいぶ下方修正した方がいい気がしてきたけど。

帝国軍では、おおむね戦艦一隻を相手にするのに重巡洋艦三隻を必要とする、と言われているくらいなので、正面から戦っても勝ち目は薄い。

加えて空母も確認されていて、ジャンプアウトポイント付近に設置されたドローンからの映像を解析した結果、空母の甲板には軽巡洋艦サイズの物体が四つ、確認されている。

そんな話を警備隊の隊長とした後、ブリッジの隅の席に戻ると、話を聞いていたとおぼしきリターニアがおずおずと挙手した。

「はい、リターニアくん、質問をどうぞ」

「ゼンジさま、相手は空母に軽巡洋艦……船に船を乗せている、のですか？」

「いい質問だね。簡潔に言うと、乗せている」

これは陸のひとたちの考え方だなあ、と思いながら解説する。

「そもそも戦艦だとか重巡洋艦だとか軽巡洋艦だとかは、おおむねサイズで分けてそう呼ぶことが決まっているだけなんだ。だから軽巡洋艦サイズの物体があれば、それを解析ＡＩは軽巡洋艦と認識する。厳密な帝国軍の区分はまた違ったりするけど、何せ外国籍の船も含めると種類が多すぎて、管理するヒトの方が対応できない」

「なるほど……つまり、軽巡洋艦サイズの戦闘機、ということもあるのですね」

「空母に搭載されているということは、そういう用途なんだろうな。ジャンプドライブを積むスペースを省略して、そのぶん装甲と武装を強化していると考えて対応するべきだ」

もっとも、相手が整備もままならぬ海賊とかだと、ジャンプドライブが故障した艦艇を空母に乗せる、といった運用も充分にあり得る。

というか、そういう海賊を相手にしたことが何度かある。

あいつらってあり合わせのもので何とかしちゃう精神がすごいから、こちらが想定していないような運用をしてくるんだよな。初期評価を誤ったまま戦ってひどい目に遭った経験は帝国軍のデータベースに蓄積され、誰でも閲覧できるようになっているんだが……。

学生時代、暇つぶしに眺めていたら冗談のような事例が山ほど出てきて、やたらと感心したものである。

海賊たちの場合、人命が軽いからこそできることなんだけどね。帝国軍でそんなことをやったら、よほどの非常時でない限り厳罰でもって対処されるような話だ。

で、いま相手にしている所属不明の艦隊は、どっちかというと海賊に近いメンタリティの持ち主たちの様子である。見た目通りの戦力だとは思わない方がいい。マニュアル通りの対応なんてしていたら、突拍子もないところから一撃を受けることになるだろう。

無論、そのあたりは辺境育ちの隊長も理解していたので、そういった想定外についての話をちょっと、彼としていたわけである。

いやーこの人、けっこう実戦経験が豊富で助かるわー。

「さて、間もなくフォーラⅢ近傍に到着します。閣下、ご指示をお願いできますか」

「事前の説明の通りで、お任せしたいんだけど。いまのおれは一般人だ。アドバイスはともかく、命令を出すのは筋が違うんじゃないか」

「我が艦隊も帝国軍ではありません。あくまでも惑星フォーラⅡの警備隊にすぎないのですから、堅苦しいことはなしですよ」

そういうものかねえ。正直、軍組織では規律やタテマエってものが重要だと思うんだが……。

「それに、ですね。やむにやまれぬ事情があったとはいえ、貴族配下の艦も組み込んだいま、兵の士気を上げるためにも豪運提督の名前で鼓舞して欲しい、というところなのですよ」

「まさに乗りかかった船、か」

貴族たちにはおれが直接、交渉しているわけで、彼らの兵の士気を上げる、と言われてしまえば仕方がない。

兵がやる気を出してくれなければ、どんな高級戦艦も宝の持ち腐れだ。兵が命を懸けるには、相応の理由がある。それは金だったり故郷を守るためだったり、あるいは義であったりするわけで。

その理由を、このおれがちょっとしゃべるだけでタダで提供できるなら、安いものである。

おれは隊長が差し出したマイクを受け取った。放送開始の合図から一拍置いて、口を開く。

「ゼンジ・ラグナイグナだ。つい最近まで帝国軍で元帥位を頂いていた。いまはただの一般人だが、少しだけ話をさせて欲しい」

気づけば、ブリッジの全員がおれを見ていた。おれの声は、いま、艦隊を構成する二十五隻のすべての乗員に届いているはずだ、それを強く意識し、腹にちからを入れる。

「惑星フォーラⅡに居を定めてまだ数か月のおれだが、この星の暮らしはけっこう気に入っている。帝都のせわしない日々には、すっかり疲れてしまってね。この星で半年も暮らせば、もう帝都の暮らしには戻れないだろうな。まあ、多少トラブルもあったが……幸いにして、これまではいろいろな人たちの助けで何とかやってこれた。きみたちの何人かからは、直接、手助けして貰った。この場を借りて厚くお礼申し上げる」

竜の幼体を双海人の密猟者から取り戻したとき。環境テロリストの襲撃を打ち破ったとき。即座に来てくれた警備隊の面々の顔に、思いを巡らせる。皆、閣下に会えて嬉《うれ》しい、と目を輝かせてそう言ってくれた。

多少はリップサービスだったのかもしれないが……前総督というひどい上司のもとで、それでも腐らず星を守る職務に殉じてくれていた彼らのことを、いまは信じたい。

「この戦いは、きみたちが住む星を守る戦いだ。おれの大切な場所を守る戦いだ。そしてもちろん、帝国の正義を守るための戦いでもある。ここで我々が敗れれば、海賊どもはフォーラⅡだけでなく、先を争って辺境の星々を襲うだろう。多くの星々が彼らに蹂躙《じゅうりん》されるに違いない」

帝国の中央から一週間離れた辺境で騒乱が起こっても、それを中央に伝えるのに一週間、最速で帝国軍が動いても更に一週間がかかる。

海賊たちは、そのタイムラグを利用して好き勝手をした後、さっと逃げ去る。ここにいる者たちは、誰もがその悪逆非道を知っていた。故に、彼ら惑星警備隊が存在するのだということも。

「幸いにして、奴らは最初にこの星系に現れた。このおれが、そしてきみたちがいるここに。おれたちのちからを、彼らは思い知るだろう。だがそのためには、諸君が全力を尽くす必要がある。おれはきみたちの隊長と相談し、最善の作戦を立てた。帝国軍の最新の作戦だ。きみたちはおれを信じて、指示に従ってくれ。豪運提督が何故その名で呼ばれているか、きみたちはすぐに知ることになる。全員で、あの星に帰ろう。家族のもとへ」

ブリッジが静まり返っていた。おれは、ひと呼吸置いて告げる。

「全艦、戦闘機動！　これより我らは正義を執行する！」

＊　＊　＊

鈍色のメタンの雲に追われた惑星フォーラⅢを挟んで、ふたつの艦隊が対峙《たいじ》する。

といっても、宇宙空間において船が完全に静止することはまずないし、それが戦闘艦であれば狙ってくれと言っているようなものだ。

故に艦隊は、常に一定以上の速度を確保し、相対速度差を——つまりは地の利を得ようとする。充分な練度によって高速で動き続ける戦闘機の群れは戦艦をかみ砕くことも可能である、と帝国軍の教本にも書かれている。

もっともそれは、戦闘機が決死の突撃で戦艦に肉薄して、何十本もの光子爆雷で分厚いバリアを飽和させた上で致命傷を叩《たた》き込《こ》もうとするのに対して、戦艦が無数に備えた重量子砲の一撃が近くを通り過ぎただけで戦闘機は宇宙の塵《ちり》と化す、というひどくアンバランスな戦力比を前提にしたものであるのだが……。

とにかく、より運動し続けることがより有利となるのが宇宙における戦いというものなのである。

故に両者は惑星を挟み、互いに惑星の軌道に合わせて、時計まわりに惑星をまわりはじめた。お互いがお互いの尻尾《しっぽ》を狙う二匹の蛇のようなありさまを、両軍が無数に射出したドローンが捉《と》え、互いの艦隊に周囲の状況を送信する。

宇宙空間に隠れる場所などない。そして無数のドローンをいちいち撃ち落としたところでエネルギーの無駄に終わる可能性が高い。

サポートAIが割り出した最適の軌道を動き続けるという言葉にすれば単純な作業だが、戦艦には五百人からなる乗員がいるし、彼らがちからを合わせなければ一糸乱れぬ動きなどできはしない。

惑星警備隊の旗艦である重巡洋艦であっても、百人以上の人員が搭乗しているわけで、これらが長年の訓練の成果を最大限に発揮することで、初めてAIの予測通りの運動が可能となる。

そして、それが艦隊での連係ともなれば、なおさらに練度の差は生まれる。

正体不明の艦隊は、如実に練度の低さを晒《さら》し、動けば動くほど艦と艦の間隔が離れ、蛇の尾は伸びていった。

惑星警備隊の側も、本来の警備隊の艦と貴族の艦では完全な連係などできず、次第にこの七隻が遅れ始めた。

互いの指揮官の指示のもと、蛇の尾を狙って砲火が開かれる。

最初に沈んだのは、所属不明艦隊の後方で遅れていた、旧式とおぼしき駆逐艦であった。

続いて、貴族の艦のうち比較的大型だが練度に難のあった軽巡洋艦が火だるまとなり、それを助けようとした二隻の駆逐艦が激しい損傷を負う。

所属不明の艦隊は、先頭近くの空母から軽巡洋艦級の搭載艦艇を四隻、そして小型戦闘機を五十機ほど射出、一気に惑星警備隊の蛇の尾を食いちぎろうとした。

そのとき、不思議なことが起きた。

炎上している貴族の艦三隻が、急に加速しはじめたのだ。

空母から出撃した四隻と五十機は懸命にそれを追い、トドメを刺すべく敵の艦隊に深入りし……

気づくと、周囲を惑星警備隊の本隊に取り囲まれていた。

＊＊＊

「全艦、撃ち方始め！」

隊長の指示で、艦隊は敵中に孤立した四隻と五十機に集中砲火を浴びせた。

厄介なはずの空母の艦載艇群は、全方位からの攻撃に耐えきれず、次々と撃ち落とされていく。

小型戦闘機は逃げる場所もなく貧弱なバリアを一撃で貫かれて爆破、宇宙空間で派手な光の球となる。四隻の軽巡洋艦級も、前後上下左右あらゆる方向からの砲撃にバリアがたちまち飽和し、耐えきれずに直撃弾を立て続けに喰らい、やがて一隻がまっぷたつに砕けた。

残る三隻は、ぼろぼろの状態で何とか逃げようとするが、いずれもあっという間に駆動系をやられてそれすらできなくなり、悶《もだ》えるように身をくねった後、四方八方から光子魚雷と重量子砲を浴びて爆散する。

「空母搭載艇群撃破！　敵艦隊、距離を取りはじめています！」

「撃ち方やめ。被害を受けた艦は、下がらせてくれ。よくやった、と伝えるように。残りは全艦、最大戦速。敵がひるんだいまがチャンスだ！」

おれたちの艦隊は、一気に加速して敵艦隊の真横につける。

ちょっと常識では考えられない加速度に、相手はついていけていない。

おそらく敵軍の指揮官は、本来ありえないこの状況に頭を抱えているだろう。

「それにしても、閣下はとんでもないことを考えますね……。作戦を聞いたときは、正直、正気を失ったかと思いましたが……いや、失礼」

「はっはっは、素直でよろしい。まあ、割とギリギリの線を突いてるわけだが」

「このフォーラⅢにもフォーラⅡと同じ〝繭〟をつくり、エルフたちが魔法によって〝繭〟からエネルギーを引き出すことで、艦のまわりの空間を歪《ゆが》めるとは……」

そう、この逆転劇における手品の種は、隊長の言葉の通りだ。

艦隊戦において速度の優位は、すなわち戦力の優位となる。

故に、各艦にリターニアの部下のエルフたちを配備して、魔法で加速したのだ。

エルフの魔法は、〝繭〟で演算を代替し、エネルギーを引き出す。故に質量の大小は、根本的な問題とはならない。そして竜は直接、戦いに手を貸すことはできないが、彼らが趣味で惑星フォーラⅢにフォーラⅡ同様の〝繭〟をつくることを、条約はなにひとつ制限していない。

そもそも、本来はこの星系全体が竜のものなのだ。

彼らが好き勝手をしたところで、ヒトが文句を言う筋合いではないではないか。

その〝繭〟を、たまたま各艦に搭乗していたエルフたちが利用したとしても、それは竜の遊びの余禄《よろく》を利用しているにすぎない。

そういう、ちょっと自分でも無理がないかなーという理論武装である。

総督によると、「無理があってもなくても後で何とかするから、もうやっちまえ！　生き残ることが最優先だ！」とのことである。

そういう思考停止はよくないと思うなー。上司たるもの、ちゃんと責任を持ってゴーサインを出したまえよ。そう煽《あお》ったところ、「くそくらえ」という返事がきた。

まあ、そういうわけで。

これらすべては合法！　合法です！　圧倒的合法です！

まあ、駄目だったら総督閣下に責任を取って貰《もら》うとしよう。

「各艦、艦載機発進！　続いて撃ち方始め！　ここが正念場だ、ありったけぶち込んでやれ！」

隊長の声がブリッジに響く。


戦闘を行いながらも、旗艦に乗った情報解析班はフル回転で仕事をしていた。

激しい砲火で揺れる艦内でブリッジに駆け込んでくる兵がいる。

「小型戦闘機、製造元わかりました！　クドル共和国です！」

この戦闘機は二十年前に生産が終了し、現在は予備の部品もなく共食い整備で数を減らしつつある旧式機であるとのこと。

クドル共和国はこのあたりからだいぶ離れた国で、帝国との交流も少ないはずである。

また撃破した敵駆逐艦は、帝国が辺境に払い下げた、二百年以上前のモデルであるらしい。辺境ではまだまだ現役で、製造艦艇数も非常に多いため艦籍の確認は困難とのことであった。

「戦艦と空母の所属は？」

「未だ不明です。帝国が製造した艦ではないと思われます」

だろうなあ。帝国軍も、退役した戦艦や空母はさすがに辺境に払い下げなどせず、きっちりスクラップにして恒星に落とすなり何なりで処理するからだ。

万が一でも、敵対勢力の手に渡ったら面倒だからね。ホルンの手で破壊された戦艦も、そういった退役予定のものを使用したのである。

なので、帝国軍の戦艦がこんなところにいたら、それだけでもう大変なスキャンダルだ。

摂政は、どこからこんなものを調達したんだ？　この艦隊が摂政の手の者である確証はないものの、タイミング的に見て、どう考えても両者には繋《つな》がりがあると考えざるを得ない。

この艦隊と、摂政やメイシェラたちが乗って惑星フォーラⅡから脱出したシャトルが合流した形跡はない。

摂政たちはどこかに隠れてこの戦いを見守っているはずだ。

おれたちとしては両者の合流を阻止するため、こうして決戦を急いだのだ。戦艦の中に隠れてしまったら、人質のメイシェラや殿下を殺さずに救出するのがとても困難になる。いちおうそうなったときのプランもあって、その万一に備えてリターニア直属のエルフの精鋭部隊がこの艦内に待機しているんだけども……。

うん、〝繭〟が存在するこの宙域であれば、メイシェラたちは〝繭〟を通って直接、戦艦の艦内に出ることができる可能性が高いということだ。

もっとも、その場合は両者の相対速度を合わせる必要があるし、戦闘中にそれは至難の業である。

たとえそれが可能であっても内部がわからない状況で正確に安全な場所に出現することは難しい。

加えて人質を連れて脱出することは困難を極めるだろう。

シミュレーションの結果、エルフの損耗率は三十パーセントをオーバーした。そんな無茶な作戦にリターニアとエルフたちを動員するのは躊躇《ためら》われる。だからこれは、あくまでも最後の手段だ。

その必要がなくなって、おれとしてはほっと一息、といった感じである。

まあ、とはいえこの戦いに勝たなければなんの意味もないのだが。

〝繭〟のちからで加速した敵艦隊に追いついた惑星警備隊の艦隊が、敵艦の尻《しり》に向かって猛然と砲撃を加えている。

敵艦隊も激しく反撃し、宇宙空間を無数のミサイルと重量子砲が飛び交った。

その隙間を縫って、爆雷を抱えた攻撃機が、戦闘機の護衛のもと一気に敵艦との距離を詰める。

敵艦から出撃した戦闘機がそれを迎撃し、激しいドッグファイトが繰り広げられていた。

「制空権争いは、こちらが有利か」

おれの呟《つぶや》きに、リターニアが「見て、わかるのですか」と訊《たず》ねてくる。

「だいたいは、な。敵艦の近傍で爆雷の光がいくつも見える。向こう側であれだけ争っているということは、こっちが押しているってことだ」

「わたくしには、皆目……」

「こういうのは場数だよ。きみが無理に知る必要なんてない」

リターニアはおれの言葉に返事をせず、ただじっと、眩《まばゆ》い光がいくつも煌《きら》めくモニター上の宇宙空間をじっと眺めていた。大きな杖《つえ》を、両腕でぎゅっと抱えて。

「人が、たくさん死んでいるのですね」

「そうだ。おれはたくさん人を殺してきた。いまもまた、それをやっている」

「メイを助けるためです。ゼンジさまは、正しいことをしておられます」

そうだろうか？　たしかにおれは、先ほど兵を「正義を執行する」と焚きつけた。

指揮官は、たとえ内心がどうであれ、兵に「皆のために戦って死んでこい」と命じなければならないからだ。

帝国元帥として、そうあれかしと望まれる姿を演じてきた。いまのおれには何の地位もないというのに。それでも、請われるまま、「戦って死んでこい」と命じてしまった。

「メイのためです」

重ねて、リターニアが言う。強い意志のこもった双眸《そうぼう》で、おれを見上げて。

彼女の瞳《ひとみ》に、おれの姿はどう映っているのだろうか。王女としての教育を受けてきた彼女は、おれの内心をどれだけ見透かしているのか。

「大丈夫です、ゼンジさま。だからどうか、そんな風に己を責めるのはおやめください」

戦闘は更に激化する。

優勢だった戦いに陰りが見えたのは、敵の戦艦が主砲の射程にこちらを捕らえはじめてからであった。

こちらの旗艦でありおれも搭乗する重巡洋艦めがけて巨大重量子砲の斉射が行われ、その一部がバリアに衝突して艦内が激しく揺れる。

「椅子に座ってシートベルトを締めろ！」

おれが叫んだしばしの後、船の重力が消えた。慌てて椅子にしがみついたリターニアと泰然自若とした様子で腕組みしているホルンは大丈夫だったが、ぼんやりしていたアオイは宙に浮き上がり、悲鳴をあげる。

おれは素早くシートベルトを外すとアオイのもとへ跳び、彼女を抱きかかえてそのまま身を丸めた。背中が天井に衝突し、低く呻《うめ》く。そのまま落下し、床まであと一メートルというところで重力が戻った。激しく床に叩《たた》きつけられ、ごろんと転がる。

「パパ！　血が出てる！」

「これくらいは問題ない。鍛えてるからな」

あと軍人になったとき身体強化してるからね、呼吸を整えれば……あいてててて っ。

骨は折れてないな、なら平気だ。ゆっくりと立ち上がり、身体の状態を確認する。泣いてすがりついてくるアオイに椅子に座っているよう言い聞かせ、状況を確認した。

バリアは多少の負荷がかかっているものの無事で、各部署からあがってきている報告も、おおむね誰それが怪我をした、程度のものだ。さすがに旗艦の人員、よく訓練されている。

同乗しているエルフの者たちが少し心配だが……彼らには魔法があるから、〝繭〟があるこのフィールドで深刻な問題は起こらないだろう。

彼らが言う普人たちと違って、普段から空を飛んでいるわけだし。

「リターニア、念のため、エルフたちの被害状況を確認してくれ」

「は、はい、ゼンジさま！」

リターニアが、今回、彼女に特別に与えられた指揮官用端末を慣れない様子で操作し、エルフ部隊に連絡している。ホルンがゆっくりとおれに歩み寄った。

「かなり痛むのではないか。おぬしの身体は脆《もろ》い。無理はするな」

「これでもまわりよりは頑丈なんだがなあ。大丈夫だ、手も足も動くし、折れた骨もないし臓器の損傷もない」

背中から抱きしめられた。甘い香りが鼻孔をくすぐる。

「いまは兵士さんたちの目があるんだけど？」

「竜のきまぐれだ。しばらくじっとしておれ。条約的には問題ない」

帝国臣民への過度の干渉に当たる気がするんだが？

あー、相手の了解があればいいんだっけ？　じゃあいいのかな？

いつもは、こいつに抱きしめられると、心が軽くなる。今回、しばらく抱きしめられた後、解放されたときには、全身の痛みが少し和らいでいた。

こいつ、おれの身体の中をいじったのか？

「不思議そうな顔をするな。おぬしたち流に言えば、ちょっとしたおまじない、というやつである。少し運命をいじったが、無理はするでないぞ」

「運命？　ちょっと待て、何かいま、聞き捨てならないこと言わなかった？　高次元知性体《オーヴァーロード》が物体の法則を操るって報告の真偽については帝都の大学でも……」

「うるさい、口を閉じよ」

デコピンされた。ホルンは、悪戯《いたずら》っぽい笑みを見せる。

「多少であれば説明してやってもよいが、いまは学問に殉じている場合ではあるまい？」

「絶対に後で聞かせろよ？　絶対だからな？」

「敵戦艦、距離を取って射撃を続けていますが、どうするべきでしょうか」

ホルンがおれから離れたことで、今度は惑星警備隊の隊長がそばに来た。不安そうに、そしてちょっとホルンを見て怯《おび》えながら、そう訊ねてくる。

あー、まあ戦艦なんて生まれて初めて対峙《たいじ》するだろうし、不安だよね。

これだけの大火力をばかすか撃ってくるの、生きた心地がしないよねえ。

だからこそ、ここはどっしりと構えるべき場面なのだ。

「敵戦艦の有効射程距離はこちらよりだいぶ下のようだ。そうとう旧式だな。見かけだけのはりぼてだ、恐れることは何もない」

「し、しかし、バリアに一撃当たっただけで、あれほどの負荷が……」

「あの程度、次はＡＩが補正して何とかする。自分たちの船を信じろ！　それよりも、ろくに当たりもしないのにこれだけやみくもに撃ってきているのは相手の弱腰の証明だ。こっちが距離を詰めれば余計に腰が引けるさ」

あんなのはまぐれ当たりで、戦場ではよくあることだ。

そのまぐれ当たりでも、バリアは充分に持ちこたえると示してくれた。

「帝国軍の戦術教本を思い出せ。全軍でバリアが耐えられるギリギリまで接近して一斉攻撃、先に相手のバリアを過負荷に追い込むんだ」

実戦で、いつバリアが貫かれて直撃弾で宇宙の藻屑《もくず》になるかわからない状況で、それを選べるかどうか。よい艦長、よい指揮官の証しは、そういうところに出る。

「この旗艦を盾にして全艦を前進させるんだ。艦隊の集中砲火で戦艦を叩き潰《つぶ》す。それで終わりだ」

隊長はおおきく目を見開き、わずかにためらったあと、少し震える手をぎゅっと握った。

敬礼をして、背を向ける。

隊長が矢継ぎ早に指示を出すと、艦が加速して、敵軍との距離がいっそう詰まった。

戦闘は最終局面に向かおうとしている。

＊　＊　＊

ギズグ＝ザバズはザバズ海賊国の国王である。

今年で七十七歳、肉体強化技術によってまだまだ老いも感じず、一線で働き続けることができると自負していた。いかつい面構えで頬に深い傷があり、自分の顔を見た孫たちが怯えて泣いたことが最近のちょっとしたトラウマだ。

代々、戦艦ザバズの艦長として多くの部下を指揮してきた。国民は千五百人と少しで、全員が海賊船の船員だ。子どもすらも物心ついたときから仕事を得て働き、足もとがおぼつかない老人でも艦内ネットに繋いで仕事をこなす、そんな文字通り国民皆兵の軍事国家である。

ザバズ家の祖先はもともとどこかの国の王子で、戦艦ザバズは国が滅びるときに持ち出したものである、という伝説がある。

ギズグはそれが本当かどうかなど、どうでもよかった。銀河を股《また》にかけ、文明が後退した星々を襲い、資源を得てそれを海賊ネットワーク経由で売却する。なるべく危うきには近寄らず、ことが済んだ後はさっと逃げる、そのスピード感がザバズの持ち味だと信じていた。

だから、帝国の辺境を襲う仕事を依頼されたとき、かなり警戒したのだ。エージェントをいくつも経由してきた仕事で、条件はよかったがうさんくさいことこの上なかった。

それでも仕事を受諾したのは、成功すれば部下や子どもたち、最近言葉を覚えたばかりの孫たちに楽をさせてやれるからだ。艦齢千年を過ぎてあちこちガタがきている戦艦ザバズをレストアする金も必要だった。

ザバズ海賊国の国土はさして広くない。

戦艦ザバズと空母ドバズが国土のほとんどを占めており、他は駆逐艦が二隻あるくらいだ。

そこに、今回限りの部下となった十三隻を加えて、全十七隻の大艦隊。帝国といえども、辺境の星を襲うくらいわけない、圧倒的な戦力……のはずであった。

それが、どうだ。蛇の尾を追いかけているうち、敵艦隊の頭がこちらに追いつき、次々と艦が脱落していく。今回、空母に乗せた虎の子の軽巡洋艦級搭載艇も、またたく間に全滅した。大切な国民でありギズグの友でもあった戦闘機乗りたちも、壊滅的な打撃を受けている。

いまや戦艦ザバズが敵艦隊の集中砲火を受けていた。

惑星警備隊は何故か当初の見込みより大幅に多かった上、常軌を逸した速度でこちらに食いつき、恐れを知らぬかのように戦艦の砲火を掻い潜って苛烈《かれつ》な打撃を加えてくる。

ギズグは先頭の重巡洋艦を落とせと命じたが、相対速度差もあって攻撃が当たらず、むしろ相手の攻撃ばかりが戦艦のバリアを削り続ける始末であった。

「距離、さらに詰まります。バリアの負荷が八十パーセントを突破！　これ以上は保ちません！　重量子砲のエネルギーをバリアにまわして……」

「馬鹿野郎、そんな逃げ腰で勝てる戦いじゃねえ！　やられた以上に撃ち返すしかねぇんだよ！」

弱気になるオペレーターを怒鳴りつけて、いっそうの攻撃を命じる。ここが勝負の勘所だとギズグの豊富な経験が告げていた。

これからの一分、二分が人生の分水嶺《ぶんすいれい》になる。

いや……本当にそうか？　分水嶺は、もうとうに過ぎていたのではないか？　そう、あの怪しい依頼に乗って、この星を攻めると決めたときに。

だいたい、辺境の星を荒らしてがっぽりと略奪した上で、多額の報奨金が入るというのがおかしい。だから情報の裏は取ったし、その結果、惑星フォーラⅡには高次元知性体《オーヴァーロード》が棲《す》むものの、竜と呼ばれる彼らはおとなしく、直接的に攻撃しなければヒトの争いには関わってこない、という報告が返ってきていた。

実際に、過去の事例を見ても、竜はヒトとヒトの争いを静観している。

ならば高次元知性体《オーヴァーロード》など張り子の虎だ、とギズグは判断し、襲撃を決めた。

その判断が間違いだったのか……？

結果、ギズグは空母の艦載機に乗っていた多くの友を失った。

空母にいる子どもたちは、いまごろどうしているだろうか。これ以上の民の損失を避けるためにも、いま、ここで戦艦ザバズが踏ん張らなければならない。

絶対に、勝つのだ。目の前の艦隊を殲滅《せんめつ》し、惑星フォーラⅡを略奪して資源を奪う。

竜は我が子が誘拐されても知らんぷりという話だから、そのついでに竜の子らを捕らえてもいいだろう。高次元知性体《オーヴァーロード》の子どもとは、はたしてどれほどの値がつくことか。ヒトも資源だ。聞けばフォーラⅡにはエルフという環境適応人類もいるという。こいつらを攫《さら》って、帝国の外で売《う》り捌《さば》く。必ずや、損失の埋め合わせをしてみせよう。

だから、この削り合いに負けるわけにはいかないのだ。愚かにも戦艦に立ち向かう重巡洋艦などに腰が引けた態度を取るわけにはいかないのだ。

「撃て、撃て、撃ちまくれぇっ！」

声を嗄《か》らして、ギズグは叫ぶ。勝利は間もなくで、そして彼の前途には黄金の未来が待っていると、そう信じた。

信じたまま、ギズグは死んだ。バリアが飽和し、その次の瞬間には直撃弾がギズグのいるブリッジをプラズマの塊に変えたからである。

幸いなことに、彼は苦しむことなく、己が死んだことにすら気づかなかった。艦内の多くの乗員も、彼と同様、溶けて消えた。

おれたちと激しく砲火を交えていた推定海賊艦隊の戦艦が、急に沈黙した。

それとほぼ同じくして、敵艦のうちまだ動けるものたちが撤退を始める。

そのすべてが、星系外へ進路を取っていた。

動力を失った空母一隻と駆逐艦二隻は、乗員の救助もされず仲間に置いていかれてしまった。

戦闘は、実質的にこれで終わりだ。

戦力差を考えれば奇跡的なほど少ない損害での勝利に、ブリッジが歓声に沸く。

「さすが豪運提督だ。おれは最初から信じていたぜ」

「何言ってるんだ。おれの方が先に信じていたぞ」

調子のいいことを言っているオペレーターがいるな？

あとおれは、戦闘に入ってからは直接指示していないのだから、そのへんは惑星警備隊の隊長の功績である。素晴らしい指揮だった、と彼に言葉をかけると、頬を紅潮させて「たいへん光栄です！」と返された。

ともあれ、これでひとまず惑星フォーラⅡの防衛は成功、あとは元摂政の捜索と始末、そしてメイシェラたちの奪還だけだ。

と思ったのだが……。

動力を失った空母が、そのまま惑星フォーラⅢの重力に囚われて落下を始めた。

直後、空母から通信が入る。

おれと惑星警備隊の隊長の間でアイコンタクトが交わされる。いや、だからおれには権限がないんだって。

結局、隊長が通信に出た。

ブリッジ正面のスクリーンに映ったのは、疲れ切った表情の、外見年齢が十二、三歳の少女だった。相手は隊長の姿を見て一瞬気圧されたものの、両の拳《こぶし》をかたく握って、頭を深く下げる。

「投降します。お願いです、わたしたちを助けてください！　この船にはもう、子どもしか乗っていないんです！」

おれは舌打ちをこらえた。彼女の言葉の意味を理解したからだ。

稼業として海賊をしている者たちは、その生涯の大半を船の中で暮らす。

戦えない者たちも連れて、戦場に出る。

下手に後方にいる方が危険だから、というのが理由のひとつ。

もうひとつの理由は、子どもたちすら戦力のひとつとして、この場合は空母の管制を、ＡＩのサポートのもと行うからである。

もっと言えば、彼らはどこの国の民でもない、流民のような存在だ。

故にどの国の法の庇護《ひご》下にもない。

親である海賊たちが死ねば、彼らの命もない。

よくて他の組織に拾ってもらい、奴隷のような扱いで命を繋《つな》ぐことくらいか。

辺境に住む兵は、そのことをよく知っていた。彼ら流民がどのような存在で、どれだけの面倒を起こすかも。

そしていまの状況で彼らを助けることでどれだけ時間をロスするかも、である。

海賊を退けた現在、喫緊の課題はメイシェラや殿下を始めとした、いまも摂政の手の内にあるであろう人質たちである。

皆、すぐにでもその捜索に移りたい。

おれだって、そうだ。こいつらのせいで、すでにだいぶ時間を無駄にしている。

メイシェラがいま不安でおれの助けを待っているだろうことを思うと胸が痛む。

それにさっきも言った通り、おれには何の権限もなくて……。

ああっ、くそっ！

おれは胸もとで拳をかたく握った。

「隊長、差し出がましい口出しを失礼する。空母の内部に残ったデータは重要な証拠となる可能性が高い。あるいは元摂政が関与していた手がかりも見つかる可能性がある。これを失うことは看過できない」

再度、おれと隊長の視線が交わる。

今回、彼の視線は、皇女殿下と妹君を助けに行かなくていいのか、と無言で訊《たず》ねていた。

「隊長、重ねてお願いする。空母にエルフの部隊を投入することを許されたい。彼らなら、〝繭〟を通して空母の中に直接、跳躍できる」

「閣下の提案を採用いたします。リターニア殿」

びくっと身を震わせて、エルフの王女は椅子から立ち上がる。

「は、はいっ」

「エルフの方々に子どもたちの救助をお頼みしてもよろしいでしょうか」

「了解、いたしました！」

「全艦、牽引《けんいん》ビームで空母を持ち上げるぞ！　少しでも時間を稼ぐんだ！　それと、向こうの降伏した駆逐艦にも通信を入れろ！　ガキどもを助けたければ協力しろ、とな！」

やることが決まれば、彼らはプロだ、機敏に動き出す。

アオイがシートベルトを外して、おれのそばに来た。

「あの、パパ。空母の情報ならわたしが……」

「しっ。すまないが、この件についてはおれに預けてくれ」

「んっ。わかったよ、パパ！」

いい子だ。世の中には、建前だとわかっていても、それが必要なことがある。

リターニアに率いられたエルフたちが空間を跳躍し、空母の内部に突入したという連絡が入った。

旗艦と通信しながら空母内の生存者を回収しつつあるものの、脱出艇すらない状況であるという。

「現在、百人と少しを回収いたしました。負傷した者、体調が悪い者も多数おります。この船の環境は子どもの発育にあまりよろしくないのではないでしょうか」

端末に宇宙服を着たリターニアの顔が映る。

先ほど通信でこちらに頭を下げた少女が、彼女のそばにぴったりとくっついていた。

「海賊船だからな。メンテもままならない。全員に宇宙服を着て脱出させることは無理か？」

「少々、難しいとのことです。この方は、ならば助けられる者だけでも、と……」

「駄目だ、全員が貴重な証人だ。ひとり残らず連れて帰れ」

おれはホルンを見た。

「竜に情報収集の補助を頼みたい。これなら条約違反にはならないはずだ」

「うむ、侵入者に関する情報収集は、竜にとっても喫緊の課題と認識した」

「頼んだ」

「任された！」

ホルンの姿がブリッジから消えた。

＊　＊　＊

「アイリス殿下は、この結果、予測しておりましたかな？」

にちゃついた笑みを浮かべて、とても長い顎鬚《あごひげ》を生やした壮年の男がわたしを見下ろす。

わたしがシャトルの椅子の背に縛りつけられているのをいいことに、顔を舐《な》めまわすように眺めてくる。

いまさら、不敬、などと言うのは無意味だ。

だからわたしは、ただ無言で相手を激しく睨《にら》みつけて、それを返答とした。

「気丈なことですな。護衛を目の前で嬲《なぶ》り殺しにされても涙ひとつ見せないあなたは、見事に冷血な祖母の血を引いているのではありませんか」

「祖母を馬鹿にするな！」

思わず叫んでしまったあと、しまった、と口を閉じる。そんなことを言ってしまったところで、相手を喜ばせるためだけだというのに。

この変態を。摂政だった男を。

最初から、彼のことが嫌いだった。

彼がゼンジを放逐したと知ったとき、激しく憤った。

だが、ここでわたしが口を出したら弟の立場がなくなってしまう。ただでさえ幼くて飾りだと口さがないものが陰口を叩《たた》いているというのに、それを姉であるわたしが認めてしまう。

だから、帝都を離れるゼンジを黙って見送るしかなかった。

連絡を一本、入れることすらできなかった。

帝都において、わたしの行動はすべて摂政の手の者に監視されていたからだ。

故にわたしは、帝国全土の慰撫《いぶ》を目的とした視察の旅に出ることとなった。

最初は上手くいっていた。わたしのためだけに動いてくれるという部下もできた。

しかしその中に、埋伏の毒があった。

よりにもよって、ゼンジの移り住んだ惑星フォーラⅡにたどり着いたそのとき、部下の中に混じっていた摂政の手下が行動を起こしたのである。

わたしの身柄は拘束され、忠実な配下は皆、殺された。

わざと苦痛を長引かせるような、凄惨《せいさん》な様子を、わたしは目の前で見せられた。わたしの心を折るのが目的だとわかっていたから、声ひとつあげずに、摂政の座を罷免された男の蛮行を見守った。

きっとそれが、彼にはひどく気に喰《く》わなかったのだろう。

こうして、ステルス機能を全開にしたシャトルの中で窮屈な思いをしているのも腹立たしいのだろう。

男は、わたしに積極的に絡んできては、わたしが顔を歪《ゆが》める様子を見て笑うのである。

先ほども、フォーラⅢ近傍における惑星警備隊の艦隊とこの男が手配した海賊艦隊との戦いを、大型スクリーンで見せられた。

わたしの横の椅子にはゼンジの妹が拘束されている。

だが、なぜか妹はにこにこしていて、「兄さんがあの艦隊を率いるんですよね。なら、勝ちますから」と圧倒的な戦力差を聞いても平然としていた。

なまじ皇族の基礎教養として軍事の知識があるわたしが、絶望してしまっていたというのに。

摂政だった男は、笑ってゼンジの妹を馬鹿にし続けて……結局、わたしとこの男が間違っていて、ゼンジの妹が正しかった。

ゼンジの妹はここぞとばかりに彼を馬鹿にした。

彼は顔を真っ赤にして、ゼンジの妹を激しく殴打した。

彼女が気を失ってもなお、拳を振り上げ……さすがに見るに見かねて、わたしは口を出した。

「ひとつ予想が外れて激昂《げきこう》する程度の男だから、弟にも見限られたのだわ」

鼻で笑ってやった。

男は憤怒の表情でわたしを振り返った。

殴るなら、どうぞとばかりにわたしは舌を出してやった。わたしのまわりの者ばかり傷つけられてわたしひとり無傷なのも、少し不公平だと思っていたところである。

だが男は、わたしをひどく睨みながら、かろうじて怒りを収めて……。

「アイリス殿下は、この結果、予測しておりましたかな？」

と訊ねてきたのである。挑発に乗るものかと黙っていたが、祖母を馬鹿にされてさすがに我慢が出来なかった。

わたしは、未熟だ。

ゼンジ、あなたに会いたいよ。

「いいでしょう。所詮《しょせん》、これは余興。海賊どもが勝っても負けても同じことです、わたしの目的は、警備隊を海賊たちの対処で手一杯にすることだけだったのですからね。あの糞《くそ》野郎が警備隊を率いるのも、予定のうちです」

「負け惜しみもたいがいにしておいた方がいいのではないかしら。恥の上塗りになるわよ」

「負け惜しみ、などではありませんとも」

道化のように大袈裟《おおげさ》な動作で、男はにやりとしてみせる。背筋が寒くなるような、ぞわりとする感覚を覚えた。

「なにせ、本番はこれからなのですから」

＊　＊　＊

元摂政たちを乗せているとおぼしきシャトルを発見した、という報告がフォーラⅡから来たのは、フォーラⅢにおける戦いの後始末の最中だった。

惑星に落下する空母から子どもたちを敵の投降した駆逐艦に移し、その駆逐艦を燃えるような鱗《うろこ》を持つ竜が引っ張ってフォーラⅢの重力圏から離脱した、ちょうどそのころである。

「シャトルは現在、フォーラⅡの大気圏に再突入しつつある。目標落下地点は、首都の反対側だな」

疲れ切った表情の総督が告げる。ここまで片時も休まず、元摂政が起こした一連の事件に対応してきたのだ、無理もない。

「惑星の反対側に何かあるのか？」

「原生林が広がっているだけのはずだ。そちらのエルフと竜に聞いてみた方が早いのではないか」

「ホルンたちには、いま全力で動いて貰《もら》っている。海賊の空母から子どもたちを助けている途中だ」

「海賊のガキども、なあ……」

総督が呻《うめ》いた。救出した子どもたちの身柄はフォーラⅡの司法のもとに置かれることになる。

つまり、子どもたちの今後は彼にかかっている、ということだ。

子どもとて、親に言われるまま無法を働いていた可能性もある……というか、その可能性が高い以上、倫理的な面でもさまざまな配慮が必要であろう。

火中の栗を拾うような行為であるとわかっていたからこそ、隊長は子どもたちの救出を悩んだ。

彼だって、本音では子どもたちを見捨てたくなどなかったに違いない。

「どうしても持て余すようならおれに話をまわしてくれ。いつものやり方で何とかする」

「ゼンジ、もうあの方はいないんだぞ。基金をつくるのだって孤児院の経営だって、話を持っていく先が……」

「毎回、あの方に頼んでいたわけじゃない。世の中には、きみが思うよりも善意の寄付をしたくてたまらない奴が多いんだ」

最悪、おれがアイリス殿下に土下座すれば何とかなるだろ。

あの方の孫だけあって、慈愛に満《み》ち溢《あふ》れた方だから。

そのためにも、元摂政の手に囚われている殿下を助けないといけない。

「まあ、そっちは後でいい。ゼンジ、シャトルの話に戻すぞ。現在、警備隊の待機部隊がそちらへ向かっている。だがなにせ距離があるし、宇宙戦力は根こそぎそっちに送ってしまった。対応が遅れる」

「それが狙いだったんだろうな。わかっていても、星系外から来る敵対勢力の阻止は最重要課題だった。絶対に対応せざるを得ない状況をつくって、こちらを誘導する。あいつが考えそうなことだ」

「旗艦だけでもすぐに戻ってこられるか？」

「いや、いちばん足の速い駆逐艦で、おれたちだけ戻る。フォーラⅡの地上ならエルフの方が頼りになる」

「言ってくれるぜ。いや、だがその通りだ。エルフの姫さまによろしく言っておいてくれ」

通信が切れた。おれはすぐリターニアに連絡を入れ、同時にそばで通信を聞いていた隊長が損傷の少ない駆逐艦を見繕う。

「アオイ、行くぞ」

「うん、パパ！」

アオイを連れて、足早に重巡洋艦の艦内を移動する。

ホルンやリターニアとは駆逐艦で合流する手筈《てはず》だ。

「閣下！　閣下と戦えて光栄でした！」

すれ違いざま、兵たちに敬意のこもった言葉をかけられる。

おれは急いでいる様子を見せながら敬礼を返した。

ここで閣下じゃない、とか言っても仕方がないし、そもそもおれの名声を利用して指示を出しちゃった以上、そこから逃げるわけにはいかない。

その命令によって、多くの者が死んだ。そのことは受け止めていく必要があるのだ。

「パパ、辛そうな顔をしている」

「そんなことはないさ」

「パパは船が嫌いなの？」

「そうじゃない。むしろ、子どものころは船に乗ることに憧《あこが》れていた」

「大人になると、違った？」

「思っていたのとは、少し違ったな。でも、いいところもたくさんあった。いい人たちに出会って、その人たちはおれを信じてくれた。だからおれも、その期待に応えなきゃと思って……気づいたら、ずっと軍にいたんだ」

アオイに何を語っているのだろうな、おれは。そう思いながらも、いちど滑り出した口は止まらなかった。

「軍から離れるにはきっかけが必要だ、とわかっていた。だからあの方がお隠れになった後、摂政がおれの追放に動いたのは好都合だった。少なくとも当時のおれにとっては、軍服を脱ぐいい機会だった。これでいい、と思っていた」

「わたしがしたことは、余計なことだったんだね……。ごめんなさい、パパ」

「アオイは正しいことをした。やりかたはともかく、な。いつかはこんなことが起こるような気がしていた。あの摂政だった男は、自分の失敗を認められないタイプの人間だ。誰かに責任を転嫁する。今回、彼がその責任転嫁の先に選んだのがアイリス殿下とおれだったのは、きっとたまたまだったんだろう。……いや、本人に確認は取ってないから、メイシェラを攫《さら》った本当の理由なんてわからないが……」

わかりたくもない。ただ、絶対に許せない。

あいつは潰《つぶ》す、ともう絶対の覚悟を決めている。

「だから、アオイ。きみは何ひとつ気に病む必要はない。すべておれが終わらせる」

「パパ……」

「メイシェラは、絶対に助け出してみせる。そして、おれの大切な人に危害を加えたことを、心から後悔させてやる」

格納庫に出た。駆逐艦まで移動するためのシャトルが準備されていた。

シャトルで駆逐艦に搭乗し、格納庫でリターニアやエルフたちと合流する。

おれたちの顔を見て、ぱっと顔を綻《ほころ》ばせたリターニアであったが、おれに駆け寄ろうとしたところでふらつき、慌てておれが身体を支えることになる。

「大丈夫か」

「はい、少し立《た》ち眩《くら》みしただけです」

ここまで、彼女を働かせすぎた。地球に戻るまでの間に、少しは休憩させてやりたい。

と、思ったのだが……ホルンが突然、目の前に現れる。

腕組みして、渋い顔をしていた。

「フォーラⅡの〝繭〟に大きな変化があった」

「どういうことだ、ホルン」

「ここからでは、わからぬ。向こうにいる同胞との連絡が途絶した」

おれは慌てて、端末からフォーラⅡの総督府を呼び出す。

いままではすぐに総督が出ていたのに、いまはまったく繋《つな》がらなかった。

そちらは諦《あきら》めて、駆逐艦のブリッジに連絡を入れる。

「ブリッジ、フォーラⅡの現状を教えてくれ」

「それが……こちらを御覧ください」

端末に送られてきた映像データを確認する。

それは数分前の録画だった。

青い惑星フォーラⅡが、黒いヴェールのような何かでゆっくりと包み込まれ、そして真っ黒になって消えていく様子が映し出されていた。

「星が……消えていきます」

リターニアが顔を蒼《あお》ざめさせている。ホルンは腕組みして無言だった。

「ホルン、これはどんな現象だ？」

「映像だけではわからぬ。われには、星が消えたようにしか見えなかったが？」

うん、惑星がまるまる消えたように見えたよね。

消えたって……どういうことなの？

「ブリッジ、当初の予定通りに出発だ。おれたちの目でフォーラⅡを確認する必要がある」

「待て、ゼンジ。出発の前にわれを外に出せ。先に飛んでいく。その方が早い」

「たしかにそうか。頼んだ！　ブリッジ、聞いての通りだ。竜が出る」

ホルンの姿が消えた。

ブリッジから送られてきたリアルタイムの外の映像では、赤い炎のような鱗の竜が真空を羽ばたき、またたく間に距離が離れていく様子が映し出された。

「あれ、どんな物理法則で宇宙を羽ばたいているんだろうな……。こんなときでなきゃ観測機器を全稼働したかったよ」

「ゼンジさまは、本当に……」

「そんな呆《あき》れた顔をしないでくれ、リターニア。冗談だ、少し場を和ませようとしただけだよ」

「それは存じております」

ところで、さっきからアオイが静かだなと思ったら、格納庫の高い天井を見上げてぼうっとしていた。

うん？　ひょっとして、何か演算している？

「アオイ、いま何をしているんだ」

「あ、パパ。ホルンに伝えて。怖いものが来るって」

「怖い……もの？　ちょっと待ってくれ、何を演算したんだ。きみには何が見えている？」

ホルンに連絡を……ってしまった、あいつに通信機器を持たせていない。

竜の姿でも使える端末のひとつくらい、当然、用意しておくべきだった。

いや無理か、そんなもの、この事態をあらかじめ想定していなければつくれるものではない。

もう少し時間に余裕があればそれも可能だっただろうが……メイシェラの誘拐から、ずっと事態に振りまわされっぱなしだったのである。

「ホルンとは、フォーラⅡにつくまで連絡を取れない。何が出てくるというんだ」

「向こうから、来るの。穴が開いた。穴を通って、とってもとっても怖いものが、こっちに顔を覗《のぞ》かせようとする。近寄らせちゃ駄目！」

穴。その瞬間、脳裏をよぎるものがある。

時空の彼方《かなた》から覗くもの、禁忌の伝説、虚無の女王。

三百年前、高次元知性体《オーヴァーロード》と超ＡＩが融合して生まれた存在が時空に開けた穴、そこから姿を現し、無数の宙域を、宇宙の法則そのものを書き換えることで消失させた、とびきりの化け物。

それがいま、フォーラⅡに現れる？

何故？　摂政のせいか？

〝繭〟を使って？

「情報が足りない。銀河ネットも通じなくなっているから必要な知識にアクセスすることもできない、か」

銀河ネットのこの星系におけるサーバーはフォーラⅡに存在する。

フォーラⅡとの通信が途絶すれば、当然、利用することは不可能となる。

「アオイ、これまで訊《たず》ねてこなかったが、きみはスタンドアロンなのか？　それとも、どこか別の場所に演算装置を用意しているのか？」

「どっちでもいけるよ！　でもいまはネットに繋がらないからスタンドアロン。パパはどっちのアオイが好き？」

「どっちのアオイも好きだから、そんなことで心配するな。三百年前のアレのデータはあるか？」

「アレって、どれ？　穴から出てくるやつのこと？　だったら、アオイは知らない。ごめんね、パパ」

知らない、か。そりゃそうだ、おれがあれのデータを見たのは、ネットに繋がっていない部屋で、そこにしかない記録装置を通して、なのだから。

この目と耳にだけ、その記録は残った。

そこまで厳重に守られた、帝国の深い傷跡なのである。

「わかった。それじゃ、これから説明する。リターニアとエルフの皆も、よく聞いてくれ」

＊　＊　＊

シャトルの正面のスクリーンでは、深淵《しんえん》が口を開けていた。

わたしのそばでは、摂政だった男が、狂気を感じる耳障りな声で高笑いしている。

「どうですかな、どうですかな、どうですかなアイリス殿下。これが境界の先、黒より黒き黒の世界、宇宙開闢《かいびやく》より以前から存在する果ての果て。当然、あなたならご存じでしたでしょう？　それをこの目で見られるのです。何と素晴らしいことでしょうか」

「あなたは、ご自分が何をしたか、理解しているのですか」

男は両腕を振り上げて「無論！」と叫ぶ。

わたしの隣の席で、ゼンジの妹が低い呻《うめ》き声をあげた。

先ほどから彼女の状態がおかしい。そう、目の前の男が彼女に一本の注射を打ってから。

あれに入っていた琥珀色《こはくいろ》の液体は、おそらく何らかのナノマシンだ。

いま彼女の身体の中で何が起こっているのか。どうせロクなものではあるまい。だが、彼女に何かあったら、わたしは……ゼンジに何と言えばいい？

そもそも何故、ゼンジの妹にナノマシンを入れただけで、惑星フォーラⅡが消えた？

この男はずっとわたしの目の届く範囲にいたはずで、他に不審なことは何もしていなかった。

部下にも、シャトルの軌道を補正する以外で何か指示していた様子はない。

この男の口ぶりからすると、フォーラⅡが消えたかわりに生まれた目の前の深淵、宇宙の巨大な穴は、彼が意図して開いたものであるのだが……。

「説明が欲しいですかな、アイリス殿下」

「ええ、ご教授くださいな」

腸《はらわた》が煮えくり返るような思いをぐっと押し殺し、求められている言葉を紡ぐ。

少しでも情報が欲しかった。椅子に縛られているわたしができることなど、何もないかもしれない。だからといって無知のまま、状況に流されるままでいることは我慢がならなかった。

「ふむ、ふむ、ふむ、ふむ。なるほど、なるほど、なるほど、そこまでおっしゃるのでしたら致し方ありませんなぁ」

この男、殴ってやりたい、蹴《け》ってやりたい。その衝動を、懸命に耐える。

わたしの内心をどう思っているかはわからないが、男はひどく小馬鹿にした顔でわたしを舐《な》めまわすように眺めたあと、「では」と口を開いた。

「殿下もご存じでしょう、虚無の女王のことは」

「あなたが知っていたことが驚きです。あれは帝国における秘中の秘、皇帝陛下のご許可がなければ外に持ち出せぬ知識」

「ええ、ですから、許可をいただいたのですよ。あなたの弟君から」

馬鹿な子。

わたしは思わず、天を仰いだ。

こんな仕草をしたら、相手が余計、調子に乗るとわかっていたのに。

はたして、男はげらげらと耳障りに笑った。

「三百年前、帝国の辺境で起きたＡＩと高次元知性体《オーヴァーロード》の融合、その結果として生まれた宇宙の穴、そしてその穴から現れた破滅の使者。いやあ、時の皇帝陛下が特別な機密として封印したのもむべなるかな。ですがそのせいで、皇室は重大な過ちを犯したのです」

「いちばんの過ちは、あなたがこの知識を持っていることでしょう？」

「ああ、無知なるかな。残念なことに、この知識を保持していたのは皇室だけではないのです。三百年前、皇帝に知られず、この知識の伝承をした者たちがございました」

待って、その話は初耳だ。

怪訝《けげん》な表情になったわたしに気づいたのだろう、男はにやりと口の端をつり上げてみせる。

「続けなさい」

「彼らは考えました。皇室だけに任せてはおけない。この知識はもっと有効活用できるのではないか。いや、このデータをもってすれば、もっと偉大なことができるのではないか、と。すべてを封印した皇室と違い、彼らはこの知識を基に研究を続けました。加えて、彼らにはもうひとつ有利な点がありました。なにせ彼らは、穴から出てきた宙域を多大な犠牲を払いながら探索し、アレの断片を手に入れていたのです」

「そんなこと、ありえない」

「ところが、あったのです！　彼らはアレの断片を解析し、研究し、活用するための方策を地道に続けました。三百年かかって、その一部がようやく実を結ぼうというときが来て――しかしその試みは、半端な形で終わりました。彼らの研究の粋を集めた存在が消えてしまったのです！」

帝国の諜報部《ちょうほう》とやり合った？

たしか彼らの上の方もこの知識を知らされていたはず。

いえ、だったらわたしにも報告が……お祖母さまが止めていた？

わからない、でもいちばんわからないのは、この男がそれを知っていること。

「何故、わたしがそんなことを知っているのか、と言いたい顔ですね」

「聞けば教えてくれるのかしら」

「他ならぬ殿下のお願いです、快くお教えいたしましょう。――いえね、単にわたしが、その組織の一員だった、というだけのことです」

それこそ、馬鹿な。

この男の前歴は調べたし、帝国貴族として立派な経歴があったはず。

そもそもこの男は研究者などではなかった。貴族としての位は高く有能で通っていたが、それはあくまで宮廷政治の才であり、研究者の才ではなかった。

――いや、待て。そもそも、何故この男は摂政などという地位についた？

背筋に冷たいものが走る。

「お気づきになりましたか。わたしたちの手は、ずっと以前から帝国の奥深くに浸透していたのですよ」

男は告げる。

「もっとも、わたしたちの組織はすでに壊滅しているのですが。他ならぬ、あのゼンジ・ラグナイグナの――父親の手によって」

わたしは目をおおきく見開き、彼を睨《にら》む。

この男は、この期《ご》に及んで不愉快な戯言でわたしの追及をごまかそうと言うのだろうか。

「なるほど、寝耳に水、といったご様子。まあ、無理もございませんな」

「教えを請えば、無知なわたしに詳しく説明していただけるのかしら？　どうしてそこで、ゼンジのお父上が出てくるのかしら」

「あまり時間はございませんが、概略であれば。簡単な話なのです。当時、ラグナイグナ家の当主は帝国の暗部のエージェントでした。その存在を知るのは直属の上司だけで、前陛下すらご存じないほどに秘匿された存在です」

「何故、あなたがそれを知ったのかしら」

「実際にその目で見たからですよ。まさに間一髪でした。あと少しでも逃げ出すのが遅れれば、わたしも彼に殺されていたでしょう。ですが幸いにして、わたしは襲撃の唯一の生き残りとなり、彼の存在を目撃した数少ないひとりとなった。多くの同志は組織との繋《つな》がりがバレて消されましたが、わたしの家系はもともと身の秘匿を第一にしておりましたが故、その追及から逃れることができたのです」

どこまでが本当なのか、それともすべてが真実なのか、わたしにはわからない。

わかるのは、それを語る彼の目が狂気を帯びていることだけだ。

「それが、十五年前のことです。研究成果はあの男に奪われ、組織はおおきく弱体化しました。大半は次の機会を狙うため、地に潜りました。わたしはそれをよしとせず表に出て活動を続けましたが、そのおかげでわたしという存在が疑われずに済んだのかもしれません。わたしは表で貴族として活動しながら、裏であのとき組織を壊滅させた者たちの行方を探りました。そして、あの男を発見したのですよ」

あの男。ゼンジの父親。

「しかも彼は、我々の研究成果を我が物として、大事に保管してくれていました」

「まさか、ゼンジのお父上が亡くなったのは……」

男はケタケタと笑った。それが充分、答えだった。

「先ほどあなたは、研究成果、と言いましたね。つまり、それは――」

ゼンジから聞いたことがある。

十五年前、彼の父はひとりの赤子を連れてきて、養子とした。

横でぐったりとしている少女に視線をやる。たしか、メイシェラと言ったか。

彼女の生まれについて、もっと調べておくべきだった。

「子どもの人身売買……まさか、そういうことなのですか。あなたが本当にしていたのは、実験のための……」

「ええ、もうお察しでしょう。そして、そこの娘、ゼンジの妹を名乗る者こそ、我らの研究成果なのです。虚無の女王の断片を解析し、これを服従させるための因子。対高次元知性体甲種波動誘発存在《オーヴァーロード》。それが、このモノなのです！」

いまなら理解できる。何者かはわからないが、人身売買のデータをネットに流されたのは、だからわたしたちが想像する以上に、彼にとっての致命傷だったのだ。

彼は、ただ罪を犯しているわけではなかった。

帝国の禁忌を犯すために全力を傾けていたのだ。

強引に脱走したのも、遠からず帝国の公安組織が人身売買データの裏にある情報を察知するからだろう。

「彼女を用いて、虚無の女王を操ると？　あれが、そんなに簡単な存在であるものでしょうか」

「できますとも。データは完璧《かんぺき》で、十五年前の時点で実験はすでに終わっていたのですから。帝国からはるかに離れた地、銀河の果ての果てにて、彼女のプロトタイプは見事、虚無の女王の捕獲に成功いたしました」

虚無の女王を……捕獲？

信じられない情報に、思わず目をおおきく見開く。

「もっとも、その個体はそれだけで機能を停止してしまい、虚無の女王は暴れ出して宙域が無に還ってしまったのですが、それは科学の発展のためには必要な犠牲でした。その結果も踏まえ、この個体にはより強靭な因子が組み込んであります。今度こそ、人類は絶大なちからを手に入れるのです。高次元知性体すらも凌駕する、圧倒的なちからを！」

男は高笑いした。耳障りな哄笑を我慢して、わたしは彼に訊ねる。

「それで、どうするというのです。ちからを手に入れて、帝国を我が物にするとでも？」

「帝国？　そのようなちいさなものを手に入れて、どうして満足できるでしょうか。我々は宇宙のすべてを手に入れるのです。圧倒的な暴力で、すべての国と高次元知性体を蹴散らして、あらゆるものを手に入れるのです！」

「醜聞で帝都を追い出された程度の男が、何とも誇大妄想じみたことを仰いますね」

「あれは好機でもありました。わたしには、もはや摂政の地位など必要なかった。運命が、わたしを帝都から追い出し、本来の使命に向かわせたのですよ」

たしかに、あの醜聞は不可解なところが多かった。

この男も大事に隠していただろうデータを、いったい誰がどうやって露出させたのか。

わたしはそのとき、ちょうど帝国各地をまわっていたから、帝都の情報が入ってくるのがだいぶ遅れた。

わたしの関与しないところで、帝都に政変が起きていた。

その後のこともあって、早く帝都に戻るべきだったのが……いくつか事件もあって、足止めされ

272

てしまった。

ならばゼンジの顔を見てくるか、と悪戯《いたずら》心を覚えた。

しかし、このフォーラⅡに赴いたところで摂政に囚われてしまった。

いまとなっては不幸中の幸いと言える。

先ほどの話が本当なら、おそらくこの男にとって、わたしと出会ったことはイレギュラーであったのだから。

そう、本来のこの男の計画に、わたしの拉致《らち》はなかったはずなのだ。

ところが、たまたま厳重に警備されたわたしが空港に下りてしまったため、空港で騒動を起こさざるを得ないはめになった。

それが結局、誘拐の早期発見に繋がり、この男の切り札のひとつである海賊艦隊の対応も早まってしまった。

本来はもっと長く、惑星警備隊とゼンジの目を外に引きつけておけるはずだったに違いない。

「もう少し順を追って、ことを進めるはずだったのではありませんか？　予行演習もなしにいきなり本番とは、臆病《おくびょう》なあなたらしくもありませんね」

「ええ、臆病ですとも。ですが、なにもかもが完璧、とはいきません。ここはおおきく賭《か》けるべきところです。データは充分。準備も万全。ならば、わたしは勇気を振り絞って困難に立ち向かう獅《し》子《し》となりましょうぞ！」

何が、獅子か。あなたにはハイエナかフンコロガシあたりが相応《ふさわ》しいでしょうに。

「ともあれ、殿下。特等席でその瞬間を御覧ください。さあ、宇宙の運命を変えるショーの始まりです！」

男は大袈裟《おおげさ》に手を広げ、シャトルのディスプレイを指し示す。

そこに表示された彼方《かなた》の深淵《しんえん》、その向こう側で蠢《うごめ》くものがある。

存在を認識するだけで全身の毛が逆立つような感覚を覚える、ひどくおぞましいものが。

シャトルのスクリーンのシミにすぎなかったソレが、少しずつおおきくなっていく。わたしたちに近づいてきているのだ。

おそらくは、わたしの横で意識を失っているゼンジの妹に向かってきているのだ。

この男の言葉が正しいなら、だが……。

「見なさい、見なさい、ああ、見なさい！　震える、全身が喜びに震えている！　ついに、ついに、ついにアレが我が手中に収まるときがきたのだ！」

これまでのところ、彼の言葉の通りに進んでいるように見えた。

ゼンジの妹、メイシェラ。

対高次元知性体《オーヴァーロード》甲種波動誘発存在と彼が呼んだ存在のちからでもって竜という高次元知性体《オーヴァーロード》が形成した〝繭〟を利用し、別の宇宙への門を開く。

おそらくはその際、アレを呼び寄せる信号のようなものを放っているのだろう。

故にアレは、まっすぐこのシャトルを目指してきている。

映像越しに、ろくに姿も判別できないにもかかわらず、ひどく恐怖を覚えるソレを。あんなもの、この宇宙に解き放っていい存在ではないと、五感がそう強く叫んでいるというのに。

最初は、青白い光にしか見えなかった。

シャトルとソレとの距離はみるみる縮み、その全容がはっきりと見えた。

節くれだった無数の脚を持ち、黒い甲殻で覆われ紅蓮《ぐれん》に燃える複眼が上下に合計四ついた、異形の蜘蛛《くも》。

青白い光と思ったものは青白く発光する蜘蛛の糸で、その糸が放射状に周囲に広がり、巨大な球体を成していた。

「あれが、虚無の女王……」

皇宮の一室で祖母に見せられた映像の中の、悪夢から生まれ出てきたような存在。

それがいま、宇宙的スケールではすぐそばと言うべきところにいる。

糸は球体の外側にも広がり、不気味に蠢き、脈動するように発光を変化させている。

その糸のいくつかが、このシャトルめがけて伸びてきた。

懸命に悲鳴を押し殺した。本能が、逃げろと叫んでいた。わたしは拘束された椅子から逃げようとして暴れ、それができないことに絶望した。

どのみち、走ってシャトルの奥に行ったところで、何の意味もないというのに。

「さあ、虚無の女王よ！　わたしに従え！　異界より来たりしきさまのそのちからで、この宇宙を……」

シャトルがおおきく揺れた。男がぶざまにバランスを崩し、床に転がる。

男の部下がシャトルのコクピットから叫んだ。

「糸が！　糸がこちらのバリアを叩《たた》いています！　バリアが崩壊しました！」

「何故だ、虚無の女王よ！　こちらのコレがわからないのか⁉　きさまはコレに逆らえないはずだろう！」

摂政だった男が叫んだ、そのときだった。

ゼンジの妹の身体が、ぴくりと揺れた。

その目が、ゆっくりと開く。震える唇が、言葉を紡ぐ。

「許さない」

少女は、たしかにそう呟《つぶや》いた。

彼女の胸もと、服の下で、何かが赤く輝いている。

お守りのように見えるそれが何なのか、わたしにはわからなかったが……しかし、その正体不明の光は、まるで彼女の精神を守るかのように赤い輝きを強めていた。

「あなたなんかに！　好き勝手、させない！　兄さんの、邪魔になるくらいなら、このシャトルごと――っ！」

「馬鹿な、きさま、まだ意識があるというのか！　いやまさか、何らかの抗体を？　そこか、その服の下に……っ」

男がゼンジの妹に飛びかかろうとしたとき、またシャトルが激しく揺れた。

次の瞬間、シャトルの天井が破れる。

白い糸が、ほんの少しシャトルを撫《な》でたのだ。

耳が、つんとなる。轟音《ごうおん》と共に、空気が外に吸い出された。

それはシャトル内で固定されていないすべてのものも同様だった。

「やめろ、やめろ、やめろっ！　おい、誰か穴を塞《ふさ》げ、このままでは……」

摂政だった男の叫び声が、かき消える。

竜巻のような空気の流れには誰も逆らえず、シートベルトをしていなかったコクピットの者たちも、そして彼自身も、すべてが天井に開いた穴から外に吸い出されたのだ。

彼らには、泣き叫ぶ暇も、助けを求める暇もなかった。

もっとも、あったとしても誰も助けられなかっただろう。

外に吸い出されなかったのは、わたしとゼンジの妹のふたりだけ。

生き残ったわたしたちふたりとも、椅子に拘束されているのだから。

シャトルの応急処置機構が働き、開いた穴が無数のナノマシンジェルで塞がれる。

空気の流出が終わった。気圧がだいぶ下がってしまったので、少し頭がくらくらするが、まあたいした問題ではないだろう。

どのみち、わたしの命ももう長くはないのだから。

窓の外でゆらめく青白い糸。その糸が窓を突き破るべく猛スピードで近づいてきた。

糸が窓に触れるか触れないか、というところで――。

スクリーンを、赤い何かが高速で横切った。

次の瞬間、青白い蜘蛛の糸がちぎれ飛んでいた。

慌てて、先ほどの騒動であちこちひび割れたスクリーンに視線を向ける。

そこには竜が映っていた。

糸の青白い光を浴びて紅蓮の炎のように輝く、シャトルよりも巨大な蜥蜴《とかげ》が、コウモリのような翼をいっぱいに広げて、わたしたちを守るように立ちふさがっていた。

「聞こえるか、シャトル」

偶然オンになっていた通信機から男の声が流れ出す。その声を聞くだけで胸が熱くなる。

「こちらゼンジ・ラグナイグナ。誰か応答できるか」

「兄さん！」

「メイシェラ、無事だったか！　そっちは安全か？　いや、すぐに迎えを……」

「あ、えっと、その……っ」

わたしは思わず、くすりとしてしまった。

「ゼンジ、このシャトルの中で生きているのはわたしと彼女のふたりだけです。空気が薄く、拘束されているので動けませんが、ふたりとも命に別状はありません」

「その声、アイリス殿下ですね。ご無事で何よりです。すぐにお助けします」

彼の声を聞くだけで深い安堵《あんど》が胸いっぱいに広がっていく。このままずっと彼の声を聞いていたいと思ってしまう。

「もう少ししたら、リターニアが〝繭〟の有効範囲に入る。後は彼女に従ってくれ」

「あら、ゼンジ。わたしはあなたに助けに来て欲しいわ」

「わがままなお姫さま、申し訳ないが、いまは時間が惜しいんです。いい子にしていたら後でご褒美をあげますから、くれぐれもリターニアとメイシェラを困らせないでくださいよ」

「言質は取りましたよ、ゼンジ。ご褒美、楽しみにしているわね」

通信が切れた。わたしは、ふう、とおおきく息を吐く。

「あ、あの……もしかして、殿下はゼンジと、わりと親しかったりするんですか？」

急におどおどとなって、ゼンジの妹が訊ねてくる。

彼女とは、こうして拘束されていながらも、共にあの男に立ち向かった仲で、しかもゼンジの妹、仲良くしたいところである。

「ええ、そうですね……よく皇宮で遊んで貰《もら》ったわ。あそこに入れる大人は少なくて、しかも男性はなおのことだったから、頼れる兄のように思っていた。でも、あなたのお兄さんを取るつもりはないの。そこは安心してね」

「は、はあ……」

兄妹《きょうだい》では結婚できないものね。

「ところで、リターニアという方は？　あの方と親しい女性なのかしら」

「ええと、そうですね……リタは、先帝陛下が決めた兄の婚約者、とかで……」

「ちょっと待ってお祖母さま⁉」

「わっ」

唐突に、大声を出してしまった。

いやだってびっくりするわよお祖母さま何を考えているのわたしという存在がありながらあの男も何ですかそれってちょっと待って待って待ちなさいそもそも……。

「わっ、わっ、殿下、落ち着いて、落ち着いてください！　そんなに暴れたら、ソファが、わあっ」

「あっ、拘束、外れましたね」

無我夢中で暴れたら、あれほどしっかり縛られていた椅子がすぽっと抜けて脱出できてしまった。

無重力のシャトルの中でふわりと浮き上がる。

まだ後ろ手に縛られているから、壁を蹴《け》って自由に移動できる、程度なのだけれど。

「あの……大丈夫でございますか」

そのとき、後ろから声をかけられた。

若い女性の声……？　と振り向けば、そこにはゼンジの妹より少し背が低いくらいの、白髪の少女が立っていた。

あら、可愛らしい。

その少女の耳が左右に長く伸びていることに気づく。

「フォーラⅡの遺伝子改造人類……エルフの方ですね」

「ええ、リターニアと申します。あなたがアイリス殿下でございますね。イリヤのお孫さんに会えて光栄です」

「お祖母さまを……もしかして、お祖母さまが話していたご友人のエルフって……」

「はい、直接はお会いできなくとも、長く文通させていただきました。アイリス殿下のことも、お噂はかねがね」

「ちょっと、ふたりとも！　いまはお互いにお辞儀している場合じゃないですよ！」

ゼンジの妹に叱られて、はっとなる。そうだった、礼儀正しく挨拶《あいさつ》を交わしている場合ではなかった。

「とにかく、脱出を」

とリターニアが杖《つえ》を振ると、わたしとゼンジの妹の手の拘束が解ける。

いまのは……噂の、〝繭〟からちからを引き出すという、この地の遺伝子改造人類の特殊な……。

「魔法？」

「はい、アイリス殿下。この一帯は〝繭〟の影響下にございます」

お祖母さまから聞いてはいたけど……何とも便利なものね。

＊　＊　＊

おれたちの乗る駆逐艦が惑星フォーラⅡ近傍に到着したとき、すでにフォーラⅡのあった空間に開いた穴は完全に開き切っていた。

駆逐艦の観測機器から得たデータをおれの端末で簡単に計算したが、フォーラⅡが消えた、というのは正確な表現ではない。

惑星は、無事、そこにある。ただし折りたたまれた空間の中に。

何者かが空間を歪《ゆが》め、フォーラⅡの存在する場所を折りたたんで、別の宇宙へと続く大穴を開けたのである。

そして、竜たちがつくり上げた〝繭〟は以前のまま、この空間全体を包み込んでいた。

「つまり、どういうことですか」

駆逐艦の艦長が、おれの説明に当惑する。

「フォーラⅡは無事だ。きみたちの故郷はまだ大丈夫。ただし、この状態が続けばその限りじゃない。一刻も早く、空間を正常な状態に戻す必要がある」

「どうすれば元に戻るのでしょうか」

「いちばん簡単なのは竜にやって貰うことなんだが……ホルンはいま、それどころじゃないんだよな」

ブリッジの正面の大型スクリーンでは、赤竜が不気味な蜘蛛《くも》の化け物とドッグファイトを展開していた。

全長三十メートルの竜の巨体が、青白い糸を吐き続ける蜘蛛の前ではまるで幼竜のように見える。蜘蛛本体だけでも全長が百メートルはあるだろう上に、青白い蜘蛛の糸はその十倍近くまで広がり、その先端が不気味に蠢《うごめ》いている。

ホルンは空間を跳躍して一気に距離を詰めると、口からプラズマの炎を吐き出し、蜘蛛の糸を広範囲に焼き切る。蜘蛛はすぐさま赤黒い複眼から光線を放ち、赤竜の鱗《うろこ》を焼き、これを吹き飛ばす。同時に周囲の蜘蛛の糸が赤竜をからめ捕ろうと動き、ホルンはたまらず撤退する。

蜘蛛の糸の檻《おり》はじわじわと再生し、ホルンの与えた損害はまたたく間に修復されたように見えた。

先ほどから、これが繰り返されている。

「竜ですら、あれほどの苦戦をする相手……。先ほどお聞きした話、本当に我々が聞いてもよかったのですか」

「いいわけがない。帝国の最高機密だぞ、こうなったら一蓮托生《いちれんたくしょう》ってだけだ」

ブリッジの全員が、おれを振り返って「こんちくしょう」という目で睨《にら》んできた。

はっはっは、仕方ないだろ、こうなったらもう。

「前陛下《あのかた》から聞いた話では、虚無の女王案件は皇帝陛下の専任事項で、法の枠外とのことだ。陛下の姉君を無事に救出して、姉君の恩情に期待する。それがいま、我々が生き延びる最善最適の道だぞー」

「閣下、自棄《やけ》になってますね」

「何が起こっているかおれにもさっぱりわからないんだよ！　あのクソ摂政、いったい何をしやがった！」

おれの叫びは、きっとブリッジの全員、いやこの件に関わった全員の本音だろう。

マジで何をどうしたら、いくら元摂政とはいえただの帝国貴族が、こんな宇宙規模の災禍を簡単に引き起こせるんだよ。

あまりにもシャレになっていない。うちの義妹《いもうと》が巻き込まれていなかったら全力で逃げてるわ。

しかも義妹《いもうと》とアイリス殿下がいっしょって、どうなってるんだよ本当……。

「ゼンジさま。メイとアイリス殿下を回収いたしました。ただいま宇宙服にお着替え中です。その後、シャトルの緊急ハッチより離脱いたします」

リターニアから通信が入った。艦長に合図して、艦載機の用意を頼む。

「それと、ゼンジさま」

「何だ」

「アイリス殿下とご婚約している、という話は本当ですか？」

ブリッジの全員が、真顔でおれの方を向く。

「待て、絶対にそんな約束はしてない。……はずだ」

「まあ、ゼンジ、悲しいわ。わたしがいちばん、ってあのときおっしゃってたじゃない。あんなにも情熱的に……」

「思い出した。陛下から子守りを命じられたとき、ままごとをして遊んだのは事実だ」

通信で何を言ってやがるこの殿下は、記録に残るんだぞ。

まあ、殿下の声色は笑っているし、囚われて怖い思いをした気分をまぎらわせる、ちょっと小粋な冗談のつもりなんだろうが。

本気にする奴もいるんだから、頼むよほんと……。

「貴族が言質を取るということの意味をご理解くださいね、ゼンジ」

「いまから艦載機で迎えにいくからな。いい子にしていてくださいよ、殿下」

「まあ、まだ子ども扱いなのですか」

「子どもでしょう。背伸びなんてしなくていいんですよ」

通信を切って、艦長に後を託す。

艦長は苦笑いして「ご武運を」と頭を下げた。

ブリッジを出る前に、もう一度だけスクリーンを見る。赤竜は蜘蛛の攻撃を巧妙にいなしながら、シャトルから少しずつ戦場を離していた。

「あと少しだ、ホルン、頼むぞ」

兵が全力を出せる場をつくるのが、指揮官の重要な役目のひとつである。

無論、毎回それができていれば苦労はないのだが、それはそれとして縛りプレイを要求されれば、誰だって全力は出せないものだ。

今回、ホルンに頼んだのは、あくまでもシャトルに乗った人質たちの安全の確保であった。

メイシェラとアイリス殿下を助けられなくては、何の意味もない。

赤竜は激しい戦いを繰り広げながら、さりげなく蜘蛛をシャトルから離れた場所に誘導していたのである。

おれが艦載機でシャトルに近づけるようにね。

というわけで、充分な安全が確保されたところで、おれは四人乗りの艦載機をシャトルに接近させる。

シャトルの非常脱出口が開いて、宇宙服を着たふたりの少女が飛び出してきた。

おれは艦載機のハッチを開け、彼女たちを出迎える。

まずは殿下とおぼしき方が、おれに抱きついてくる。

その後ろから、殿下よりひとまわり大柄な方が、先についた少女をおれとふたりで押しつぶす勢いで飛びついてきた。

「よし、ふたりとも大丈夫だな。機内に入ってくれ」

「せっかくの感動の再会なのですよ、ゼンジ。もう少し抱きしめてください」

「宇宙服ごしで感触も何もないでしょうが」

「それは、後で生身で抱きついてよろしいということですね。言質を取りました」

取るな。とはいえ、彼女の身体が小刻みに震えているのは宇宙服ごしでもわかった。

そっと抱きしめてやる。あっ、少女の口から漏れた吐息が通信に乗った。

「もう大丈夫ですよ」

「……ええ。みんな、死んだわ。わたしはひとりになった」

「ひとりではありません。少なくとも、ここにはおれがいます」

「そうね……ありがとう、ゼンジ」

義妹《いもうと》の深いため息が聞こえてきた。

「兄さんは、そうやってあちこちで女の子を誑かしてきたんですか」

「人聞きの悪いことを言うな」

「……兄さんが艦隊を指揮するところ、見ていました。なんだか、遠い存在みたいに思えて……」

おれは指揮までしてないぞ。作戦の大部分を、ただ横で眺めていただけである。

ハッチを閉じた。空気が入る間に、その場に三人目の少女が現れた。リターニアである。彼女は空気が入ったことを確認して宇宙服を脱ぐと、シャトルの航行データが入ったチップを差し出してきた。

「これで、よろしいでしょうか」

「いま確認する。……ああ、これだ。よくやった」

「褒めていただけるのでしたら、ゼンジさま、是非とも頭を撫《な》でていただけないでしょうか」

「後でな」

ん、と頭を近づけてくるリターニアの額をぽんと叩《たた》き、不満そうな彼女を置いて操縦席に移る。まだ戦いが続いているというのに、銀河ネットの恋愛ドラマのようなことをやっている場合ではないのだ。

「まずいな、空間侵食率がかなり上がっている」

「侵食、でございますか」

「あの蜘蛛は、この宇宙とは別の物理法則が働く宇宙からやってきている。ただ存在するだけで空間を侵食し、己の宇宙へと変換するんだ。そうなった空間では、おれたちヒトは正常なカタチでは生存できなくなる。アレをこの回廊の外に出せない理由だよ」

「それは……困ったことでございますね」

リターニアが言うと呑気《のんき》に聞こえるが、わりとガチで困ったことなのである。

そういうわけで、さっさとケリをつけてしまいたい。

おれは艦載機のライトを決められた手順でつけたり消したりして、ホルンに合図を送った。

赤竜の動きが変わり、より攻撃的になる。

「よし、いまのうちにおれたちは離脱だ。ここにいたらホルンの邪魔になる」

機体を駆逐艦への帰還ルートに乗せ、全力で飛び出す。

さて、これでひとまずは安心……といくと、いいのだが。

機体後方のカメラの映像をメインスクリーンに出す。

ホルンは一度、空間跳躍で蜘蛛から離れると、大きな動作で口をふくらませた。

次の瞬間、赤竜の口から放たれた巨大なプラズマは、無数に広がった糸ごと蜘蛛を飲み込み——。

視界がまばゆい光に染まる。スクリーンが瞬時に光量を操作し明るさを落とすも、一面、白い光で何も見えなくなった。

光が消えたとき、蜘蛛の姿はかき消えていた。

シャトルのいたあたりの空間もろとも、すべてを薙《な》ぎ払《はら》っていた。

「ホルンさん、わたしたちがあそこにいたから、ずっと手加減してくれていたんですね」

メイシェラが呟《つぶや》く。竜の本気を目の当たりにして、だいぶ驚いている様子であった。

「ですが、これで終わりでございますね。化け物は無事に退治されました。あとは星をもとに戻せば……」

「いや、まだだ」

おれはリターニアの言葉を遮り、カメラの一部を拡大する。空間の回廊、そのはるか彼方《かなた》に、無数の青白い光点があった。

不吉な光点群は、かなりの勢いでおおきくなっている。

こちらに近づいてきているのだ。

「まだ、虚無の女王の子蜘蛛を一匹倒しただけだ。あの子蜘蛛の群れの向こうに本体がいる」

虚無の女王と呼ばれる存在は、群れをつくる。

自身と、数百からなる子蜘蛛の群れである。

女王本体は向こう側の世界に準拠した存在のため、そのままでは我々の宇宙で生存できない。

故に、子蜘蛛の群れによって宇宙を書き換え、自身が生きるために最適の空間に変質させる。そういう、根本的に我々の宇宙とは相容れない存在なのだ。

故に、禁忌。

その知識はこの宇宙そのものを破滅に導くものなのである。

三百年前の皇帝が自ら、知識の封印を決断するという異常性には、相応の理由があるのだ。

まあ、こうしてあっさり、その破滅があそこまで出てきちゃっているんだけどね。

ほんと、いったいどうやってこの穴を開けたんだよ……と思ったら、何やらアイリス殿下がおれの座る席の下に潜り、股《また》の下でごそごそと動いている。

ちょっと、何してるんですか殿下！　殿下ーっ！

「これで、よし、ね」

「何がいいんですか殿下！　そんなところで何してたんですか殿下！」

「機内の録音と録画を止めたわ。これから話す内容が外に漏れては困るの」

「内緒話ですか」

「ええ。結論から言うわ、この話が外に漏れた場合、わたしはあなたの妹を殺さなければならなくなる」

ずいぶんと剣呑《けんのん》な話だな。

おれは自動操縦に切り替え、隣の席に腰を下ろした殿下に向き直る。

リターニアが、あわあわと慌てていた。

「あ、あの、そのお話はわたくしが聞いてもよろしいものなのでしょうか」

「お祖母さまが信頼したあなたであれば、問題ないと判断するわ。それに、ゼンジのご友人、なのでしょう？」

なんかいま、リターニアとアイリス殿下の間で鋭い目線のやりとりがあった気がするんだが。それを追及しているような場合ではないので、スルーすることにする。

「これは、あの先日まで摂政であった男が勝手に語っていたことで、正しいとは限らないわ。あくまで状況証拠から判断して、おおむね信用に足るものであると判断したの。話さない場合、不測の事態を起こす可能性も考慮して、ここに情報を開示する次第よ」

殿下は真面目な顔で、やたら長い前置きの後、語りはじめた。

それは、おれの父と義妹《いもうと》に関する、あまりにも荒唐無稽《こうとうむけい》な物語だった。

しかし現実に起きている出来事から判断するとそれが事実だと認識せざるを得ない、とんでもない秘密の暴露だ。

すべてを語り終えた後、殿下は、おおきくため息をつく。これで肩の荷が下りた、とでも言うかのように。

それからおれを、まっすぐに見つめる。

「ゼンジ。わたしはこの秘密を、この場の者以外に語るつもりはないわ。この件については、あなたに全面的にお任せいたします」

「おれに……」

「先ほどわたしが申した言葉の意味、あなたなら理解できますね？」

メイシェラを殺さなければならない、ということか。

この話を聞いたいまなら、そりゃ彼女の立場ならそう言わざるを得ないというのはよく理解できる。

というか帝国にとっての最善は、おれにこのことを黙っていた上で帝都に帰還した後、軍を動かしておれごと義妹《いもうと》を殺すことだろう。

それくらい、ちょっとあまりにもろくでもない話である。

つーか親父め、どうしてこのことを黙ったまま死んだ？

いや、当時帝国元帥だったおれに何も話せなかったのはわかるけどさ……。

「お父上を責めるのは、よしなさい。あなたが地位と義妹《いもうと》を天秤《てんびん》にかけて悩むことは、彼も望んでいなかったでしょう」

「おれの心を読んだかのようなことを語らないでください」

「顔に出ていたわ」

え、本当？　マジ？　リアリィ？

このひと、昔から何故かおれの考えていることをばっちりわかってる風ではあったけど……おれ、他の人にはそんなわかりやすいって言われないんだけどなあ。

いや、陛下は違ったか。

あのひとはなんか、おれのことなんてすべてお見通しって感じだったか。

「おれにどうしろって言うんですか」

「以前ならまだしも、いまのあなたはただの一般人です、メイシェラを守ることになんの遠慮がいりましょうか」

「それでいいんですか、殿下は」

「帝国にとっては良いわけがありません。ですがあなたなら、何とかしてしまうでしょう？」

殿下の期待が重すぎる。

おれはそんな、何でもできるような、トランプのジョーカーじゃないんだってば。

だからあなたのお祖母《ばあ》さんみたいに何でもかんでもおれに無茶振りするのやめて貰《もら》えませんかね。

「文句を言いつつ、やってやろうじゃないか、という顔をしているではありませんか」

「殿下、そういうところは、陛下とそっくりだ」

「ええ、イリヤとそっくりの顔をしていらっしゃいますね」

おれだけでなくリターニアにまで言われて、殿下は少し照れ臭そうに笑った。会話の内容は全然、笑いごとじゃないんだけどね。

不安そうにおれを見る義妹《いもうと》に、「問題ない」とおれは笑いかける。

「兄さん……」

「いまも虚無の女王を引き寄せているわけじゃないんだろう?」

「た、たぶん。あのときは〝声〟が聞こえたんです。でもこのお守りが光った後、聞こえてこなくて……わたしの中から、何かが失われてしまったような感覚があります」

メイシェラは首にかけたお守りを服の下から取り出し、ぎゅっと握った。

ホルンの鱗《うろこ》が入ったお守りだ。

ひょっとして、ホルンが彼女を元摂政の投与したナノマシンから守ってくれたのか?

あるいは投与されたナノマシンが未完成だった可能性もあるが……。

「心配するな、もうあの男はいない。それに」

スクリーンの中では、空間を跳んで、無数の竜が現れたところだった。

虚無の女王を迎撃するべく回廊の向こう側を向いたホルンのそばに、数百体の竜が集う。

彼らがいる。おそらく、銀河でも有数のちからが、ここに集まっている。

「何とかなる。してみせるさ」

スクリーンに映る赤竜が、惑星ごと焼き尽くせるような広範囲にブレスを吐いた。

手加減なしで放たれた極めて高温のプラズマが子蜘蛛《こぐも》の群れを焼き尽くし、連鎖的に爆発が起こる。

だが、青白く輝く子蜘蛛の群れは、後から後から湧いてくる。

ホルンを助けるべく跳んできた竜の群れが子蜘蛛群とのドッグファイトに突入し、両軍、互いに激しくぶつかり合う。

現在のところ、どうやら竜の群れが優勢のようだ。

さすがは高次元知性体《オーヴァーロード》といったところで、一撃が惑星破壊級の攻撃を躊躇《ちゅうちょ》なく連発できるこの環境なら、さしもの虚無の女王すら、いささか分が悪い……か？

と思ったところで、敵の動きが変わった。

竜の群れの後方に跳躍した子蜘蛛が現れ、これによって戦線の構築が不可能となったのだ。

竜の空間跳躍、そんな簡単にパクれるものなの？

あ、そうか、蜘蛛《あいつら》も高次元を当然のように認識できる高次元知性体《オーヴァーロード》で、ここは〝繭〟の範囲なわけだから、それの利用っておれたちが藪の中を歩くより道を見つけてそこを歩いた方が楽だなー程度の話になっちゃうのか。

おれたちの目から見ると、竜も子蜘蛛も、ぱっと消えてさっと現れて攻撃して撤退して、を繰り返している。もはや戦況の把握なんて、何もできなくなっていた。

おれたちにできることなんて、邪魔にならないよう、とっとと逃げることだけだ。

ホルンの本気を見たいま、彼女がシャトルのそばでどれだけ手加減して戦っていたか、改めてわかってしまうのだから。

そんな竜が何百体もいて、拮抗《きっこう》してしまうような相手。

それが虚無の女王の軍勢なのである。

「おれの知ってる情報だと、三百年前にどうやってアレを追い返したのかわからなかったんだけど……殿下、ご存じです？」

「皇族にしか知らされていない情報ですが……」

「待ってください、それこそ、わたしたち知っちゃ駄目ですよね⁉」

メイシェラが慌てて殿下の口をふさごうとして、さっと避けられた。彼女、こう見えて鬼ごっことか得意でけっこうやんちゃな方なんだぜ。

「諦《あきら》めましょう。どのみち、今回の一件により、もはや隠蔽《いんぺい》できないほどにアレの情報は広まります。帝国も方針を変えるときが来た、ということです」

「それは、そうですね。で、殿下がご存じの情報とは？」

「帝国設立に際して後援してくださった高次元知性体《オーヴァーロード》がおりまして、その存在のちからをお借りしたのです」

え、何それ、と目を白黒させるメイシェラだが、これはたしかに一部の人しか知らないものの、民間でも知ってる人は知ってる、レベルの情報だったりする。

高次元知性体《オーヴァーロード》を研究する人たちとかね。

当然、おれも知っている。

「仙公《せんこう》ですよね、殿下」

「ええ、ゼンジ。一般には、そう呼ばれておりますね」

「仙公《せんこう》さん……。それ、御伽噺《おとぎばなし》じゃなかったんですね……」

「わたくしも知っているキャラですね。銀河ネットで拝見いたしました」

うん、有名な創作シリーズに出てくるキャラなんだよな、仙公《せんこう》さん。

困っている人を助けてくれる正体不明の少年、みたいな感じで描かれる、子どもたちの人気キャラクターだ。銀河ネットで何度もドラマになっていて、グッズは銀河中で大人気。そんな、わりと庶民的な高次元知性体《オーヴァーロード》だったりする。

あまりにも完全に創作のキャラに溶け込んでいて、本人が帝国のどこかで歩いていてもコスプレにしか見えないという……そういう風にあえて広報したのは帝国で、仙公《せんこう》と長くつき合うために知恵を絞った結果がコレというのね。

ある意味で、とても賢いやり方だと思う。

仙公《せんこう》の方がそれをどう思っているかはともかくとして。

ジミコ教授は、「わりと楽しんでいるタイプだよ。サインを貰った」と言っていたので、仙公《せんこう》が実在して、しかも教授が会ったこともあるのは確実である。

あのひと、そういうところで見栄を張ったり嘘を言ったりするタイプじゃないからね。

「ちなみに皇帝の代替わりに際して、仙公《せんこう》は新しい皇帝の前に必ず顔を出す、という話、本当なんですか」

「それは本当です。弟も会ったはずですが……わたしは、あの子が即位してから一度も個人的な話をしていませんので」

摂政だったあの男に邪魔をされていたらしい。

本当に、よくもまあここまでかき乱してくれたものである。

「では結局、帝国だけではアレに対処できないわけですか」

「ええ。ゼンジ、我々は皆が思う以上に無力なのですよ」

本当になあ。そんなだから、アレ関連の話を封印したのはわかるんだけどなあ。

これからは、その方針も改める必要があるだろう。

メイシェラのことを秘密にするにしても、あいつがこんなにも簡単に時空の回廊を繋《つな》げ、アレを呼び寄せてしまったのだから。あいつの言っていた組織の残党が同じことを企む可能性が残っている以上、その再発防止と対策は帝国にとって喫緊の課題となる。

まあ、それらもすべて、今回の件が上手く解決すれば、の話なんだが……。

「――さま」

ふと何かの声を聞いた気がして、おれは操縦席の天井を見上げた。

どんな機体でも代わり映えのしない、いまは灰色の天面スクリーンがあるだけだ。

「ゼンジさま、どうなさいましたか」

「いや、ちょっと……誰か、おれのことをお父さま、って呼んだか？」

「パパと呼ぶ子でしたら駆逐艦の方に置いてきておりますよ」

アオイの声じゃなかった気がするんだけどな。うーん、やっぱり気のせいか……？

「間もなく回廊から出て、外に待機してる駆逐艦と合流します。移乗の準備をお願いします。あと、録音と録画機能を戻すから、先ほどの話は以後、禁止で」

「ゼンジ、ひとりで戻せる？　わたしがやってさしあげましょうか？」

「というか、何でこんな機能知ってたんですか、殿下。どう考えてもこっそり脱走するときにしか使わないと思うんですけど、誰に教わったんです」

「お祖母さまよ」

おれは天を仰いだ。そうだよねー、あの方、そういうところあったよねー。

「イリヤのおてんばは、ずっと変わらなかったのですね」

「あなたの知っているお祖母さまの話、今度聞かせてくださる？」

「ええ、もちろん。殿下の知るイリヤの話も聞かせてください」

呑気《のんき》だな、こいつら。

まあ、さすがにここまでくればもう大丈夫……と油断したのが悪かったのか。

目の前に青白い光が見えた瞬間、おれは艦載機の操縦をマニュアルに切り替え、方向転換させた。

強烈なGが操縦室を襲い、座っていなかった少女たちが悲鳴をあげる。

「すまん、注意している暇がなかった！」

「ゼンジさま、こちらはお気遣いなく！　わたくしがふたりを守りますので！」

横目で見れば、リターニアが魔法で空気のクッションをつくったのか、彼女たち三人は壁のそばでふわりと浮いていた。

よし、これなら全力で加速できる。スクリーンには、至近距離に跳躍してきた子蜘蛛がこちらに無数の青白い糸を伸ばす様子が映し出されていた。

まずいな、まさかこっちに興味を示すとは……。

「ぶんまわす！　しゃべるなよ、舌を噛《か》むぞ」

彼女たちの返事は悲鳴だった。限界まで加速した上で、右に左にスラスターを吹かし、触手のように伸びてくる青白い糸の雨を避けていく。

くそっ、艦載機の操縦なんてほとんど経験してないんだぞ！

何か定期的に艦載機で敵から逃げまわった記憶はあるけど、気のせいということにしておきたいというかだいたい陛下が悪いというか。

「パパ、もうすぐ助けが来るから！」

通信機の向こうから、駆逐艦に置いてきたアオイの声。

「駄目だ、来るな！　逃げろ、こいつら相手じゃ軍の船でも……」

「違うよ」

「は？」

「大丈夫、あの子が目覚めた」

あの子って、誰？　と考える間もなく、破滅の方が先に来た。

糸の一本が機体の翼をほんのわずか、かすって通過する。

それだけで、機体は制御を失って吹き飛ばされ、激しく回転しながらあらぬ方向へ撥《は》ね跳んだ。

背後から轟音《ごうおん》が響き、急激な減圧を感じる。

振り向けば、機体に穴が開いていて、彼女たちがそこから吸い出されるところだった。

幸いにして宇宙服のセーフモードは無事発動したようで、全員の頭はヘルメットに覆われている。

おれのヘルメットも自動的にバイザーが下りて、周囲の音がかき消える。

おれはシートベルトを外すと、彼女たちを追って機体を捨て、宇宙空間に飛び出した。

もっとも、回転する機体の中から飛び出したわけで、無事に合流できるとはとうてい思えなかったのだが……緑の光に包まれて、三人の少女たちが暗い深淵《しんえん》に浮いていた。

「お――さま」

先ほどと同じ声が頭の中に響く。

その光が泳ぐように近づいてくると、おれの身体も包み込む。

なんだ、この光……おれたちを守ってくれているみたいだ。

「お父さま、ご無事で何よりでございます」

今度こそ、はっきりと。かん高い、幼い少女のものとおぼしき声が聞こえた。

これは……いったい、誰が呼びかけているんだ？

脳裏をよぎるものがある。消去法で、ひとつだけ可能性を思い浮かべた。

「卵から孵化《ふか》してすぐ、駆けつけてくれたってことか？」

「はい、お父さま。急いだ方がよろしい、とのことでしたので」

「誰から」

「アオイ姉さまが」

次の瞬間、目の前に宇宙服を着たアオイが現れた。

「やっほー、パパ！　妹ができたよ！」


おれ、ゼンジ。

娘がふたり、できました。

まあ、ひとりはＡＩだしもうひとりは実体を持ってないっぽいんですが。いまどき娘がＡＩだったり実体がないくらい、よくあることだよね。

おれたちを包む緑の光が、わずかに明滅する。

「お父さま、この光はわたしの本体ではございませんよ」

「あ、そうなんだ？」

「ところで、アレは排除しなくてよろしいのでしょうか」

アレ？　と彼方《かなた》を見れば、青白く輝く子蜘蛛《こぐも》が猛スピードで迫ってきていた。

「排除しないとマズいな」

「では、合体いたしましょう」

「合体？」

え？　と思う間もなく、おれの身体に何か異物が入ってくる、ぞわりとした感覚がある。

次の瞬間、おれは理解していた。

十二次元の空間を視認して、把握していた。周囲の時空のねじれを解きほぐす術まで把握していた。周囲に展開した〝繭〟がはっきりと見えた。

想像していたよりも、それはずっと繊細で丁寧な仕事だった。〝繭〟の断面ひとつひとつを眺めるだけでいくらでも時間を潰《つぶ》せそうだ。

というかこれずっと見ていたいんだが……残念だ、いまはそんな暇もない。

「パパ、すごい！　光ってる！　きれいだね！」

おや、と己の身体を見れば、おれ自身が淡く緑色の発光をしていた。なるほど、まあ、そんなこともあるだろうと納得する。

「ちょっと行ってくる。アオイ、ここは任せた」

「はい、パパ！」

いまなら宇宙服を脱ぎ捨てても問題なさそうだ。とはいえ、脱ぐ時間も惜しい。

そのまま跳んだ。ゴムロープを引っ張るがごとく〝繭〟をつかまえて、その伸張の反動を利用して、勢いよく跳躍する。

次の瞬間、空間をおよそ百キロメートルばかり横断して。

おれの身体は、子蜘蛛のすぐそばにいた。

子蜘蛛が、ぎょっとした様子でその身をよじる。

その複眼で、おれの姿を捉えて……。

子蜘蛛から怒りの波動を感じた。なるほど、いまのおれなら理解できる。この子蜘蛛、シャトルの外に飛び出したあの男、元摂政の身体を取り込んだんだな。

宇宙空間を浮遊する元摂政が、メイシェラに注射したナノマシンを、やぶれかぶれで自分の身体に打つ様子が、イメージとして浮かび上がる。

そして、近寄ってきた子蜘蛛に、その身を喰《く》われた。

結果、あの男の最後の思考、おれと殿下に対する恨みを抱いた子蜘蛛が生まれた。

何ともはた迷惑な話である。だから、子蜘蛛は叫んでいる。

「きさまが、きさまさえ、いなければ！　ゼンジ！　ラグナイグナ家！　きさまらは、いつも肝心なところで邪魔をする！」

「知るか、馬鹿」

おれは蜘蛛に向かって、軽く手を振る。

「だいたい、親父を殺したのはおまえなんだろう？」

おれは、父の仕事のことをよく知らない。皇女殿下から暗部の話を聞いたいまでも、よくわからない。元摂政の男が父を殺したというのも、いまひとつ実感が湧かない。

本来は、もっと憤ってしかるべきなのかもしれないが……軍人が軍務で死んだことに私怨《しえん》を抱えてはならないのだ。

同じように、任務で亡くなった父のことを、この一件に関しては恨むのはスジが違う気がした。

それはそれとして、元摂政の男に対しては強い殺意が湧く。

おれの周囲でさんざんな人事を連発してくれたこと、メイシェラに対すること、アイリス殿下に対しての狼藉《ろうぜき》、軍を無理矢理に辞めさせたこと……はまあいいか。

とにかく全部合わせて、一発くらいは殴らせて貰《もら》おうか。

「おらぁっ」

おれは空間を捻じ曲げて、蜘蛛の身体をふたつに切断した。

蜘蛛はまっぷたつに裂け、青い液体をまき散らしながら息絶える。

それで、終わりだった。本当の意味で、あの男の最期だ。

だがそれよりも、あれほど苦戦した子蜘蛛が、まさしく赤子の手をひねるかのように容易く始末できたという事実に愕然《がくぜん》とする。

「これが、きみのちからか」

「わたしとお父さまのちからです、お父さま」

頭の中の声が笑ったような気がした。

「お父さま、ひとつお願いをしてよろしいでしょうか」

「何だ」

「わたしにも、名前をいただけませんか」

名前、か。

こんなときだが、たしかに彼女はおれとあの存在との間に生まれたものなのだから、おれが名前をつけるべきだよな……。

「ロクショウ」

「ふむん」

「あ、嫌か？」

「感激しております。ロクショウは、以後、その名を名乗ります。さて、お父さま、これからいかがいたしましょうか」

いかがいたしますか、ねえ。

まずこの空間、時空に開いた穴を閉じる準備……は竜たちがおおむねやり終わってるな。

ホルン以外の参戦が遅れた理由、これをやってたからか。で、いまは虚無の女王を追い返すために戦ってくれている。

竜としても〝繭〟を虚無の女王が利用するのは想定外だったとみえる。

というかこれ、〝繭〟の機能を制限すればいいのでは？

「〝繭〟に手を加えて、虚無の女王側には使えないようにする。できるか？」

「その程度の演算、ロクショウであれば造作もありません。やりましょう、お父さま」

おれたちは〝繭〟に手を伸ばす。竜たちの繊細な仕事に素人《しろうと》に毛が生えたようなおれが手を加えるのは心が痛むが、それよりもいまは敵の動きを封じることの方が重要だ。

というか竜たちは、〝繭〟の拡張性をめちゃくちゃ高く取っていたんだな……所有、という概念がなさすぎて、誰でも使えるように工夫しているし。

ここをこうして、あとは……こう。よし、と。

おれが〝繭〟をいじったことで、彼方の戦場では膠着状態《こうちゃくじょうたい》だった戦いに変化が起きた。奇襲が封じられた子蜘蛛たちを、竜が一方的に殲滅《せんめつ》できるようになったのだ。

「おーい、いま〝繭〟をいじっているのは誰じゃー？　うん？　ゼンジ？　おぬしか？」

頭の中にホルンの声が響いた。

あーこれ、〝繭〟を使った通信か。

「いろいろあって、〝繭〟をいじれるようになった。どうだ？」

「うむ、おかげで容易に端末を始末できるようになった。竜を代表して感謝するぞ。それにしても、竜には影響を与えず端末だけを弾くとは、どうやったのだ」

「ロクショウの演算のおかげだな。機能の一部だけなら竜をも凌《しの》ぐ、か……」

「えっへん、です！」

緑の輝きが、ひときわ強くなったような気がした。

さて、これなら、遠からず虚無の女王は撤退を始めるだろう。

もう、おれが何もしなくても大丈夫……のはずだ。

それでもまだ何か、できることはあると思った。

「ロクショウ、竜の応援をしに行きたい。いいか?」

「お父さまが望むのであれば、ロクショウはおちからになりたいのですが……」

「駄目か?」

「申し訳ございません、先ほど頑張ってしまったため、いまのロクショウにはエネルギーが足りません」

エネルギー、か……。

ひとつ心当たりがあった。

いまにして思えば、これが必要になるような予感があったのだ。

おれは宇宙服の背のバッグから、宝石箱を取り出した。

箱を開けると、虹色《にじいろ》の輝きが宇宙空間に放たれる。

握り拳大の真珠のようでありながら虹色に輝く宝石が、そこにあった。

「竜玉だ。無限にエネルギーを生み出す、小型の〝繭〟。使えるか」

「お父さま、これを……ロクショウに?」

「きみが使ってくれるなら、ホルンも喜ぶだろう」

「かしこまりました!」

緑色の光が虹色の宝石を包み込む。

宝石がゆっくりと浮かび上がり、おれの胸もとまで移動した後、ひときわ輝くと……。

それが、ぱっとかき消えた。おれの全身を包む緑の光が、ひときわ強くなる。

「では、お父さま、参ります!」

空間を、跳んだ。ちょうどブレスを吐き終えたホルンの、すぐ横に。

赤竜は、驚いた様子でこちらを向く。

だがさすがだ、すぐにおれたちの現状を理解し、「嬉《うれ》しく思うぞ」と頭の中に声を届けてきた。

「ゼンジ、その子の名は何と？」

「ロクショウだ、ホルン」

「よし、ゼンジ、ロクショウ。共に参ろう」

おれたちとホルンは、同時に跳んだ。

虚無の女王、その本体の目の前に。

ひどく歪《ゆが》み、この世界の法則からおおきく逸脱した、女王の周囲の空間。

もはやただ存在するだけでも困難で、自己を認識することすらも難しい。

ひどく歪んで見える女王の本体は、まるでブラックホールのようにすべての光を吸収する真の闇であった。とうてい、ヒトが正気のままでいられるような場所ではない。

ロクショウによって桁違《けたちが》いにおおきく拡張されたおれの認識能力すらも悲鳴をあげていた。

おれやホルンでも、長くいられる気はしない。

「手早く片づけるぞ、ホルン」

「うむ！」

ホルンがプラズマのブレスを吐き出す。

いま見ると、それがただの高温の塊ではなく七次元にわたって伸びる超量子の泡であった。

触れた空間そのものをつくり変え、根本的に存在の確率を変化させるモノ。

ああこれ、我が師が確率の泡子と呼んでいたものに近いな……。

うわあ、この発見を知らせたい。いますぐレポートにしたい……が。

残念ながら、いまはそんなことをしている余裕がない。

無限に近い観測能力を得たというのに、それを充分に行使して観測を行う暇がない。

おれはホルンのブレスと同時に周囲の空間をねじって、虚無の女王を切断しようとした。

女王を包む闇が消し飛び、その衝撃は数多《あまた》の次元に伝わって、強烈な揺れがおれたちを襲う。

おれとホルンは数十キロメートル後方に吹き飛ばされ、そこで何とか踏みとどまった。

「お父さま、虚無の女王から切断された欠片《かけら》が周囲に拡散、空間の汚染が急速に拡大しています。これ以上の攻撃は、回廊の外に汚染が広がるおそれがあります」

「倒すことすら駄目って、いくらなんでもひどくない？」

「伊達《だて》にアヴル・コーヴの遺産のひとつではない、ということであるな」

待って、全然知らない単語が出てきたんだけどその話を詳しく……している暇、ないよな。

仕方がない、こうなったら何か別の方法で……いや、別の方法って何かある？

ええと、ちょっと待てよ、そもそもこいつがここに現れたのって……。

「あの男に、臭いか何かで誘因されたんだっけか。そういうやつで逆に向こう側へ行くよう誘導できないか？」

「空間超振動の増幅、誘因効果を確認。超振動の回廊の向こう側への設置、可能です」

「やってくれ」

摂政だったあの男の組織がメイシェラを使って為したことを、逆にこちらがやる。

いまのおれとロクショウであれば、さして難しいことではなかった。

なにせ、一度は行われたことで、その見本が〝繭〟の記録に残っていたのだ。あとは、それを少しいじるだけであった。

つーかやっぱり〝繭〟が便利すぎる。超次元に広がる高速演算装置とデータ保存装置と道路が全部一緒くたになってそれぞれの相互作用を起こすような仕様、どういう頭で組めるんだよ。

これが常時使えたらなあ。それだけが非常に残念でならない。

「お父さま、空間超振動、設置開始しました」

ロクショウの言葉と同時に、虚無の女王の動きが変化した。

ゆっくりと、背後を気にするように、そわそわした様子になる。明らかに、おれとホルンに対する注意が緩んだ。よし、一か八かだったが、たしかにこれは効いている。

「お父さま、竜玉のエネルギーをもってしても、さすがにタイムオーバーです。そろそろ……」

竜玉って、無限のエネルギーと謳《うた》われて帝国の旗艦に搭載されているんだが。

まあ、仕方がないか。なにせいま、おれたちが目の前にしているのは、帝国の艦隊をもってしてもどうにもならなかったような相手なのである。

それを退かせようというのだ、無限のエネルギーすら枯渇しても仕方がない。

「ホルン、この振動地雷の設置、任せていいか」

「うむ。そなたは撤退せよ。あとは竜に任せるのだ」

おれは戦いの結末を見届けることなく、跳躍する。

駆逐艦のそばに現れると、そこで全身の光が消える。クリアだった頭が、ぼんやりとしていくのがわかる。あれほどの全能感が急速に抜け落ちて、かわりに激しい頭痛が襲ってきた。

というか、全身がだるい。ひどい疲労感がある。

「くそっ、まだ報告が……」

「お父さま、いまはどうか、お眠りください」

ロクショウの声がそばで響く。

「お疲れさまでした。お父さまは、誰にも成し遂げられなかったことを成し遂げたのです。誇ってください」

誰かが宇宙服の中に手を伸ばし、おれの頭をそっと撫《な》でたような気がした。

それが、この戦いにおけるおれの最後の記憶となった。

エピローグ

おれは無数の星が瞬く宇宙空間を生身で漂っていた。

あれ、身体にロクショウの気配がないから……このままじゃ死ぬのでは？

いや、特に呼吸する必要も感じなかった。

じゃあまあいいか、と漂い続けることにした。

これまでのことを思い返す。そうだ、おれはロクショウとひとつになって、ホルンと共に虚無の女王を時空の向こう側に誘導することで戦いに決着をつけて……。

そこでロクショウのちからが尽きて、何とか駆逐艦の手前まで跳んだ後に意識を失った。

ロクショウはどうなったのだろう。少し心配だった。首を振って左右を見ようとする。

身体がぴくりとも動かなかった。

うーん、困ったなあ。

「でもこれ、たぶん夢だよな。ならまあ、いいか」

「おぬし、気楽だのう」

ホルンの声がした。後ろからだ。気づくと、背中に温かい感触があった。ホルンに抱きつかれているのだと気づく。彼女の腕がおれの首に巻きついた。

「どういう状況なんだ」

「おぬしは少々、無茶をしすぎた。いま修復しておる」

無茶、か。心当たりは、ある。ありすぎる。

「ロクショウは？」

「最初にする心配が、それか。安心せよ、あの者はふたたび卵となって眠りについた。今度は、さほど長い眠りではあるまい」

「ありがとう。無事ならいいんだ」

「おぬし自身のことについて訊《たず》ねぬのか？」

「きみが心配してくれているんだ。それなりにマズいことになったというのはわかるし、きみが努力してくれている以上、失敗してもそれはもうどうしようもないことなんだろう。なら、心配するだけ無駄じゃないか」

「阿呆《あほう》」

首をぎゅっと絞められた。少し苦しい。

「寂しいことを言うな」

「きみがそう思ってくれるなら、ただのヒトのひとりとして嬉しいことだな」

「自らを卑下するものではない。おぬしはわれに認められた者であるが故に」

「きみにそう言って貰《もら》えると嬉しいよ。きみと出会えて、本当によかった」

「何かしんみりした雰囲気を出しておるが、おぬし、われの名誉にかけてきちんと治すからな？以前と同じにきっちり修復するからな？　別れとか絶対に許さぬぞ？」

おれは笑った。何故か嬉しくて仕方がなかったのだ。

その気持ちはホルンに伝わったのか、首の拘束が少し緩くなった。

「まったく、おぬしは。われの気持ちも知らずに」

「きみがおれのことをとてもよく想ってくれているのは知っている」

何故か、また首がきゅっと締まった。苦しい。

「ギブ、ギブアップだ」

「ええい、わかっておらん！　たぶんおぬしは全然わかっておらん！」

「降参、降参するから！」

首の拘束が緩んだ。ぜえぜえと荒い息を継ぐ。

「もう、よい。おぬしはじっとしておれ」

「退屈なんだが」

「では、何か話をせよ。竜を面白がらせてみるがよい」

「面白がらせる、って言ってもなあ」

別におれは、話が面白いヤツというわけではない。たいしたネタのレパートリーもない。

「何でもよい。おぬしにとって大切なことであれば、何でも知りたいと、いまのわれはそう思うのである」

「おれにとって大切なこと、か……。じゃあ、メイシェラの話を」

きゅっと首が締まった。駄目らしい。

「理不尽じゃないか？」

「別の話にせよ」

「じゃあ、あの方の話をしようか」

「リターニアの友であったという、帝国の頭か」

「女帝イリヤ。おれが仕えていた方の話だ」

「よかろう、馴《な》れ初《そ》めから聞かせよ」

「馴れ初めってこういうとき使う言葉じゃないからな。――あれは士官学校を出て半年経ったころ、おれは駆逐艦の艦長だった」

少なくとも数年は、その駆逐艦で哨戒《しょうかい》任務を続けるはずだったのだ。

ところが、ちょっとした偶然が重なって陛下を助けてしまったことにより、すべての歯車が噛《か》み合ってしまう。おれはとんとん拍子に出世して、いろいろな人に羨《うらや》まれて、妬《ねた》まれて、憎まれて
……でも何故か更にどたばたがあって、あっという間に元帥の位につくことになってしまった。

誰もがびっくりしたけれど、おれがいちばんびっくりしていた。

陛下は笑って「朕は嬉《うれ》しく思う」とか言ってたけど……あの方は、おれに抱えられてジャングルの中を逃げまわっているときにでも笑っているような、そんな豪胆なお方だったからなあ。

語っているうちに、どれだけ時が経ったのだろう。

気づくと、背中にホルンの感触がなかった。

かわりに、自分が柔らかいベッドの上で寝ていることに気づいた。叫び声が遠くから聞こえてくる。それが次第に近づいてくるのも感じる。

「兄さん……兄さん！　兄さん！」

メイシェラの声がする。

「ほら、やっぱり動いたんです！　アイ、見てください！」

「ええ、見ているわ。少し身体が動いたし、まぶたがぴくぴくしているわね。たぶん、もうすぐ起きると思うわ。……あなたが慌てているおかげで、わたしはこんなにも落ち着いていられる。嬉しいことだわ」

おれはゆっくりとまぶたを持ち上げた。急激に光が差し込み、思わず目を細める。光の世界に、ゆっくりと目が慣れていく。

ベッドに覆いかぶさるようにメイシェラがおれを見下ろしていた。おれに対して懸命に呼びかけていたようだった。

「兄さん！」

「ああ、おはよう。それと、そこにいるのは殿下ですね」

「ええ、そうよ。あなたの妹さんとは仲良くさせて貰っているわ。ゼンジ、おはよう」

メイシェラの横から、アイリス殿下の声がする。

「あの竜が『もう大丈夫』と言っていたから、きっと大丈夫だったのでしょうね。それでも、二週間以上も眠っていたのだから、心配したわ。わたしたち、だいぶ慌てたのよ。ああ、無理に身体を起こすのはやめなさい。そのままでいいわ」

「二週間以上……か」

「すぐにナースコールするから」

身体を動かそうとしたら、気だるい感覚が押し寄せてきた。まぶたが重い。少しリハビリする必要がありそうだった。

まあ、皆が無事なようで何よりだ。

殿下が何故、ここにいるのか。それだけが気がかりだったが……。

「いろいろあったのよ」

はたして、おれの心を読んだかのようにアイリス殿下が言う。

「手短に言うと、わたしはしばらくあなたの家に厄介になることになったわ」

そこはもう少し説明が欲しい。

抗議するように唇を震わせると、殿下のくすくす笑いが聞こえてきた。

「簡単な話なのよ。帝都よりもあなたの屋敷の方が安全ということ」

それは、そうかもしれない。あのときはちょうど皆の留守を狙われたが、本来あそこには竜も通えばエルフも通う。どれほど優れた暗殺者でも、高次元知性体《オーヴァーロード》の相手などまっぴらごめんだろう。

「そういうわけだから、これからよろしくね、ゼンジ」

あともうひとつ、先ほどメイシェラが彼女のことをアイと気軽に呼んでいた気がするのだが……本当に、ずいぶんと仲良くなったものだ。共にあのクソ野郎の人質になっていたことで友情が芽生えたのだろうか。

まあ殿下が認めているなら、別にいいか……。

しゅっと空気が割れるような音が響いた後、リターニアとアオイの声が聞こえた気がした。跳んできたようだ。

「ゼンジさま！」

「パパっ！」

ふたりの無事な声を聞いて、安堵《あんど》する。
そうして気を抜いたせいか、猛烈な睡魔が襲ってきて、意識が闇に落ちる。

次に目覚めたときは、更に三日が経っていた。
メイシェラはまた泣いておれに抱きついたのだが……。
それから先のことは、また別の機会に話すことにしよう。

ともあれ、これがおれの、辺境の星での長いセカンドライフの始まりである。
この先には平和で楽しい日々がずっと続くのだと……このときは、そう思っていた。

特別短編　提督といさましいちびのコーリー・ローリー少佐

帝国の南方に銀河鮫《ぎんがざめ》の集団が出現し、南方軍がこれの迎撃に出撃した、という報告が帝都に入ったのは、その年の暮れであった。

陛下はただちに増援の派遣を決め、おれにその指揮を任せた。

ゼンジ・ラグナイグナ、三十一歳の出来事である。

十日後。おれが率いる帝国軍中央第三艦隊全四十隻は、南方軍が駐留するオスト星系にジャンプアウトした。

そこで、南方軍の敗北を知ることになる。

猛将で知られるジクラス・グラウコスは南方軍の主力を中心とした約二百隻の大艦隊で出陣し、銀河鮫の群れを相手に奮戦するも……。

武運つたなく戦死したとのこと。

艦隊はさんざんに痛めつけられ、かろうじて撤退できたのは半数の百隻と少しで、それも大半が中破、大破で……。

現状、使いものになりそうなのは、せいぜい二十隻程度であるらしい。

この報告を聞いて、真っ先に頭を抱えたのは副官のトレーナ・イスヴィル少佐だった。

「五個艦隊相当の戦力が壊滅……どうするのよ、これ」

「グラウコス卿《きょう》はおれのこと嫌ってたからなあ。おれが到着する前に銀河鮫の群れを叩《たた》きのめして、鼻をあかせたかったんじゃないかな」

「呑気《のんき》なことを言わないで」

「まずは現実を見つめないとなあ」

その自己顕示欲につきあわされて戦死した軍の諸兵には同情を禁じ得ない。

いやーおれだって頭を抱えたいよ……。

というかこれ、銀河鮫の戦力評価を見直した方がいいんじゃないか。

「そもそも、っすよ」

トレーナの傍らに立つ小柄な女性が、不機嫌を表に出しておれを睨《にら》む。

いさましいちびの猪こと身長百四十センチのコーリー・ローリー少佐だ。この小柄な軍人は、先日、いろいろあった自分の艦から下ろされ、トレーナの部下になったばかりであった。

反抗的で、暴力的で、人の話を聞かず命令違反の常連ながら、戦場における、いや喧嘩《けんか》におけるカンだけは比類なきものを持つ逸材である。

軍人よりも市井で警官にでもなっていた方がいい人材だと思う。

しかし本人は、艦長席に座りたくてたまらないのだという。

いささか適性と性格の不一致があるのだが、トレーナのことは妙に尊敬している様子で、彼女の言うことならよく聞くのである。

「いったい何なんすか、銀河鮫って。鮫が宇宙を飛ぶんすか！　生き物なんすか⁉」

「コーリーあなた、またブリーフィングで寝ていたわね」

「あんなのダルくて仕方がなかったっす」

トレーナがジト目でコーリーを睨むが、睨まれた方はどこ吹く風、といった様子でそっぽを向いている。

うんうん、まあ別にいいんだこいつは。本番で活躍するタイプだから。

はたして、諦《あきら》めのため息をついたトレーナが口を開く。

「銀河鮫は、ずっと昔、とある高次元知性体《オーヴァーロード》がつくった眷属《けんぞく》が野生化した存在、と言われているわ。真偽は定かじゃないけど。ジャンプ・ドライブを内蔵して銀河を飛びまわり、発見した惑星をまるごと捕食する宇宙の災禍よ」

「はた迷惑な高次元知性体《オーヴァーロード》もいたもんっすね」

「その言い方は語弊があるな。大半の高次元知性体《オーヴァーロード》は、はた迷惑な存在なんだ」

本当にね、なぜかおれ、陛下から高次元知性体《オーヴァーロード》関係の仕事をいっぱいまわされているからね、わかるんだけどね。

あいつらの半分はヒトのことなんて何とも思っていないし、残りの半分は興味深い動きをする蟻か何かくらいにしか思っていないんだから。

例外もいるけどね。

そもそもヒト以外の知性体からすればヒトという存在がはた迷惑な宇宙にはびこるカビのようなものかもしれない。高次元知性体《オーヴァーロード》が、たまたまヒトに対して無関心でいるからこそ、この害悪なカビは銀河の広い範囲にはびこっているというだけなのかもしれない。我々は自己を相対化して見るべきであり、ヒト中心の傲岸不遜《ごうがんふそん》な世界観に拘泥するべきではないのかもしれない……なんてことを唱える者たちもいて、実際に多少の支持を集めている。現在のところ陛下は静観の構えだ。

まあ、そんなことはどうでもいいのである。

「閣下、どうなさいますか」

トレーナが訊《たず》ねてくる。

撤退するかどうか、ということだ。

おれたちはあくまで増援であり、本来は南方軍を中心戦力として銀河鮫の集団に当たるはずであったのだ。そのために、戦艦を中心とした打撃力重視の編制にしてきたのだが……。

もはや当初の予定通りにいかない以上、万全を期して一度撤退し、今度こそ敵を上まわる戦力を集めてこれを叩くべき、というのは当然の意見である。

とはいえ、こちらも子どもの使いではない。

「南方軍の戦闘データを片っ端からまわして貰《もら》ってくれ。話はそれからだ」


データの確認と検討にまる一日を費やした。

その間にトレーナが南方軍の残存艦隊を吸収し、戦力の再配置を行なう。

「南方軍の艦艇、思った以上に整備状況が劣悪ね」

「整備予算が足りなかったのか？　それとも……」

「それとも、の方。グラウコス卿の親族が、すべての責任は故人にあるって泣きついてきたわ」

「死人に全部なすりつけたか」

地方貴族どもの典型的なやりくちだ。反吐《へど》が出る。

「まあ、そのへんは後で監査を入れるとして、だ」

地方の不正なんて、いちいち提督府が関わるような問題ではない。そんな暇があるなら優先して処理するべきことは山ほどある。

それはそれとして、不正により想定よりさらに目減りした戦力をどう補填《ほてん》するかは頭が痛い問題であった。

今回の戦いに参加しなかった補助艦艇やジャンプ・ドライブで一日圏内の近隣星系から艦をかき集める手はあるが……。

そんな急増の艦隊と付け焼き刃の戦術でどうにかなるような相手なら、南方軍は初戦で勝利を収めていることだろう。

「勝ち目はありそうなの？」

「いくつか案はある。銀河鮫の個体数は五百体ほど。これまでの迎撃データによると、奴らは賢い。勝ち目がないと判断すれば逃げていくらしい。しかも、きちんと縄張りという概念を理解しているそうだ」

「勝てそうならどこまでも帝国領内を荒らしまわるってことじゃない」

実際に、銀河鮫に侮られ領土を食い荒らされて滅亡した国家もあるからなあ。

「だから、初手で勝つのが重要なわけだな」

「初手から躓《つまず》いてるじゃない！」

「本当にね。どうしようね」

故人をあまり悪く言いたくはないが、グラウコス卿も、まったくろくでもないことをしてくれた。

命をかけておれへの嫌がらせをするとはね……。

なお、援軍の指揮を執るのがおれと聞いて、急遽《きゅうきょ》出陣を早めたという報告はすでに受けているので、これは疑惑でも何でもなく確定事項である。

ヒトの好悪で政治や軍事をするもんじゃないよ、まったく……。

「銀河鮫、奴らは星を喰《く》う。天体の引力に惹《ひ》かれて集まってくる。ただ恒星の重力からは逃れようとする習性を持っている。きちんと食べられる重力がどこからどこまでか把握しているのか、それとも恒星の熱や放射線から判断しているのか、そのあたりは不明らしい」

「捕獲した個体も、体内組織がすぐに溶けて消えてしまうそうね。証拠の隠滅までするなんて、頭のいい生体兵器だこと」

「なにせ高次元知性体《オーヴァーロード》のやることだからなあ。あいつらに兵器って概念があるのかどうか。ひょっとしたら、ただの愛玩《あいがん》生物のつもりで、己の無聊《ぶりょう》を慰めるためにつくったのかもしれん」

高次元知性体《オーヴァーロード》の考え方をヒトのそれに当てはめるのは危険だ。異質な存在を知るときは、それが異質であることをよく認識した上で調査する必要がある。

そういう意味で、己の無聊を慰める、というのもヒトとしての意識が強いのだが……まあ、恩師であればこれが冗談だとわかってくれるだろう。

いまこの場に彼女はいないわけだが。

「その愛玩生物のせいで、帝国の一角が壊滅的な打撃を受けているのよ」

「高次元知性体《オーヴァーロード》のやることだからなあ」

実際のところ、戦闘力の高い一部の高次元知性体《オーヴァーロード》が本気で暴れたら帝国の一部どころではなく、帝国全体が壊滅的な被害を受けるだろう。

いや、そもそもヒトの支配する領域がどれだけ無事で済むか。

ヒトの文明というのは、基本的に高次元知性体《オーヴァーロード》たちの他者への無関心によって成り立っている。

これは師もおっしゃっていたことだ。

「銀河鮫なんて、しょせん普通に戦艦で殴れば被害を与えられる程度の生き物なんだ。高次元知性体《オーヴァーロード》そのものを相手にするわけじゃない。気楽にいこう」

「それは艦隊の皆に言ってやって。現時点でだいぶ、厭戦《えんせん》気分が蔓延《まんえん》しているんだから」

「おれたちは、まだ一度も戦っていないじゃないか」

「南方艦隊からの資料、あなた全艦の上層部に閲覧させたでしょう？　そこから末端にも流出したみたいね」

セキュリティ、ガバガバすぎない？

仮にも帝国軍なんだよ？

まあ、いいけど。全艦の全クルーが、正面からぶつかった南方軍の愚を理解してくれるなら、それはそれで意味がある。

「とりあえず、基本方針をまとめるからそれを各艦にまわしてくれ。その上で、意見を受けつける。作戦に反対するなら今日中に。明日《あした》には動き出そう」

銀河鮫たちは現在もすぐ近くの宙域で暴れまわっているという。放置しておけば、ほどなくこの星系も彼らに発見されるだろうとのこと。

時間の猶予はさほどない。

かくして、数日後。

銀河鮫の群れがオスト星系の外縁部にジャンプアウトしたという報告が入った。まっすぐ、ガス・ジャイアントである第七惑星に向かっているという。

「位置的に恒星の方が近いはずだが、予想通りそっちは無視か」

「ガス・ジャイアントは恒星のなり損ねよ。彼らが光を感知しているのかどうかわからないけど、しっかりと恒星とそれ以外を見分けているのね」

旗艦のブリッジにて。星系図を眺めながらのおれの言葉にトレーナが反応する。

「資料を見ると、銀河鮫が捕食したがる惑星や、苦手とする惑星があることもわかってくる。核で汚れきった惑星には近寄らないとかな……」

「高濃度の放射線に弱いのかしら」

「そう考えて核兵器を片っ端からぶっぱなした奴らもいたらしいが、傷ひとつ負わせられなかった、という記録もある。さすがに、外宇宙を旅する生命体がその程度でやられるはずもないわけだが……こちらも出撃だ。作戦通りに」

第二惑星の近傍に駐留していた艦隊がゆっくりと動き出す。

予想では、会敵まで七時間である。

星系外縁部に多数設置されたドローンから、銀河鮫の群れの情報が入ってくる。

映像でみるそれは、名前とは裏腹に、白く発光するクラゲか何かのようだった。

ゼリー状の円形の身体のあちこちから触手のようなものが無数に伸びて、ゆらゆらと揺れている。

いっけん幻想的な光景だった。

それがドローンに近づいてくるまでは。

頭の傘が上下左右に四分割され、中から凶悪な歯と、歯の周囲に揺らぐ無数の黒い毛が現れる。

ゆらめく黒い毛の群れがドローンに迫った。

ドローンが伸長した毛のひとつに接触した瞬間、通信が途絶える。

別のドローンからの映像で、該当の個体が黒い毛に捕らえられた直後、ぱっくりとその口が閉じて、もとの白い傘に戻る様子がはっきりとみえた。

別のドローンは、遠くから電波を飛ばし、銀河鮫の構造を解析しようとした。

それを攻撃と判断したのか、銀河鮫の触手の一本がドローンの方を向く。

次の瞬間、ドローンからの通信が途絶えた。

近くのドローンが、触手から射出された高純度のプラズマ弾の存在を確認していた。

「南方軍の戦艦が、このプラズマ弾の滅多撃ちに遭って爆散している。駆逐艦のバリアは一撃で貫通されているな。プラズマ弾が通過した付近で重力の異常な増大が観測されている」

「ただのプラズマ弾じゃないってことっすか」

「解析班によると、高次元の空間圧縮による縮退が発生、それが空間の歪《ゆが》みとなって観測されているとのことだ」

「さっぱりわからんっす」

「超すごい攻撃をしている」

「おっけー、わかったっす！」

おれとコーリーの呑気《のんき》な会話を聞いていたトレーナが少し険しい表情で、「理屈がわかったとして、対策があるの？」と訊ねてくる。

「戦艦のバリアが短時間は保《も》ちこたえてくれるってことなら、やりようはある。タイミング次第だけどな」

「何であたしの方をみるっすか」

「コーリー、頼んだぞ」

「待てっす。もしかして、タイミングを全部、あたしに託す気っすか。艦隊の全クルーの命運がかかってるんすよ。正気じゃないっす。考え直した方がいいっす」

「責任はおれが取る」

「そういう問題じゃないっす！」

叫んでいるコーリーを無視して、おれはトレーナにいくつか指示を出した。

信頼に値する我が副官は軽く肩をすくめただけで、忠実に、各艦へ命令を伝えていく。

艦隊の先頭が銀河鮫の一部と接触したのは、それからしばらくのことであった。

「銀河鮫のプラズマ弾、集中砲火。艦隊前衛の戦艦が小破。銀河鮫側の被害は微小」

「コーリー？」

「まだっす。もう少し粘らせるっす」

「駆逐艦、巡洋艦を左右からまわり込ませろ。砲撃は後方の目標に。なるべく多くの銀河鮫を引きずり出せ。……コーリー？」

「まだっす。もうちょいっす」

コーリー・ローリー少佐は、鼻をひくつかせながら旗艦のブリッジの中央に展開された作戦宙域の立体展開図を一心不乱に睨《にら》んでいる。静かに狩りの時を待つ狼のように、微動だにしない。

この作戦は、繊細なタイミングを要求される。

コーリーの特技、戦場における押し引きのカンこそ、この場でもっとも要求されるものであった。

度重なる命令違反と乗艦を片っ端から廃艦にすることから疫病神扱いされ、艦隊勤務から後方にまわされそうになっていた彼女を今回、抜擢《ばってき》したのは、このカンが欲しかったからだ。

重巡洋艦を先頭として左右に展開した艦隊が一斉攻撃で後方の銀河鮫の注意を中央の戦艦からそらす。

戦艦に対する弾幕がわずかに緩み、銀河鮫の一部は、防御が脆弱《ぜいじゃく》な左右の艦隊に向かった。

このままいけば、駆逐艦を中心としてかなりの被害が出るだろう。

経験から、それがわかる。

作戦を次の段階に移さなければ……そう逸る気持ちをぐっと堪え、コーリーの言葉を待つ。

「まだ……まだ……いまっす！」

「擬似重力塊一斉起動！　急げ！」

戦場からみて上下、現在展開する艦隊から数百万キロ離れた地点にあらかじめ配置してあったそれを起動する。

急ごしらえの補給用コロニーなどに使う擬似重力展開装置が、ちょっとした工作によってセーフティをカットされ、数百パーセントの出力を発生させる。

後先考えぬそれは、おそらく一時間と保たないであろう無茶は、しかし重力に惹かれる習性を持った銀河鮫にとって、てきめんに効いた。

銀河鮫は攻撃を中止すると、上下に分かれて、新たに生まれた重力源に殺到したのである。

それはまるで、極上の餌を前にした愛玩動物のようであり……。

犬や、猫。太古から人類に愛され、人類と共に生きてきたこれら愛玩動物たちと同様……いやそれ以上に、危機感の足りない行動だった。

銀河鮫たちは己を攻撃してきた者たちのことなどすっかり忘れて、重力源であるただの岩塊に殺到する。

無防備になったその後ろ姿を、各艦の砲手が捉《とら》える。

砲術ＡＩの判断のもと、一体ずつ、集中砲火で銀河鮫を始末していく。

五百体の銀河鮫はみるみるその数を減らしていった。

「上手く……いったか」

おれは、自然と滲《にじ》んでいた額の汗を手でぬぐった。

「過去のデータから組み立てた、銀河鮫が好む臭い、すなわち重力子と放射線の組み合わせ、ね。ゼンジ、いえ閣下、あなたはここまでてきめんに効くと思っていたの？」

「銀河鮫が野生で進化した種ではなく高次元知性体《オーヴァーロード》のペットだったなら、ペット時代の習性が残っていてもおかしくはないだろ。ひょっとしたら、こいつらをつくった高次元知性体《オーヴァーロード》は、不要な惑星を餌にしていたのかもしれないいな。できれば何度か、条件を変えたうえで実験して、そのうえで投入したかったけどな……」

惑星は食べるが、恒星は食べない。

両者の違いは何かと考えて、まっさきに思い浮かんだのが、恒星の内部で起こる核融合反応による特定の放射線スペクトルであった。これらをパラメータに加えてシミュレーションをぶんまわした結果、銀河鮫の行動パターンと見事に一致したのである。一部の高濃度の放射線を出す惑星を嫌がったのは、そういった惑星から出る放射線が恒星のそれと似ていたからであるようだ。

とはいえ、やはりぶっつけ本番は怖かった。

皆が完璧《かんぺき》な仕事をしてくれたからこその、今回の戦果である。

銀河鮫たちは、敵との戦いよりも食欲を優先した。高次元知性体《オーヴァーロード》によってデザインされた生命。その野生の本能を上まわる、愛玩生物としての、製造者に植えつけられた欲望が勝ったのだ。

「いや、待てよ。いっそいまからごく少数を捕獲して今後のために……」

「やめなさい。そんな悠長なことをしている余裕はなかったわ。実験屋の虫は、どこかそのへんの格納庫に仕舞っておきなさい」

ぶつぶつ呟《つぶや》いていたおれの後ろ頭を、トレーナが端末で軽くはたく。

「正気に戻りましたか、閣下」

閣下の頭を叩《たた》くなよ。壊れたらどうするんだ。

「二、三体くらいなら捕獲しても……駄目かな？」

「次はコーリーに殴らせるわよ」

「うおーっ、任せろっすーっ」

コーリーが、右手をぶんぶん振ってアピールしてくる。武闘派で鳴らすこいつの拳《こぶし》は勘弁して欲しい。

おれはまだまだ長生きしたいんだ。

「帝都の宇宙生物研究者は喜ぶと思うんだが……」

「あんな奴らに餌を与える必要なんてないわ」

ほどなくして、七割まで目減りしたところで銀河鮫が撤退を開始した、という報告が入った。

繰り返すが、銀河鮫は賢い。

二度と帝国の領土に立ち入らないだろう。

少なくとも、この群れは。

他の群れに情報が伝播《でんぱ》するかどうかは、今後の研究が待たれるところである。そんな研究をする学者がいるかどうかはともかくとして。

「攻撃中止。追撃は無用だ。被害の算出と負傷者の救護を開始。重力源は停止、後に廃炉だ」

「もったいないっすね。実質、コロニー二基を使い捨てたようなものっす」

「帝国軍の戦艦はコロニー数基じゃつくれないよ。ましてや、中央艦隊の艦は最新鋭だ」

加えて言えば、人命もそうである。

帝国軍人が陛下と臣民のために己の命を使い捨てるとしても、それはもっと効率よく、効果的でなければならない。

こんな、銀河鮫なんてふざけた生き物を相手にするためであってはならないのだ。

「ここの被害の算定が終わったら、近隣の星系に跳んで、銀河鮫の捕食による影響を調査、各有人星系の被害状況の算出、並びにこの機に乗じて跋扈《ばっこ》する海賊の掃討も、かな。やることが山積みだな……」

「ゼンジ、あなた今年の新年は妹さんと迎えるって言ってなかった？」

「しまった、ひとこと連絡を入れるべきだった……。すまん、メイシェラ」

トレーナは呆《あき》れた様子で肩をすくめてみせる。

「帝都を出発前に、わたしの方で妹さんに一報、入れておいたわ。この前、アドレスを交換したのよ」

「いつの間に……」

「いまからでも遅くないから、次の連絡船にメッセージを持たせなさいな」

「そうするよ。……軍人なんて、なるもんじゃないな」

つくづく、そう思う。

だがはたして、軍を辞める機会はいつ訪れるだろうか。

陛下が逃がしてくれそうにないんだよなあ。

ため息をついて、義妹《いもうと》へのメッセージの文面を考える。


このころ、まだ帝国は平和だった。

お便りはこちらまで

〒102－8177
カドカワBOOKS編集部　気付
瀬尾つかさ（様）宛
菊池政治（様）宛

カドカワBOOKS

若《わか》くして引退《いんたい》した銀河帝国元帥《ぎんがていこくげんすい》は辺境《へんきょう》の星《ほし》でオーヴァーロードと暮《く》らしたい

2025年4月10日　初版発行

著者／瀬尾《せお》つかさ

発行者／山下直久

発行／株式会社KADOKAWA

〒102-8177
東京都千代田区富士見2-13-3
電話／0570-002-301（ナビダイヤル）

編集／ファンタジア文庫／ドラゴンマガジン編集部

印刷所／暁印刷

製本所／本間製本

●お問い合わせ
https://www.kadokawa.co.jp/（「お問い合わせ」へお進みください）
※内容によっては、お答えできない場合があります。
※サポートは日本国内のみとさせていただきます。
※Japanese text only

Printed in Japan
ISBN 978-4-04-075734-6 C0093

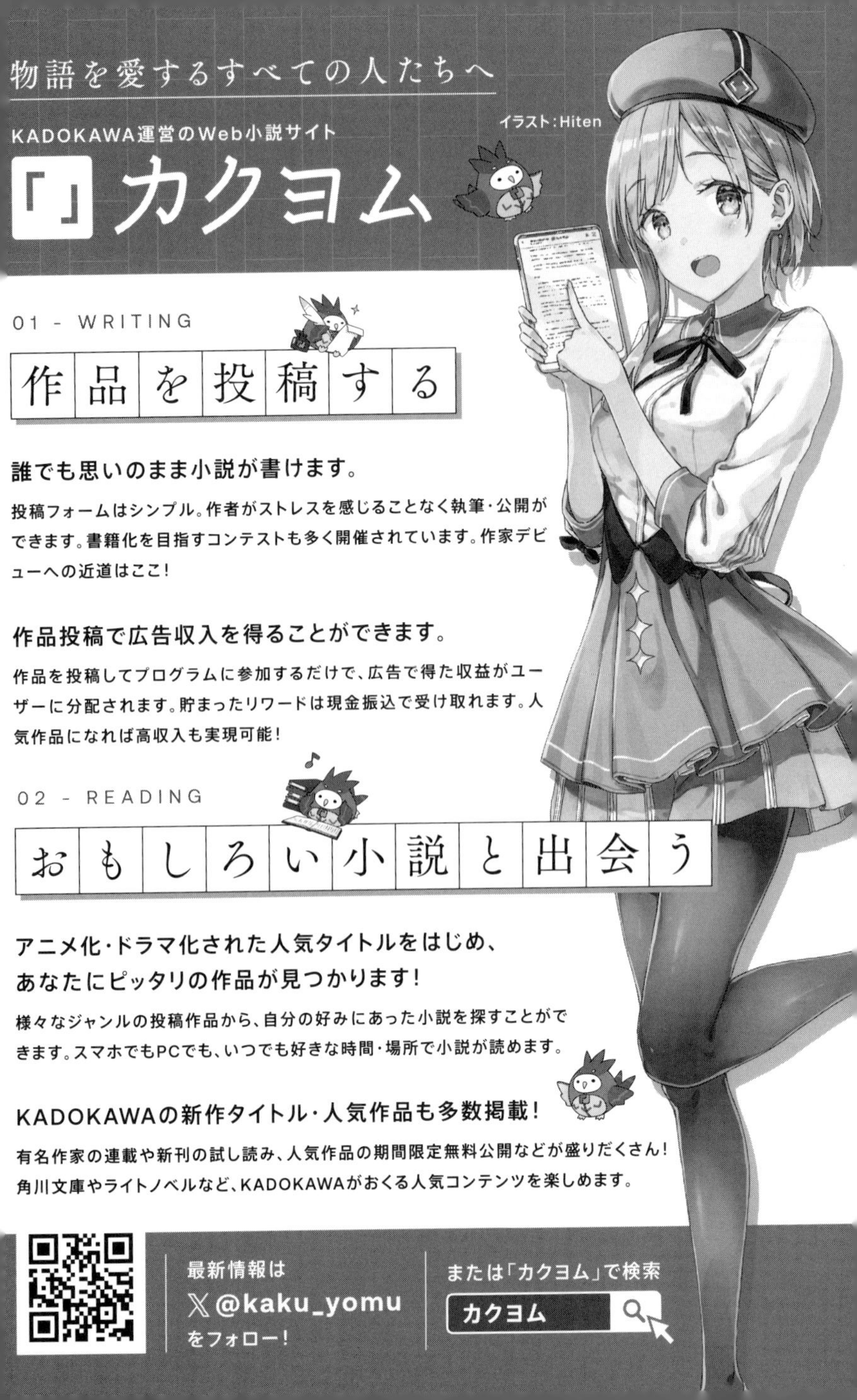

物語を愛するすべての人たちへ
KADOKAWA運営のWeb小説サイト
カクヨム
イラスト:Hiten
01 - WRITING
作品を投稿する
誰でも思いのまま小説が書けます。

投稿フォームはシンプル。作者がストレスを感じることなく執筆・公開ができます。書籍化を目指すコンテストも多く開催されています。作家デビューへの近道はここ!

作品投稿で広告収入を得ることができます。

作品を投稿してプログラムに参加するだけで、広告で得た収益がユーザーに分配されます。貯まったリワードは現金振込で受け取れます。人気作品になれば高収入も実現可能!
02 - READING
おもしろい小説と出会う
アニメ化・ドラマ化された人気タイトルをはじめ、あなたにピッタリの作品が見つかります!
様々なジャンルの投稿作品から、自分の好みにあった小説を探すことができます。スマホでもPCでも、いつでも好きな時間・場所で小説が読めます。
KADOKAWAの新作タイトル・人気作品も多数掲載!
有名作家の連載や新刊の試し読み、人気作品の期間限定無料公開などが盛りだくさん!
角川文庫やライトノベルなど、KADOKAWAがおくる人気コンテンツを楽しめます。
最新情報は
X @kaku_yomu
をフォロー!
または「カクヨム」で検索
カクヨム